D1717497

Meinen Geschwistern

© 2023 by :TRANSIT Buchverlag
Postfach 120307 | 10593 Berlin
www.transit-verlag.de

Umschlaggestaltung und Layout:
Gudrun Fröba
Druck und Bindung:
CPI Gruppe Deutschland
ISBN 978-3-88747-398-3

Bernadette Conrad

# Was dich spaltet

Roman

: TRANSIT

# 1

Leben Eltern ewig?

Es war nur ein Traum, Kati.

Sie setzte sich im Bett auf. Ihr Vater hatte dagesessen wie im Leben, mit dem Rücken zu ihr. Sie selbst im altbekannten Alarmzustand, rätselnd, welche explosive Stimmung sich in seiner Abgewandtheit verbergen mochte. Aber wie konnte das sein? Er war seit fast fünfundzwanzig Jahren tot. Dann hatte er sich umgedreht, ihr knapp und distanziert zugenickt, die Augen kaum zu erkennen hinter den dicken getönten Brillengläsern –, und sie hatte es genauso gemacht: genickt, ein knapper, distanzierter Gruß.

Etwas in ihr zittert, ein Nachbeben von weit her; eines, das nur noch im Traum bis zu ihr gelangen kann. Aber wieso überhaupt? Nach all der Zeit.

Draußen schlägt Frühling ans Fenster. Nach den eisigen Tagen mit Schnee und Frost ist es plötzlich so warm geworden, dass sie gestern beim Heimkommen den Mantel aufgeknöpft hat.

Kati atmet – ein, aus –, sie fühlt den Luftzug, sie hört den Vögeln zu und denkt: Verrückt, dass ihr nicht aufgebt. Ihr besingt den Frühling. Ihr singt die Autos nieder, die, jedes einzeln und laut übers Kopfsteinpflaster rattern. Singt über den Krach der Berliner Stadtreinigung hinweg, die da unten gerade unterwegs ist. Sie schloss die Augen noch einmal, nein, nicht zurück in den Traum. Aber die Kinder hatten Ferien, Ellie war schon aufgestanden, sie hatte sie rumoren hören, und Meerchen war bei Eva –, sie konnte noch liegenbleiben.

Man konnte kurz alles vergessen, den Baulärm, die nahe Autobahn. Den Traum langsam von sich wegrücken. Man konnte die Augen geschlossen halten, die Beine unter der Decke strecken, den Wind fühlen und sich an die Vögel halten.

Als sie in die Küche ging und Teewasser aufsetzte, wunderte sie sich. Wieso war es auch in Ellies Zimmer so still? Normalerweise drang Musik heraus, ein sicheres Zeichen ihrer Anwesenheit.

So früh, und ohne Bescheid zu sagen? Andererseits musste eine Fünfzehnjährige nicht auf Schritt und Tritt kontrolliert werden. Kati wartete neben dem Wasserkocher und schaute aus dem Fenster. Dann eben nicht. Dann würde sie sich gleich mit dem Tee an den Computer setzen.

Im Zimmer, am Schreibtisch, fiel es ihr ein.

Ende April. Jahrestag. Ein kühler Apriltag vor heute genau 26 Jahren, und sie steht wieder dort.

Die Hände fest um die heiße Tasse geschlossen, sieht sie sich stehen, im großen Flur des Elternhauses –, sich selbst, Vater, Mutter, und Diana, ihre beste Freundin, die mitgekommen war. Sie sieht an der Wand die zartbeige Textiltapete, die Bilder mit Landschaften und Blumenstilleben; sie sieht die dünnen Sichtschutzgardinen vor dem oberen Galeriefenster sich blähen im Luftzug der sich öffnenden und schließenden Tür.

Auf. Zu. Auf.

Keine fünf Minuten waren sie im Wohnzimmer sitzen geblieben, kaum dass Kati gesagt hatte, weshalb sie gekommen war.

»Raus, raus, raus, du Kriegstreiberin«, hatte der Vater mehr gezischt als gebrüllt, und Diana und sie vor sich hergeschoben zur Tür. »Nein, nicht gehen!«, hatte die Mutter gerufen, weinend, und sich gegen die Tür gelehnt. »Du Wahrheitsfanatikerin, das ist alles erlogen, ausgedacht, was fällt dir ein…«, lauter die Stimme des Vaters.

Damals hatte die Erde gezittert, sie hätte auch reißen können, dann wäre sie, Kati, in ein Bodenlos gefallen, das sie schon vorher, auf der Autofahrt hin zu den Eltern erwartet hatte, angstverkrümmt, zusammengefaltet auf Paketgröße, in den Fußraum des Beifahrersitzes gekauert, schlotternd – während Diana stoisch den Wagen steuerte, »… du schaffst das, Kati«.

Im Fußraum des Beifahrersitzes? Sie war auch damals schon erwach-

sen gewesen, Mitte zwanzig, und hatte mit Sicherheit nicht in den Fußraum eines Autos gepasst.

Aber so war Erinnerung, sie schuf ein Bild für die Angst, aus der sie in
diesen Stunden bestanden hatte, ohne Rest. Danach, als es vorbei war,
sie beide auf die Straße gewankt waren, sich in Dianas Auto gesetzt und
Diana den Motor angelassen hatte, erst dann hatte sie wild zu schluchzen begonnen und die ganze Fahrt bis zu Diana nachhause damit nicht
aufhören können.

Wie konnte man so sein Elternhaus verlassen!? Wie konnte man nur!

Tee getrunken. Balkontür geschlossen. Durchgeatmet.

Sie sollte die Zeit nutzen, zum Arbeiten, bevor Meerchen, ihre Kleine, zurück wäre. In drei Tagen würde Eva sie bringen. Eva, Schwester-
herz – und wieder starrte Kati Löcher in die Luft. Es hielt sie nicht auf
dem Stuhl, sie öffnete die Balkontür noch einmal, lehnte sich in die Tür,
sah im Glas ihr eigenes Spiegelbild. Schmale Schultern, wie meist etwas
nach vorne gebeugt, wilde braune Locken, braune Augen, die ihr aus
dem Spiegel immer ernster entgegenschauten als sie sich selbst empfand.

Dieser heutige Arbeitstag wollte nicht beginnen.

Wo genau warst du eigentlich damals gewesen, Eva? Und wo genau
stehst du heute? Kati schloss die Balkontür, setzte sich, startete den
Computer. Auch das, was sie hier tat, fand Eva abwegig; die Beschäf-
tigung ihrer großen Schwester mit dem Erleben junger Soldaten, Katis
Sammeln von Zeugenberichten, Feldpostbriefen, Tagebucheinträgen,
ihre Suche nach den Stimmen derer, die jung den Zweiten Weltkrieg an
der Front erlebt, und ihn überlebt hatten.

»Unser Vater war einer von ihnen, Eva«, hatte Kati hie und da Evas
Unverständnis, ihrer fast ungeduldigen Abwehr, entgegengehalten; dein
geliebter Papa. Das dachte sie nur, sagte sie nicht. Aber Eva winkte ab,
schüttelte den Kopf, wollte sich nicht einlassen auf Gespräche über jene Zeit, die, wie sie sagte, doch »ewig her« war. »Ist denn in den letzten
siebzig Jahren nicht genug über den Krieg geschrieben worden, Kati?«,
hatte sie letztes Mal gefragt. Glaubte Kati tatsächlich, dass sie, so dermaßen lange danach, noch etwas hinzuzufügen hätte? »Drei Jahre be-

schäftigst du dich jetzt schon mit dieser Materie, richtig?«, hatte sie noch gesagt, mit gerunzelter Stirn. »Bist du denn da nicht völlig von deinen eigentlichen Themen weg? Hast du ein neues Buchprojekt? Verschenkst du nicht kostbare Zeit?«

Vielleicht, Eva. Vielleicht auch nicht.

Aber war das wichtig? Eva war, wie sie war; ihre wunderbare kleine Schwester, die nie ohne Arme voller Geschenke zu Ellie und Meerchen kam; strahlend, die einen mitreißen konnte mit ihrer Frische und Fröhlichkeit; Eva, der sie vertraute Mails schrieb, so, wie das eben gehen kann zwischen Schwestern.

Drei Jahre, genau. Geahnt hatte Kati es schon dort, in der Küche des alten Mannes in Vermont: dass hier noch etwas für sie zu tun wäre. Sie hatte damals schon geahnt, dass hinter dem fremden alten Mann in Vermont jemand anderes wartete.

Sie starrte am Computer vorbei aus dem Fenster.

*Das mit dem Krieg, Vater, es hört nicht auf, mich zu beschäftigen. Wie alles zusammenhängt. Wie eins mit dem anderen zusammenhängt.*

*Fast fünfundzwanzig Jahre bist du tot und ich habe es versäumt, dich zu fragen. Zu spät, sagt man immer, Gelegenheit verpasst. Aber stimmt das? Hätte ich dich gefragt, würde ich dich fragen, wenn du noch am Leben wärest? Es gibt Gründe, warum man mit jemandem ins Gespräch geht. Oder warum man es nicht tut. Wer wärest du heute, ein verbitterter alter Mann? Jemand, der nochmal eine Kehrtwende gemacht, Dinge neu angeschaut hätte?*

*Du bist nicht mehr da, und in diesem leeren Raum – ja, was? Haben wenigstens die Fragen Platz?*

Zwei Stunden aus dem Fenster gestarrt, Tee gekocht, Zigarette geraucht. Es war Mittag geworden.

Sie machte sich etwas zu essen, als das Handy eine Nachricht ankündigte. Ellie. »Liebe Mama, ich bin bei Papa vorbeigegangen. Bitte keine Sorgen machen. Hab dich lieb, Ellie«.

Bei Papa vorbeigegangen? Jetzt kam es ihr in den Sinn. Karl war für ein paar Monate in Berlin, es hatte sich beim Sender die Möglichkeit einer Vertretung ergeben, die er genutzt hatte. Natürlich. Ellie hatte davon erzählt, einmal. Und vermutlich hatte es sie getroffen, gekränkt, dass sie, Kati, nie nachgefragt, sich offensichtlich nicht besonders dafür interessiert hatte.

Wieso sollte eine Fünfzehnjährige nicht ihren Vater aufsuchen? War das wirklich etwas, aus dem sie so viel Abschied herausfühlen musste? Kati schaute durch die Balkontür nach draußen, wo der Wind an der Balkontür rüttelte, die Bäume vor dem Fenster bog.

Meine Kinder sind weg, ein Traum drängt in die Ritzen meines Tages, ich irre herum.

Raus. Sie wollte nach draußen. Mantel, Schal, Tür zugeworfen. Mit schnellem Schritt ging sie auf den Seitenstraßen dem Tempelhofer Feld entgegen, seiner Weite. Um den Fernsehturm stand ein weißer Rauch, oder war es eine abgerutschte Wolke. Immer gab es hier diese besondere Stille, die nie wirklich still war, dazu war die Autobahn viel zu nah, und die S-Bahn; der Stadtlärm ein gleichmäßiges Hintergrundrauschen, aber auf Distanz. Weit genug weg, dass es einem mitten im Lautsein leise vorkommen konnte; Frühlingswind in heftigen Windböen über die Landebahnen, ihr eigener Atem laut vom schnellen Gehen.

Was will ich hier? Was treibt mich um? Ich habe Arbeit und seltsame Träume. Meine Kinder sind nicht da, es geht ihnen gut. Im Café rührte Kati die Frage in ihren Kaffee ein. Schaute Eltern hinterher, die ihre Kinder an der Hand hielten, es sah aus wie ein einziger schlenkernder Arm.

Als sie viel später in der U-Bahn nachhause saß, hockte eine Nische weiter ein sehr kleiner alter Mann, die Brille so dick, dass dahinter die Augen fast verschwanden, ein spitzes nach vorn geschobenes Kinn, und erst als Kati dünne Beine in Gummistiefeln gegen die Rückwand stoßen sah, verstand sie, erschrocken: Es war ein Kind, dem das Schicksal ein Altmännergesicht verpasst hatte. Ein Kind, dessen Kinderhand der Vater, der daneben saß, irgendwann in seine nahm, und mit ihm den Waggon verließ.

# 2

Am frühen Abend wählte sie Evas Nummer: »Na ihr beiden, wie geht's?«

Am anderen Ende Evas tiefe, etwas heisere Stimme. Meerchen fröhlich rufend im Hintergrund. Kati hörte sich selbst reden, schnell, viel – besinnungslos irgendwie, dachte sie, als sie den Hörer aufgelegt hatte. Zwischendurch unterbrach sie sich: »Entschuldige. Bin in einer seltsamen Stimmung, werde einen Traum nicht ganz los.« Den Traum hatte sie nicht erzählt. Eva hatte nicht nachgefragt.

Erst im Kino, in das sie später kurzentschlossen ging, rutschten andere Bilder an die Stelle der geträumten. Der erinnerten.

Was war das alles, was ich da im Gespräch mit ihr habe wegreden müssen?, fragte sie sich am nächsten Morgen kopfschüttelnd, nachdem sie die Spülmaschine ausgeräumt hatte und ziellos durch die Zimmer ihrer Töchter ging. An Ellies schwarzer Tagesdecke mit den vielen tanzenden weißen Figuren zupfte, als könnte sie ihre Tochter unter der Bettdecke hervorschütteln. Gedankenverloren Meerchens im Raum verstreute Kleider einsammelte. Eva hatte nicht viel zu Ellies überraschendem Aufbruch zu ihrem Vater gesagt, nur etwas vor sich hingebrummt, undeutlich, so dass Kati nachgefragt hatte.

»Was, Eva? Sag das nochmal, bitte.«

»Ich hoffe, der benimmt sich…«

Kati hatte erstaunt zurückgefragt: »Was meinst du damit?« »Na, ich hoffe, der weiß das zu schätzen, dass seine Tochter ihm die Ehre gibt. Überanstrengt hat er sich ja nicht gerade in den letzten Jahren, wenn ich das richtig sehe.« Nein, Eva mochte Karl nicht besonders, den sie allerdings auch nie wirklich kennengelernt hatte. Wenige Begegnungen bei Ellies Geburtstagen in den letzten Jahren, wenn er mal zufällig in Berlin gewesen war und es in seine Pläne gepasst hatte – aber auch dann war er immer wie auf dem Sprung gewesen. Kati sah jetzt noch Evas missbilligendes Gesicht vor sich, die gerunzelte Stirn über ihren großen braunen Augen, wenn sie Karl angeguckt hatte. Kann der nicht mal in den wenigen Stunden im Jahr, in denen er seine Tochter sieht, ganz für sie da sein?, hatte sie Kati gefragt.

Dieser Satz fiel ihr jetzt wieder ein, und sie dachte, ja, Eva, du hast Recht. Ich hoffe das auch, dass er mal merkt, was für ein feines Mädchen seine Tochter ist. Dass er ihr das auch mal zu verstehen gibt. Ihr Zeit schenkt. Umso mehr, als Ellie ja immer auch Micha vor Augen hatte, Meerchens Vater, der präsent war für sein Kind, der Meerchen das Gefühl vermittelte, er wäre immer um die Ecke, greifbar, erreichbar. Vor der Bibliothek schloss sie das Rad ab. Den heutigen Arbeitstag würde sie hier verbringen.

Abends rief Eva noch einmal an. Sie wechselten ein paar Sätze, als Meerchen sich an den Hörer drängelte. »Mama, hörst du? Wir sind heute beim Reiterhof gewesen, ich durfte wieder auf demselben Pferd reiten wie letztes Mal! Und morgen, Mama, morgen, nimmt Eva mich mit in ihr Büro!« Kati lauschte der glücklich aufgeregten Stimme ihrer kleinen Tochter. Meerchen im Tantenglück. Die Liebe beruhte auf Gegenseitigkeit. Auch Eva hing zärtlich an ihrer Nichte. Wie an einer eigenen Tochter, dachte Kati, und schob den Gedanken sofort wieder weg. Meerchen, ihr ungeplantes Kind.

»Das klingt gut. Kannst du mir trotzdem Eva nochmal geben?«

»Wie geht's dir denn eigentlich?«, fragte Eva. »Wenn jetzt sogar beide Mädchen weg sind, kannst du es doch mal richtig genießen, Zeit für dich zu haben, oder? Schnappst dir ein Buch, setzt dich ins Café...«

Sie kennt ihre große Schwester, dachte Kati, ich war eben immer eine Leseratte. Als Eva noch ein Kind gewesen war, Kati selbst aber schon jugendlich, hatte die Kleine oft die Räume des Hauses nach der Großen abgesucht. Kati wusste noch genau, dass sie manchmal extra nicht auf Evas Rufen geantwortet hatte, um in der Ecke des Gartens, in die sie sich zurückgezogen hatte, ungestört in ihrem Buch versinken zu können.

»Ja, schön wär's. Heute habe ich aber ganz gut gearbeitet in der Bibliothek. Im Café tu ich mich schwerer mit dem Konzentrieren…«

»Ach so, ich dachte, du hättest dir jetzt ein bisschen freie Zeit nehmen
können?« Eva klang erstaunt. »Und was machst du in der Bibliothek?
Doch hoffentlich nicht wieder nach Kriegsbüchern suchen.«

»Naja, das würde ich ja nicht tun, wenn es mich nicht interessieren
würde«, antwortete Kati mit einem leichten Anflug von Ärger. »Aber
tatsächlich, nein, ich muss eine Übersetzung fertigstellen, habe bald Ab-
gabe. Und wenn die Kinder zuhause wären, würde ich das zuhause machen. Aber so bin ich zwar nicht ins Café, aber wenigstens in die Bibliothek gegangen. Ist ganz schön, Menschen um sich zu spüren…«

»Ernsthaft?« Kati sah Eva im Geiste vor sich, wie sie verständnislos
den Kopf schüttelte. »Dann gehst du tatsächlich eher in die Bibliothek,
als deine gemütliche Küche mal für dich allein zu genießen?«

Nun erzählte Kati ihr doch von der kipplingen Stimmung, in die sie geraten war, von dieser Kraftlosigkeit, dem Gefühl, ohne die Kinder wie
ins Leere zu fallen. »Wie soll ich das erklären«, murmelte sie, und folgte
mit dem Blick dem Muster des Teppichs unter ihren Füßen. Zwei große
blaugelbe Rauten, die auf Rot schwammen. Viele kleine Rauten, die auf
einer Straße aus Gelb um das Innere des Teppichs herumliefen. »Dann
sitze ich da mit meinem Kaffee, und sehe einen Fleck auf dem Tisch,
vom letzten Essen, und meinst du, ich steh auf, um den Lappen zu holen? Oder nutze die Zeit, um den Wäscheberg mal etwas kleiner werden
zu lassen?« Kati schwieg. Ich hasse das, dachte sie, diese Wackligkeit. Als
wäre man porös geworden und könnte sich gegen nichts schützen, nicht
gegen merkwürdige Ängste und nicht gegen anbrandende Einsamkeits-
gefühle. Als hätte der Traum ein Leck geschlagen, die Erinnerung ein
kleines Einfallstor in meiner Alltagsstabilität gefunden, durch das nun
Kraft heraussickert.

Sie räusperte sich. »Da hat es jetzt tatsächlich geholfen, die Bude zu
verlassen.«

Als Eva nichts sagte, setzte sie hinzu: »Naja, die effektivsten aller Tage
sind es eben jetzt einfach nicht. Ich denke das selbst auch –, so selten wie
ich das habe, ungestörte Arbeitszeit, Abende, an denen man weggehen
könnte. Aber ich kriege es nicht hin… Alles läuft verlangsamt, alles, was

ich in die Hände nehme, bleibt Stückwerk.« Sie schwieg, räusperte sich. »Na, Schluss jetzt«, sagte sie, »mehr Worte muss ich dazu nicht machen. Ich wollte dich gar nicht volljammern.« Sie stand auf, und lief im Raum umher, mit dem Hörer am Ohr.

»Hört sich nach müde und erschöpft an«, sagte Eva nur.

»Na sowas«, erwiderte Kati, »du bringst es mal wieder auf den Punkt. Was macht denn deine Büroetage, wissen sie, dass du deine Nichte morgen mitbringst?«

»Die sind gespannt wie Flitzebogen, was, Meerchen?«

Warum bespreche ich das mit ihr, fragte sich Kati, nachdem sie aufgelegt hatte. Sie ging in die Küche, kochte sich einen Kaffee. Abendkaffee. Nochmal versuchen, in die Arbeit zu finden. Ich sollte das nicht tun. Eva, die so gern Kinder hätte. Und die mit Andi auch einen Mann hat, den man sich hervorragend als Vater vorstellen kann. Warum wälze ich mit ihr diese Mutter- und Kind-Themen? Und warum beschreibe ich meine wacklige Stimmung ausgerechnet meiner geradlinigen, energiegeladenen Schwester, die solche Zustände vermutlich gar nicht kennt? Aber wir sind uns eben wieder nahegekommen. Schwesternsehnsucht. Sie schaute in den Kühlschrank, ein Rest Pfannkuchenteig, gestern noch in großer Menge angerührt. Für eine Nachtmahlzeit würde es reichen. Später. Jetzt erstmal mit dem Kaffee an den Schreibtisch.

Draußen Dunkel. Ein einziges Licht brannte in den beiden riesigen Gründerzeithäusern auf der anderen Straßenseite. Als ob niemand außer ihr mehr wach wäre. Oder fiel es ihr sonst, wenn die Mädchen in ihren Betten schliefen, nur nicht auf?

Vor dem Zubettgehen schaute sie noch in ihre Mails, und stutzte. Eva hatte geschrieben, so kurz nach dem Telefonieren?

Kati überflog die Mail und erschrak. Was war das denn? Die Schwester erinnerte sie daran, dass sich im nächsten Winter der Tod des Vaters zum fünfundzwanzigsten Mal jähren würde.

Der andere Jahrestag. Dann fielen ihr also in diesen Tagen gleich zwei von der Sorte vor die Füße.

Sie sei gerade dabei, schrieb Eva, aus den vielen Kindheits- und Familienbildern, die sich ja vor allem bei ihr in Kisten und Alben häuften, ein Buch zu machen, das an das Leben des Vaters erinnere. »Könntest du dir vorstellen, den Text dazu zu schreiben?«, schrieb sie. »Du bist ja die Frau der Worte in der Familie! Wir würden uns nach dem Gottesdienst bei uns treffen, zusammen mit Mutter, ich finde das wichtig. Und sind so Jahrestage nicht auch dazu da, dass man sich wieder mal bewusst wird, was Familie bedeutet?«

»Was Familie bedeutet.« Kati holte tief Luft. Ja, was bedeutete sie denn? War es Eva nicht bewusst, auf welch mühsam erkämpftem Boden sie beide standen? Geschwisterlandschaft, ihrer beider Territorium. War Eva nicht klar, was passieren konnte?

Kati wandte den Blick vom Bildschirm. Sie stützte das Kinn in die Hand und schaute aus dem Fenster. Nein, natürlich nicht. Eva stand woanders. Sie lebte nah bei der Mutter, sie war ihr nah. Und trotzdem, verflixt. Das hier konnte doch nicht gut gehen. Sie wollte das nicht. Sie wollte mit ihrer Schwester verbunden bleiben.

Was sollte sie antworten? Die Balkontür stand offen, draußen rauschte der Wind durch die Linden. Die Vögel schwiegen. Aus dem Radio in der Küche kam Klaviermusik. Genug für heute.

*Wieso sollte ich das wollen –, über dich schreiben, Vater? Nichts zieht mich dahin, in eine Nähe zu dir. Das Gegenteil ist der Fall… Du bist so gründlich tot, so lange schon nicht mehr da, dass Raum für etwas anderes entstanden ist; ein leerer Raum, in dem ich nach dem suchen kann, der du warst, bevor ich dich kannte: ein Junge, ein Mann mit Namen Dietrich Claassen.*

Kati starrte vor sich hin, die Hände auf der Tischplatte. Der Schreibtisch, die schön gedrechselten Beine. Der hölzerne Buchständer. Ja, Eva, ich lese tatsächlich eine Menge. Darunter auch Soldatentexte, Stimmen aus dem Krieg. Ich schreibe eine Menge. Aber das heißt doch nicht –

Was Familie bedeutet.

Verlassenheit winkte herüber.

Sie schüttelte den Kopf, fuhr den Computer herunter, es half nichts.

Übermorgen würde Eva hier sein, sie würde Meerchen zurück nachhause bringen, sie würden reden.

Sie holte Mehl aus der Speisekammer, Butter aus dem Kühlschrank, jetzt würde sie sowieso nicht schlafen können. Dann lieber den Kuchen gleich backen, so könnte sie morgen den ganzen Tag in der Bibliothek bleiben. Gedankenverloren deckte sie den Tisch, legte gelbe Servietten, kleingeblümt, neben die Teller. Nahm die Tassen der Kinder in die Hand, hielt in der Bewegung inne, stellte eine in den Schrank zurück.

Ellie hatte sich nicht mehr gemeldet.

# 3

Eva. Wie recht sie gehabt hatte, als sie Kati in der Bibliothek an den Regalen mit Kriegsbüchern vermutet hatte. Zwar hatte Kati tatsächlich auch an der Übersetzung gearbeitet, aber war nachher wie immer an den Reihen entlanggestreift mit der Literatur zum Zweiten Weltkrieg, ob da etwas Neues stand. Immer wieder kam Eva darauf zu sprechen, immer wieder stieß sie sich an diesem Interesse ihrer Schwester; sie, die ansonsten Katis Arbeit bewunderte, das literarische Übersetzen aus dem Englischen, die Sachbücher zur Literatur, die sie geschrieben hatte – umso mehr, so schien es, schüttelte sie über Katis hartnäckiges Graben in der jüngeren Geschichte, ihr Aufspüren von Stimmen, den Kopf. Kati hatte doch ihr Ding, ihren Erfolg –, wieso musste sie sich auf dies weite und vielbeackerte Feld begeben?

Sie wunderte sich seit drei Jahren und fand immer mehr –, war Kati denn nicht langsam mal fertig mit dem, was sie wissen wollte? Vor drei Jahren, als Kati und Ellie zurückgekommen waren aus Neuengland, hatte Kati ihr von dieser Spur erzählt, auf die die Reise sie gesetzt hatte, stockend, bewegt, und Eva hatte ihr Bestes gegeben, um Katis inneres Aufgewühltsein zu verstehen, und sollte sie es auch damals schon befremdlich gefunden haben, dann hatte sie es sich nicht anmerken lassen.

Eine Mutter-Tochter-Reise, bitte, Mama, hatte Ellie damals gebettelt. »Ich will dahin, wo du gelebt hast, als du klein warst.« Und da Eva sich voll Freude Ferien genommen hatte, um Meerchen zu sich zu holen, war es dann tatsächlich nach langer Zeit wieder einmal ganz ihrer beider Zeit, Katis und Ellies, gewesen.

Zweimal hatten sie Katis Tante Annie, die in Vermont lebte, früher schon besucht, aber das war lange her, es war noch in der Zeit vor Meerchens Geburt gewesen. Und so waren sie dies Mal beide, Kati und Ellie, jeweils eigenen Kindheitserinnerungen entgegengereist, freudig, erwartungsvoll, in eine Landschaft, in der alles zu ihnen sprach – jede weißlackierte Holzveranda, jeder Blaubeerpfannkuchen in einem Diner an der Straße – es war ein Schwimmen durch Gefühle gewesen. Bis sie, buchstäblich aus heiterstem Himmel, auf dem Weg zu Annie, auf einer hügeligen Straße in Vermont, in den Hurrikan geraten waren. (Ein Hurrikan, oder doch nur ein tropischer Sturm? Später hörte man mal diese, mal jene Bezeichnung. Aber spielte das eine Rolle? Für das, was nun plötzlich über sie hereingebrochen war, hatten sie sowieso keinen Begriff gehabt.)

Für New York angesagt, hatte sich der Sturm stattdessen über Vermont entladen. Sturzregen von oben, der wie kochendes Wasser übersprudelnde Bach neben dem Auto, im Nu hatte sich die Straße selbst in ein unaufhaltsam steigendes Wasser verwandelt –, »Fahren Sie da besser nicht mehr durch«, hatte ein Jeepfahrer aus einem anderen Auto herübergeschrien, und gerade rechtzeitig, gerade noch, bevor das Auto mit ihnen davonschwimmen würde, hatte Kati von der Straße abbiegen und die lange Zufahrt zu einem einsam liegenden Haus nehmen können.

Und da hatte er gestanden, der alte Mann in orangenen Regenkleidern, er hatte in den stürzenden Regen geschaut und als sie sich zu ihm auf die Veranda gerettet hatten, nachdenklich gesagt: »Seltsam ist nur, dass kein Wind geht. Ob wir im Auge des Sturms sind?«

Dann hatte er Kati und Ellie angeschaut, die vor ihm standen, Ellie eng neben ihrer Mutter, fröstelnd mitten im August –, »Ich weiß wirklich nicht, was ich Ihnen sagen soll.« Er hatte eine helle Stimme und helle blaue Augen. Sein Regenmantel tropfte. »Der ganze Keller ist voller Wasser«, sagte er, und schüttelte den Kopf. Kati beschrieb ihm, wo die Überflutungen begannen, wie sie in beide Richtungen immer weiter stiegen. Er musste das ja auch gesehen haben, seit drei Tagen brüllten im Fernsehen dick eingepackte, von Regen und Wind zerzauste Reporter vor irgendwelchen Stränden der südlichen Ostküste die neuesten Schreckensmeldungen über die Verwüstungen des Hurrikan ins Mikrofon, in ihren Augen Entsetzen und Faszination. Vorkehrungen für große Evakuationen in New York waren gezeigt worden, aber seltsamerweise war bei allen Warnungen und Vorbereitungen nie von Vermont die Rede gewesen, wo Kati und Ellie jetzt unterwegs waren, zweihundert Kilometer von der Küste entfernt, und nun – im Auge des Sturms?

Er hatte dann die Küchentür geöffnet und sie hereingebeten. Seine Tochter, eine ältere Frau mit grauem Rundschnitt, hatte sie loswerden wollen; sie saß am mit Papieren übersäten Küchentisch und schaute ihnen mit gerunzelter Stirn entgegen. Hart, klacker di klack, hatten ihre Absätze auf dem Holzboden geknallt, als sie zwischen Tisch und Telefon hin- und herlief, um Motels zu finden, in die sie die ungebetenen Gäste würde schicken können, oder die Polizei, die ihr eine Lösung des Problems sagen sollte, aber sie erreichte niemanden, die Absätze knallten wie Ausrufezeichen hinter dem, was sie nicht sagte: Haut ab.

Aber da war noch ihr Vater, der am Tisch saß, schweigend, den Rücken durchgedrückt, und der nun sagte: »Ich glaube nicht, dass es eine gute Idee ist, sie dahin zu schicken, wenn niemand den Hörer abnimmt«, langsam, die Stimme hell und deutlich.

Und dann war eine zweite Tochter aufgetaucht, sie wohnte mit ihrem Mann in einem Haus auf dem Berg, die beiden hatten die Küche betreten, um kurz danach in den Keller zu gehen und Wasser zu schöpfen, aber schon in diesem kurzen Moment hatten sie wie mit Zauberhand die Atmosphäre verändert. Ein paar Minuten später hatte Ellie einen warmen Pullover an und bekam einen Teller mit Käsetoast hingestellt. Dann kamen sie zurück und luden Kati und Ellie ein zu sich in ihr Haus auf den Berg, sie öffneten die Tür zu ihrem Jeep. »Wir sind gerettet, Mama«, hatte Ellie gesagt, und, ja, so hatte sich das tatsächlich angefühlt, und Kati hatte, als sie im Jeep die steile Straße den Berg hochfuhren, noch gefragt, ob die ältere Schwester die jüngere wohl mochte dafür, wie sie einen Raum verändern konnte? Ob sie sie hasste?

Zwei Tage waren gefolgt, in denen der Himmel so blau war, als wäre nichts geschehen. Hätte man es nicht besser gewusst; hätte man nicht Dächer neben den Häusern liegen sehen und Schreckensbilder im Fernseher. Als ein paar Tage später eine komplizierte Strecke über Straßen, die unzerstört geblieben waren, im Internet angegeben wurde, auf der sie es am nächsten Tag bis zur Autovermietung schaffen könnten, und von dort aus in letzter Minute einen Zug zurück zum Flughafen bekommen würden, waren sie mit der Tochter und deren Mann noch einmal bei dem alten Mann vorbeigefahren, um sich zu verabschieden. Er hatte Ellie angelächelt; sie hatten am großen, mit Papieren übersäten Tisch gesessen und er hatte gefragt, wo in Deutschland sie wohnten. Ob Kati die Ostsee kenne? Dort sei er nach dem Krieg gewesen. An der Ostsee, bei Danzig. Er erinnerte die Landschaft sehr genau, die vielen kleinen Dörfer, die grüne Ebene, das Weichseldelta, sie hatte sich ihm eingeprägt, die Landschaft damals. Er hatte das gemocht, das viele Laufen, den Geruch nach Erde.

Und das war der Moment, in dem Kati dachte, dies ist eine Geschichte. Irgendwo hier hängen Dinge zusammen, aber wo genau? Der Zusammenhang war nicht damit erledigt, dass ihr Vater aus Danzig kam und gegen die Amerikaner gekämpft hatte –, auf der falschen Seite also. 1939 – da war der Vater vierzehn Jahre gewesen, kaum älter als Ellie heute. Krieg, Gefangenschaft, Flüchtlingslager, er hatte sie erlebt, die Schrecken des Jahrhunderts, hatte sie überlebt. Er war zehn Jahre nach dem Krieg, nach dem Studium, für einige Jahre nach Amerika gegangen, hatte sich später, zusammen mit der Mutter, ganz dort niederlassen wollen. Es war nicht viel, was Kati über diese Jahre wusste; er war ein großer Schweiger gewesen, der Vater, so dass sie sich als Kind auf jeden Ortsnamen, jede Judy oder Harriet, die er mal kannte, gestürzt hatte; ersehnte Beute für die Sehnsuchtsfantasie des Kindes, das alles nutzte, um sich das Glücks- und Herkunftsland Amerika auszumalen.

War sie dem nachgereist, bis hierhin?

Und nun war da, auf einmal, wie aus dem Nichts, dieser fremde Mann, der einen leeren Raum füllte, mit Beschreibungen aus einem grünen waldigen Europa, und sie dachte: Was für eine Geschichte ist das hier, vom Gerettet- und vom Verschontwerden, und von wer weiß was noch?

Die ältere Tochter hatte sich nicht mehr blicken lassen. »Sie geht immer weg, wenn Vater erzählt«, hatte die jüngere entschuldigend gesagt, und dann wie zu sich selbst: »Sie hat weit weg gelebt, ist dann wieder zurückgekommen. Aber ob sie überhaupt hier sein will? Überall breitet sie ihren Papierkram aus«, und den Kopf geschüttelt.

Ich kenne das, hatte es Kati auf der Zunge gelegen, zu sagen. Ich weiß, wie das ist, wenn man eine geographische Entfernung sucht, die der seelischen Entfremdung entspricht. Ich kenne die verzweifelten, seltsamen Konstruktionen von zuhause, das Anhäufen von Büchern oder Papieren um sich herum, als wären sie eine Verlängerung von einem selbst; als könnten sie einen binden, an einem Ort verankern. Aber gesagt hatte sie nichts.

Sie waren noch einmal hoch auf den Berg gefahren, und Kati hatte beim einfallenden Abendlicht auf der fremden Veranda gesessen, und Ellie in irrem Tempo mit einem Minitraktor die Wiese hinunter rasen sehen, auf den diese netten fremden Menschen sie gesetzt hatten, und sie hatte an ihren Vater gedacht. Früh hineingeraten in Zonen von Krieg und Schuld, hatte er nicht hinausgefunden. War nicht verschont geblieben, hatte andere nicht verschont. Nie hatte er nur annähernd etwas Ähnliches ausgestrahlt wie der alte Mann hier; eine Art friedlicher, heiterer Ruhe, sogar im Auge des Sturms. Was hatte es auf sich gehabt mit dem Schweigen ihres Vaters – was genau enthielt die Kapsel seines Schweigens? Etwas jedenfalls, das Gift aussonderte, in kleinen Mengen, das in den Knochen saß bis heute.

Am nächsten Morgen war der Jeep mit ihnen den Berg hinunter gefahren zum weißen Haus, wo das Mietauto stand und sie sich nun verabschiedeten. Nicht von der ältesten Schwester, sie war unsichtbar geworden. »Nice to know you«, hatte der alte Mann genickt und gelächelt. »Very nice.« Und hätten sie nicht allesamt Riesenglück gehabt, einfach Glück, im Auge des Sturms? Dann stand er auf der Veranda, neben sich Tochter und Schwiegersohn, die amerikanische Flagge flatterte, und er winkte hinter ihnen her.

# 4

»Hallooo, Mama! Haaallo, Ellie!« Meerchens Rufen schallte durchs Treppenhaus. Kati öffnete die Wohnungstür, schaute ihnen entgegen. Zweimal blond und langhaarig kam da die Treppe herauf. Meerchen mit Lockenmähne, dünn und drahtig, mit den blauen Augen ihres Vaters. Eva langsamer dahinter, elegant wie immer, enge Hose, hochhackige Sandalen, sie hatte den Blick auf den Stufen, schaute kurz hoch, als Kati auch sie in die Umarmung ziehen wollte.

»Lass mich erstmal die Jacke ausziehen, ist zu warm…« Eva schüttelte ihre Haare, legte den Mantel über einen Stuhl. Meerchen rannte weiter in ihr Zimmer. »Meerchen, Ellie ist nicht da!«, rief Kati ihr hinterher, aber sie war schon in Ellies Zimmer verschwunden.

»Willst du Kaffee?« »Später, erstmal Wasser.« Kati öffnete das Küchenfenster, eine Blaumeise pickte im Balkonkasten, dann saßen sie einander gegenüber. Schwiegen.

»Warum hast du nicht geantwortet?« Evas braune Augen mit den langen Wimpern, größer als ihre eigenen mandelförmigen, schauten direkt. Auge in Auge. Sie ist wütend. Und aufgeregt. Sie sieht schön aus. Wie sie das schafft, geschminkt so ungeschminkt auszusehen. Kati schwieg, schaute weg, aus dem Fenster.

»Ich hab's versucht. Aber ich weiß, ehrlich gesagt nicht …«, Kati schaute schnell zu Eva hinüber, »… wie. Ich meine, wieso sollte ausgerechnet ich die Richtige für diese Aufgabe sein?«

Eva lachte kurz auf, erstaunt. »Die Richtige? Es gibt nur ein ältestes Kind, und das bist du.« Kati schwieg. »Aber natürlich…«, schob Eva rasch nach, »auch die Richtige. Du kannst schreiben.« Sie hob Bücher vom Bücherstapel, der neben ihr auf dem Küchentisch lag. »Stimmt doch … du liest und schreibst Tag und Nacht, sogar in der Küche.«

Kati schwieg.

»Kati, ich verstehe es nicht. Du schreibst mir Mails über alles Mögliche, aber wenn ich dich nach etwas frage, wo es um was – jedenfalls um etwas Wichtiges geht, dann krieg ich keine Antwort. Warum?«

Kati schaute ihre Schwester an. Stellte sie sich dumm? Der Versuch, eine Welt zu erklären. Es ist das, was ich mein ganzes Leben gemacht habe, nach den richtigen Worten suchen. Wenn ich sie finden würde, hatte sie immer gedacht, dann. Dann würde die Mutter, diese allzeit freundliche Frau; dann würde ihre schöne Schwester, dann würden sie – ja, was?

Aber es waren nicht die richtigen Worte, auf die es ankam.

Kati riss das Fenster ganz auf. »Eva… Was meinst du damit? Das ist doch nicht irgendeine Frage. Was erwartest du von mir?« –

Eva schnitt ihr das Wort ab. »Du willst also nicht.« Sie saß still da. »Aber Kati, ganz ehrlich…« Für einen Moment sah Kati wie in einem Blitzlicht ihre kleine Schwester, viel jünger als heute, vor sich. »Wieviel Zeit muss denn noch vergehen, damit das alles – normal wird, ich meine … damit es sich entspannt. Soll das jetzt immer so bleiben?«

Vorsicht, Eva. »Ich mach mal Kaffee«, murmelte Kati und stand auf. »Eva ... das kam ziemlich plötzlich. Lass mich noch etwas nachdenken.«

»Was glaubst du, Kati, wie lang ich mich damit rumgeschleppt habe. Meinst du, ich wüsste nicht, dass das alles nicht so einfach ist? Glaub nicht, dass ich so eine Frage mal eben aus dem Ärmel schüttele.« Sie stand auf, ging zum Fenster, ignorierte den Kaffee, den Kati ihr hinstellte.

»Aber Eva, geht es nicht um –«

»Das Leben bleibt doch nicht stehen, Kati!« Das kam wie aus der Pistole geschossen.

Kati sagte nichts. Eva schaute weiter aus dem Fenster. Bereute sie es, ihrer älteren Schwester wieder so nahe gekommen zu sein? Es war noch nicht so lange her, zerbrechliche sechs Jahre, dass sie sich wieder trafen, sprachen, telefonierten, mailten. Jahre, in denen Eva die Kinder hatte größer werden sehen, sie immer wieder zu sich geholt hatte, Eva, die Schöne, die Lustige, die Großzügige; Eva, die Ellie und Meerchen liebte, geliebt wurde. Jahre, in denen wir beide Kaffee getrunken und uns zurückgetastet haben ins Schwestersein.

Und nun kam Eva mit diesem Jahrestag. Du und ich, die wir es nicht einmal fertigbringen, entspannt über unsere Eltern zu reden. Aus Meerchens Zimmer kam ein kurzer Schrei. »Mama!« Kati sprang auf.

Meerchen war nicht in ihrem Zimmer, sondern in dem ihrer Schwester. Hatte Ellies Bett zerwühlt, sich zu deren weißem Plüschwolf gelegt, der immer neben ihrem Kopfkissen lag. Dort lag sie und wies zum Fenster. »Mama, hast du das nicht gehört, den Knall an der Scheibe! Ein Vogel!«

Kati öffnete die Balkontür. Sah den Vogel benommen am Boden, taumelnd. »Mama, lebt er noch?« Sie hockten nebeneinander, bis er losflog, etwas schief am Anfang, dann aber geradewegs in die Luft und auf und davon. Meerchen seufzte auf und rannte an ihr vorbei, in ihr Zimmer.

Als Kati zurückkam, war die Küche leer. Ich fasse es nicht, dachte Kati. Sie ist einfach gegangen. Wie kann sie nur? Sie sank auf den Stuhl, schaute in den immer noch hellen Tag vor dem Fenster.

»Mama?« Meerchen stand in der Tür. »Warum machst du denn kein Licht an? Bist du müde? Und wo ist Eva? Sie hat gar nicht Tschüss gesagt!« Große blaue Augen. Vorsichtiges, sehr sanftes Näherkommen. Anlehnen.

»Na komm. Ich bring dich mal ins Bett.«

Viele Gesteinsschichten, eine im Grunde unüberschaubare Landschaft. Kosmos Erinnerung, was da lag, lastete. Aus dem man bestand. Das konnte gesichtet, besichtigt werden. Das wollte, das musste. Das, was sich der Beschreibung entzog: ein dünner Faden, giftige Farbe, mäanderte durch alle Schichten, bahnte sich einen Weg, färbte alles ein. Alles war anders gewesen, als es lange geschienen hatte. Alles war anders, als man lange gedacht hatte.

Kati saß auf dem Sofa. Sie hatte nichts mehr gemacht, keine Spülmaschine ausgeräumt, die Mails nicht erledigt, sogar die Kaffeetassen standen noch auf dem Tisch. Die immer gleichen Gedanken zogen in Endlosschleife durch den Kopf: Stand Eva womöglich doch an einem ganz anderen Ort, als sie, Kati, gemeint hatte? Sie griff nach dem Handy, warf einen Blick auf die Uhr, nach elf. Vielleicht wäre Diana ja noch wach? Hi, schläfst du schon?, tippte sie ins Handy.

Zwei Minuten später summte das Telefon. »Ich habe dich nicht geweckt, oder?«, fragte Kati.

Sie hörte Diana gähnen. »Alles ok. Und du, wieder mal später Vogel, hmm? Erzähl.« Kati erzählte von Evas Besuch, von ihrem jähen Aufbruch. »Komisch«, murmelte Diana. »Wieso ist sie denn so verletzt?« Kati schwieg. »Und weißt du, was sie noch sagte, bevor ich dann zu Meerchen rübergerannt bin? Ich solle mal endlich erwachsen werden. Irgendwann müsse sogar ich meine Kindheit hinter mir lassen.«

Diana schnalzte mit der Zunge, schwieg. »Da packt sie ja einiges zusammen.«

»Meine kleine Schwester«, sagte Kati, »ich fass es nicht.«

Sie schwiegen gemeinsam. Kati sah Diana vor sich, den nachdenklich gesenkten Kopf, das dichte rotbraune Haar ein Vorhang vor ihrer Konzentration. Sie hatte das gleich gemocht, damals, als sie sich im Studium kennengelernt hatten: Dianas Art, zuzuhören. Diana ließ sich Zeit. Ließ sich nicht hetzen.

»Irgendwie herablassend«, sagte Diana. »Was hat sie denn?«

»Ja, und was meint sie überhaupt? Immerhin ziehe ich zwei Kinder groß.« Kati bewegte die kalten Zehen in den dicken Socken, Frühling hin oder her, gleich würde sie sich eine Wärmflasche machen müssen.

Diana seufzte. »Dabei hattet ihr so eine gute Art miteinander gefunden. Sowas wie jetzt gab's in den letzten Jahren nicht, oder?« »Nein«, sagte Kati traurig. »Das gab es nicht.«

»Vielleicht tut es ihr inzwischen auch leid? Wer so impulsiv geht, müsste sich ja dann irgendwann wieder melden, meinst du nicht?«

Nach dem Telefonat war sie hellwach. Später Vogel, dachte sie, genau. Später Vogel flattert wieder. Sie räumte das Geschirr auf und setzte sich noch einmal an den Schreibtisch, versuchte, den Weg zurück ins Buch zu finden.

Aber die Gedanken schwirrten, umkreisten die Schwester; Eva, die es leichter gehabt hatte mit dem Vater; auch mit der Mutter, der beide immer dankbar gewesen waren für ihre Leichtigkeit… Wohingegen es sie selbst schon als Kind nach unten gezogen hatte –, zu den Fragen, den Themen, die sie unter den Dingen des Alltags erahnte, deutlich, unübersehbar, so dass sie, Kati, oft nicht verstanden hatte, wieso andere sie nicht sahen. »Komm, Kätchen«, hatte die Mutter das manchmal aus ihrem Gesicht wegzustreicheln versucht, »mach nicht so ein ernstes Gesicht. Du siehst viel hübscher aus, wenn du lächelst…« Das war nicht gut gewesen, auch nicht klug. Kinder suchten sich ihre Rolle in der Familie ja nicht aus. Sie hantierten mit dem, was sie vorfanden, dem Unausgesprochenen vor allem. Den rätselhaften Trümmern, die sie unter dem scheinbar so stabil gebauten Familienhaus witterten. Sie hatte sich nicht verschließen können vor der Schwere, gegen die sie den Vater täglich ankämpfen sah. Wieviel von dieser Schwere stammte aus seinen Jahren im Krieg, über die er nicht sprach?

*Ich Kind aus Friedenszeiten weiß nicht einmal, welches die richtigen Fragen wären. Die richtigen Fragen, um einen Begriff zu bekommen. Und so greife ich zu den Sätzen derer, die wie du, Dietrich, dabei gewesen sind. Zeugen. Sie, die einen Begriff (von Krieg, tödlicher Gefahr, legalem Töten, legalisierter Gewalt) hatten, die überlebten und danach nicht schwiegen, sondern schrieben. Nehme ihre Sätze wie Haltegriffe in die Hand, um mich auf dem Weg in dein unbekanntes Leben voranzutasten. Wem sonst sollte ich auf diesem Weg glauben können? Fremde Sätze wie Maßbänder, die ich mir leihe, um sie durch den unabsehbaren Raum zu legen.*

*Was erlebt ein Junge, ein siebzehn, achtzehnjähriger, der gerade seine Kindheit hinter sich gelassen hat –, was hat Dietrich Claassen erlebt, als er 43 achtzehnjährig in den Krieg ziehen musste? Hat er auch die Spaltung erlebt, von der viele Veteranen geschrieben haben? Das Gespaltensein in den, der Soldat sein muss, und den anderen, der weiter neben einem herläuft, »das Kind, das dies alles nicht möchte, das sich zurück biegt mit großen erschreckten Augen wie an der Hand eines großen, gewissenlosen Bruders, der es mitschleppt«? So habe ich das bei Ernst Wiechert gelesen, der bei uns im Regal stand.*

»Ja, und? Es ist ewig her….«, hörte Kati im Geiste Eva sagen.

# 5

Im Einschlafen sah Kati sich selbst vor sich, jünger als Ellie, dreizehn musste sie gewesen sein. Sich, ganz deutlich, ihr Profil mit der Stupsnase, das verlegene, etwas schüchterne Lächeln, der Blick nach unten, die lockigen Haare kinnlang. Dreizehn Jahre, wie war man da? Wie Marzipan. Wie Samt und Seide. Das Mädchen ihrer Erinnerung schimmerte zart; Achtung zerbrechlich. Handle with Care.

In jenem Sommer waren sie als Familie nach Capri gereist. Der Vater, perfekter Organisator, der er war, hatte schon im Winter die Ferienwohnung gebucht, und sie war wirklich schön gewesen, ungewöhnlich, schien direkt in einen Felsen hineingebaut. Wenn Kati morgens barfuß aus der Tür trat, hatte sie immer kurz die Hand auf den warmen Felsen gelegt. Sonne war schon da, Sonne war überhaupt nie ganz weg. Nackte Füße auf sonnenwarmem Stein, Frühstücksteller in der Hand, der Tisch unter einem großen Baum. Die Mutter, mit weit schwingendem Rock, hatte den Kaffee gebracht, Kati hatte schon den Bikini an, wildbunt, echt Siebziger, und verteilte die Teller. Es war der Sommer gewesen, als Kati ihrer kleinen Schwester Lesen beibringen wollte, guck mal Evi, Son-ne. Das »s« zischt im Mund wie eine Schlange. Und jetzt sag mal: Mammmm-a. Da hast du die Lippen dicht aufeinander, mamamama. Und die Striche vom »m« sind auch dicht beieinander, zwei grade Striche und dazwischen der Knick, siehst du das?

Evchen, du riechst nach Sonne, hatte Kati gesagt und die Nase in den blonden Pferdeschwanz der fünfjährigen Schwester gesteckt. Evchen im bunten Hänger, die sich so leicht die Haut verbrannte, rutschte von Katis Knien, Komm, Mama, schwimmen gehen!

Sie hatten von der Ferienwohnung nur einen schmalen Pfad hinunter Richtung Meer laufen müssen, an den nackten Beinen kratziger Rosmarin, dann sah man schon den kleinen Felsabsatz, ein Plateau knapp zwei Meter über dem Wasser, auf dem sie die Tücher ausbreiteten, Sonnencreme und Bücher aus der Tasche holten. Kati hatte springen geübt in diesem Sommer, Kopfsprung, nachdem sie vorher das Wasser erkundet hatten auf Felsen, die sich unter der Oberfläche verbargen.

Das Plateau war nach hinten vom Felsen begrenzt, Kati hatte ihre Stelle gefunden, an die sie sich lehnen konnte, die Beine angezogen, den Roman auf den Knien. Zwischendurch nahm sie die rote Kladde zur Hand, die ihr die Mutter zum Geburtstag geschenkt hatte, Gedanken ins Tagebuch, Sätze. Und immer mal wieder übers Wasser schauen, ob das Mädchen zu sehen war. Soviel älter als sie selbst konnte sie gar nicht sein, vielleicht drei Jahre?

Irgendwann kam das kleine Boot vorbei.

Darin saß das schöne Mädchen mit ihrem Freund, braungebrannt und wundervoll, ihre Augen, die braunen Haare mit blonden Strähnen; das Mädchen wie das Fleisch gewordene Urbild dessen, was sie selbst sein wollte. Da ankommen, in seidiger Haut und lässigen Bewegungen, ankommen in dieser seltsamen Ruhe, im zärtlichen Blick ihres Freundes – für eine Weile gab es Evi nicht, die an ihr zog, dass sie mit ihr ins Wasser kommen sollte, die Mutter nicht, die plaudern wollte. Es gab den Vater nicht.

Das da drüben war anderes Land gewesen.

Und überhaupt.

Eine heile Familie –, das waren sie nicht nur nach außen gewesen. Wie lange sie selbst daran festgehalten hatte: eine heile Familie. Die heitere Mutter, die sonnigen Räume im Haus der Kindheit, an denen war ja nicht zu rütteln. Den fensterlosen Raum, den finsteren, konnte man übersehen, eine Weile noch.

Denn woher sollte man wissen, was kommen würde –, unter der Sonne von Capri? Oder zuhause, geborgen in ihrem Mädchenzimmer, einen dicken Roman in Händen? Auch sie, Kati, hatte gekonnt, was Kinder nun mal können: unverkraftbare Erfahrungen wegpacken, sie verstauen an einem zunächst unauffindbaren Ort. Eine Weile noch würde kindliche Selbstvergessenheit alles zusammenhalten; würden die Augen über alles hinwegleuchten. Sie hatte nicht gewusst, dass plötzlich, nicht so viel später, die Zeit zerfallen würde; sich spalten in zwei Zeitrechnungen. Erst dann, auf der Schwelle zum nächsten Lebensalter der Jugendlichen, würde sich dieser Riss auftun, würde klaffen und sich nicht mehr schließen.

Sie war ein Pferdemädchen gewesen in diesen Jahren, hatte nachmittags auf dem Bauernhof in der Nachbarschaft Pferde gestriegelt, gefüttert, Ställe ausgemistet. Mit Feuer und Flamme und blaukarierten Hemden. War ab und zu in der Koppel eine Runde geritten. Die Schule war nicht mehr so wichtig. Wichtiger der Schulweg, die endlosen Gespräche mit den Freundinnen. In der Schule nervte die aufdringliche Direktorin. Sie kannte den Vater durch irgendeine Baugeschichte, und nahm Kati auf reichlich plumpe Weise immer wieder zur Seite und lud sie in ihr Büro. »Na Katinka, wie läuft es in der Schule? Zufrieden mit den letzten Noten?« Mit tiefer Stimme und Mundgeruch. In der roten Kladde wütete Kati gegen die »alte Schnüffeltante«. Dem Tagebuch vertraute sie auch ihre Angst an, »in Versuchung« zu geraten. Der Junge, der auf dem Bauernhof beim Heuen half und der manchmal mit angeberisch überhöhter Geschwindigkeit auf dem Traktor an ihrem Haus vorüberraste –, als wüsste er, dass sie sich die Nase an der großen Scheibe plattdrückte, um ihn zu bewundern. Der Bauer selbst, der ihr beim Aufsteigen aufs Pferd half. Aufregende Jahre, und die Eltern waren nicht auf konventionelle Weise streng, prinzipiell verbietend gewesen; keine Leute, die einem grundsätzlich den Spaß an Dingen verdarben. Sie waren Menschen, die wollten, dass ihre Kinder es gut hatten. Es war komplizierter. Unterschwelliger.

*Je länger du tot bist, desto weiter liegen nicht nur meine Angst, meine Lähmung und Erstarrung zurück, sondern auch mein Schritt in Angst, Lähmung, Erstarrung hinein –, hinein, hindurch, hinaus, mein Schritt ins Freie, mit dem etwas begann.*

Sie schlief ein.

Und war dann doch plötzlich wach. War da nicht eben unten ein Geräusch?

Kati stand auf, öffnete die Balkontür, ließ kühle Nachtluft herein. Manchmal meinte sie, Menschen schlafen hören zu können. Wie ausgeschnitten unten auf der anderen Straßenseite die rotlackierte Holztür vom Haus gegenüber, ins Lichtviereck der kleinen Lampe über der Tür gesetzt. Ein großer Mond hinter Bäumen.

Sie hörte den Schlüssel im Schloss drehen. Mit drei Schritten war sie im Flur. »Ellie, bist du das?« Vor der Kommode sah sie Ellie ihren Rucksack absetzen, den Blick gesenkt, den braunen Pferdeschwanz; sah sich selbst in Ellies genervtem Blick gespiegelt – die Locken würden wild um den Kopf stehen, ihre Augen, die ins Licht zwinkerten, würden verknittert sein. »Ellie! Was ist los, warum kommst du um diese Zeit? Und warum hast du nicht Bescheid gesagt?«

Ellie seufzte. »Mama, ist alles ok. Ich –«

»Ellie, sag mal ... du bist jetzt drei Tage weg, sagst Bescheid, nachdem du gegangen bist, und schleichst dich jetzt hier rein wie ... wie...«

»Wie ein Dieb?«, vervollständigte Ellie schnippisch. Kati packte ihren Arm. »Was ist daran so schwer, Bescheid zu sagen?«

»Mama, können wir morgen reden...«, Ellie zog ihren Arm weg. »Ich geh jetzt ins Bett.« Kati starrte sie an. »Verdammt, Ellie, ich habe Angst, wenn du so spät allein unterwegs bist! Du bist fünfzehn! Und du weißt genau, dass ich dich abgeholt hätte.«

»Mama, ich werde bald sechzehn! Du musst dir keine Sorgen um mich machen, wie oft soll ich das noch sagen. Ich möchte jetzt schlafen. Tut mir leid...« Ellies Zimmertür schloss sich.

In der Küche stehen, sich die Tränen verbeißen. Von einem Fuß auf den anderen treten, Wasser kochen, eine Wärmflasche für die kalten Füße. Tränen, die bereitlagen, Ellie hatte sie nur angestoßen, Tränen über andere, ganz eigene Dinge. Ellie hatte Recht, um sie musste sie sich keine Sorgen machen.

Ellie, die eigentlich Lisa hieß. Aber sie hatten damals zu spät gemerkt, dass sie das falsche Stück aus Elisabeth herausgeschnitten hatten, Ellie war ein paar Wochen alt gewesen, als Kati klar wurde, dass ihr der Name Lisa, den sie immer gemocht hatte, nicht über die Lippen wollte, wenn sie das kleine Geschöpf mit den schwarzen, täglich heller werdenden Strähnen ansah – nur wenig zu spät, aber eben doch zu spät. Ellie war Ellie, solange irgendwer in ihrer Umgebung denken konnte.

Und jetzt? Jetzt wollte Ellie ganz offensichtlich etwas wissen, was nur sie selbst anging. Wissen, was sie von ihrem Vater erwarten konnte, wenn sie in die Offensive ging. Wenn die Besuche, die seltenen Wochenenden nicht mehr länger von Mama, von Kati, vermittelt wurden. Was von Karl, ihrem Papa zu halten war, wenn niemand anders zwischen ihnen beiden stand. Karl, der sich nicht gerade ein Bein ausgerissen hatte, um Ellies Kindheit und Jugend zu begleiten. Sie ist mutig, denkt Kati, das darf ich nicht vergessen. Sie will etwas Wichtiges, und sie geht dafür los. Sie reißt sich los. Und das tut nun mal weh.

# 6

In den nächsten Tagen stürzte sie sich in die Arbeit. Ellie und sie waren vorsichtig miteinander. Kati schaute nur aus dem Augenwinkel auf ihre große Tochter, die sich zurückzog, auf vorsichtige Nachfragen ihrer Mutter einsilbig antwortete. Die bemüht war, Meerchen, ihren größten Fan, ihre von ihrem Aufbruch alarmierte kleine Schwester, nicht vor den Kopf zu stoßen. Meerchen, die sich jetzt auf Schritt und Tritt an sie dranhängte. »Meerchen, alles klar, wir spielen gleich eine Runde Uno zusammen. Aber lass mich grad was fertig machen…« Und behutsam die Türe vor Meerchens Nase schloss. Sie macht das schon wie ich, dachte Kati. Schließt die Tür leise hinter sich, als wäre es dann weniger schlimm, dass man sich in seine eigene Welt entzieht.

*Heute morgen habe ich über einen jungen Wehrmachtssoldaten namens Wolfgang Holzapfel gelesen. Er war so alt wie du, Dietrich, als du in den Krieg gingst, und er war gerade Zeuge eines Massakers an jüdischen Menschen geworden. Ich kam aus dem Schulleben, schrieb er, und man meint ihn, so frisch und blutjung vor sich stehen zu sehen. Er kenne es nicht, »das Wesen Mensch, das hier an der Front in so manchen Fällen zur Bestie werden konnte«. Er habe es nirgends kennengelernt. Niemand hatte davon gesprochen, niemand ihn darauf in irgendeiner Weise vorbereitet. So stelle ich mir das tatsächlich auch vor. Wie hätte sonst all das geschehen können? Und wie konnte es überhaupt geschehen, wie geschah das? Zur Bestie zu werden?*

Kati zog den Umschlag mit den Bildern aus der Vaterfamilie zu sich her, den sie vor ein paar Tagen aus dem Schrank genommen hatte. Den Umschlag, der schon lange wartete.

Schon lange warteten, nie anders als flüchtig angeschaut, die Fotos von den Großeltern, den Onkeln, der Tante. Denn waren es nicht im

Grunde fremde Leute; Menschen, die sie nie im Leben kennengelernt hatte? Menschen, mit denen sich der Vater irgendwann – auch das aus Gründen, die sie nicht kannte –, verkracht, von denen er sich getrennt hatte, auf immer.

Eva hatte sich nicht mehr gemeldet. Das Gespräch mit der Schwester kreiste immer wieder in Katis Gedanken. Und heute Nachmittag war ihr eingefallen, dass auch das, was sie selbst danach zu Diana gesagt hatte, nicht ganz stimmte. Zwar hatte es in den vergangenen sechs Jahren keinen wirklichen Streit zwischen Eva und ihr gegeben, keine Schärfe. Ein Stolpern, das schon. Eine Fremdheit.

Sie hatten im Café gesessen, kurz mal ohne Kinder, und Eva hatte locker nachgefragt, vermutlich liebevoll gemeint, aber auch hastig, etwas verlegen, wie es denn aussähe bei ihr »in Sachen Männer« –, sei jemand in Sicht? Leise, fast schüchtern, angefügt: »Ne Hübsche wie du.«

»Nein, Eva, überhaupt nicht«, hatte sie erstaunt geantwortet, »aber mir geht's gut so, wie es ist. Mir fehlt niemand.«

»Kati, komm! Du hast soviel um die Ohren, du kannst mir nicht erzählen, dass du dich nicht mal anlehnen möchtest, du bist zu lang allein.« Eva hatte sie lange angeschaut, und hinzugefügt: »Das wäre doch ganz normal.«

Kati hatte gestutzt. »Normal? Was soll normal denn hier heißen?«

Da hatte Eva schnell das Gesprächsthema gewechselt. Das immerhin hatten sie geschafft in diesen Jahren der Wiederannäherung. Das altbekannte »normal«, mit dem sie aufgewachsen waren, spielte keine Rolle mehr; es lag in Stücke gebrochen zwischen ihnen, niemand stieß sich mehr an ihm. Sie lebten ihre so unterschiedlichen Leben, Eva mit Führungsposition in einem Textilbetrieb und mit Andi, der als Programmierer arbeitete – ein gut geplantes Leben, in dem die Fürsorge für die Mutter einen festen Platz einnahm. Sie, Kati, mit ihren Mädchen und ihrem Schreiben, ihrem Übersetzen, mit der immer neu zu justierenden Balance zwischen zwei Kindern so verschiedenen Alters und von verschiedenen Vätern; sich mit Teilzeitstellen und Vertretungen die Zeit erkämpfend für die Dinge, die sie wirklich tun wollte.

Und stimmte es tatsächlich, was sie in diesen Jahren geglaubt hatte?

Dass ihrer beider so unterschiedliche »normal« so mühelos wieder zueinanderzufügen wären, dass Respekt und Toleranz, dass Schwesternsehnsucht die Unterschiede überbrücken könnten?

Oben auf dem Bilderstapel lag das Foto ihrer Großeltern. Kati strich mit dem Finger über den festen Karton, postkartengroß, altersvergilbt, auf dem immer noch gestochen scharf das Portrait des jungen Paares zu sehen war, vom ovalen Passepartout gerahmt. »Schwarz, Marienburg-Christburg«, lautete der eingravierte Schriftzug am Rand des Fotokartons, schön verschnörkelte Schreibschrift neben winzigen imprägnierten Stempeln: einer golden, einer silbern. Darunter: »Königsberg/ Pr. – Berlin 1896 – Graudenz 1895.« Aus den großen Städten des Deutschen Reiches hatte dies Gold und Silber herübergeschimmert bis nach Marienburg, der kleinen Stadt im Danziger Werder. »Mbg., 2.IV.17« war als Datum hinten auf der Postkarte vermerkt.

Fast hundert Jahre war das her. Wie hatte das »normal« dieser beiden ausgesehen?

Ein Paar, jung, war das Bild vielleicht zu ihrer Verlobung entstanden? Auch wenn, fast hundert Jahre später, dies »jung« nicht mehr jung aussah; so gesetzt wirkten diese beiden, so angekommen… Nebeneinander sitzend, Augenpaar neben Augenpaar, schauten sie schräg aus dem Bild heraus in dieselbe Richtung. Leicht aneinandergelehnt, gerade genug, dass Zusammengehörigkeit sichtbar wurde; Verbündung, gemeinsame Vorhaben. Etwas wie stolze Ruhe strahlten sie aus, Festigkeit, Selbstsicherheit. Man könnte das kurze Stillhalten zweier Tatmenschen herauslesen.

Sie hat ein volles Gesicht, die Haare sind locker nach hinten zurückgesteckt, die Augen sehr wach. Ein heller Volantkragen liegt über dem Kleid, im spitzen Ausschnitt ist eine Kette mit Anhänger zu sehen. Er trägt Uniform. Goldknöpfe am eng geschlossenen Kragen, er hat einen schönen Mund, sieht weicher, nachdenklicher aus als sie. Schulter an Schulter, das wiederum scheint nicht von vorgestern, es scheint modern; so wie sie da nebeneinander stehen oder sitzen, kann man sie sich überhaupt nicht in jener Mann-Frau-Anordnung vorstellen, die man aus Bildern dieser Zeit auch kennt: das Familienoberhaupt stehend, die Hand auf der Stuhllehne oder der Schulter der sitzenden Frau, die bürgerlich-patriarchale Familie. Stattdessen meint man ein Team vor sich zu haben. In die gleiche Richtung zu schauen scheint das Wichtigste. Andererseits –, was weiß man schon, fast hundert Jahre später?

Noch war Krieg gewesen. Hatte er, der Großvater, die Verletzung schon gehabt, die ihn später die Gesundheit kosten würde? Noch weist nichts in den Gesichtern darauf hin, dass sie gezeichnet sind. Eher scheinen ihnen Sicherheiten ins Gesicht geschrieben, erhebliche. Sie kam aus reichem Haus. (Ihrer Familie, hieß es, habe der Flughafen von Marienburg gehört, aber kann das sein? Kann einer Familie ein Flughafen gehören?) Zwei, die ihrer Sache sicher sind. Für die Kinder, die bald kommen würden, würde gesorgt sein.

»Schlechte Vorbilder verderben gute Sitten. Wir wollen Euch nacheifern an Liebe, und dauernd gute Freundschaft halten«, eine Widmung, zwei Unterschriften, mit sorgfältiger Füllerschrift auf der Rückseite des Fotos vermerkt.

Was für ein Mann war er gewesen, der Großvater, der Mann in Uniform mit dem schön geschwungenen Mund? Womöglich einer jener fanatischen Soldaten, der es dringender brauchte, ins Feld zu ziehen als sich mit einer Frau zu verbinden? War ihm die Uniform eine zweite Haut, seinem Herzen näher als die Frau an seiner Seite; erzählte sie in Wahrheit mehr als ihrer beider selbstbewusste Blicke in dieselbe Richtung?

*Vielleicht hätte ich da mit Fragen nach dem Krieg anfangen müssen –, dort, wo es um diesen Großvater ging?*

Kati möchte dem Wenigen glauben, was sie aus den dürren Erzählungen des Vaters weiß: Paul Claassen hatte Deutsch und Geschichte zu studieren begonnen, er liebte das Lesen, und dass er nicht weiterstudierte, hatte nicht mit dem Krieg, sondern mit dem Land zu tun, dem Weichseldelta, das er bewirtschaften wollte.

Sie hatte kürzlich nachgelesen, was alles sich in der aufregenden Zeit nach Ende des Ersten Weltkrieges parallel ereignet hatte, und ihr war eine verblüffende Datenparallele aufgefallen. Als sich Martha Bröske und

Paul Claassen am 28. Juni 1919 in Marienburg das Jawort gaben, wurde am selben Tag einige hundert Kilometer westlich, im Spiegelsaal von Versailles, der gleichnamige Friedensvertrag unterzeichnet, der die Niederlage Deutschlands festschrieb. Merkwürdige Koinzidenz: Als hätte Versailles höchstpersönlich an die Haustür der Claassens, weit draußen im Osten, geklopft.

Sie, Martha und Paul, die in den Startlöchern standen und sich auf großem Fuße niederließen; Wohnsitz nahmen im neugegründeten Freistaat Danzig, wo fortan vierhunderttausend Menschen, vor allem Deutsche neben einer kleinen polnischen Minderheit leben würden. Denn Mehrheit hin oder her, auch die Rechte der im Freistaat lebenden Polen hatten geschützt zu werden, dafür würde der Völkerbund sorgen.

Der Freistaat: Kati musste nicht auf die hinter ihr an der Wand hängende große Landkarte schauen, die Tomek, Fremdenführer und Freund aus Danzig, ihr einmal besorgt hatte, das kannte sie auswendig: Fünfzig, sechzig Kilometer Ostseestrand, die die obere Linie eines ausgebeulten geschwungenen Dreiecks bildeten, von dort aus liefen die beiden Seiten des Dreiecks entlang des Polnischen Korridors im Westen, Ostpreußen und dem Deutschen Reich im Osten auf die kleine Ortschaft Pieckel als südlichsten Punkt des Freistaats zu. Genau dort, im untersten Zipfel des geschwungenen Dreiecks, hatte das junge Ehepaar Claassen Wohnsitz genommen. Marienburg –, wo die Großmutter herkam, Martha Claassen, geborene Bröske – lag nicht weit weg, aber doch haarscharf östlich der Freistaat-Grenze im Deutschen Reich; um dorthin zu kommen, würde Martha fortan eine Grenze zum Deutschen Reich passieren müssen.

Sie bezogen einen großen Gutshof, mit endlos sich dehnenden Ländereien drumherum, flaches Land, soweit das Auge reichte.

Vielleicht hatte Paul Claassen die Uniform auch mit Erleichterung abgelegt, sie tief im Schrank verstaut? Das Dokument von ihm, das seine Kinder in Erinnerung behielten, war nicht ein Orden, keine Kriegsauszeichnung. Nein, was über dem Kamin im großen Wohnzimmer des Gutshofes hing, gerahmt, war sein Abiturzeugnis, mit hervorragenden Noten und einer Unterschrift des Kaisers.

Aber er war krank aus dem Krieg gekommen. Der Weltkrieg hatte ihn zwar wieder hergegeben –, immerhin. Aber die Krankheit steckte in den Knochen, sie blieb nicht in den Kleidern. Wurde schlimmer statt besser, etwas Rheumatisches, er war 28 Jahre alt und gezeichnet. Was hatte ihm die Uniform genützt, als er verletzt stundenlang (Tage? Nächte?) eingeklemmt unter seinem erschossenen Pferd in einem kalten Bach gelegen hatte, unfähig, sich selbst zu helfen? Das war nicht in den Kleidern geblieben. Die Erkrankung war schwer und schmerzhaft.

1920 kam das erste Kind zur Welt, ein Junge. Einen gesunden Vater würde er nie kennenlernen. Einen, der die Zähne zusammenbiss, das schon. Um die Rolle kämpfend, die doch eigentlich die Rolle seines Lebens hätte werden sollen; Paul Claassen, erfolgreicher Gutsbesitzer, einer, der mit seinem Pfund wucherte, der etwas machte aus dem Anfangsglück, mit einer Braut aus reichem Hause neu anzufangen.

War es hier, dass das Rollendurcheinander in der Familie begann?

Eine frisch gegründete Familie auf großem Gutshof, bald würden weitere Kinder kommen. Sie standen am Anfang, aber in diesen Anfang hatte der Erste Krieg schon eine ordentliche Dosis Ende gestreut.

# 7

Sie schlief schlecht, wachte früher auf. Sollte sie nicht mal wieder einen schönen Frühstückstisch decken, jetzt, in den Ferien? Mehr als nur das Notwendige tun, ihren Kindern Zeit signalisieren. Aber als wollte dies nicht einmal als Gedanke zu Ende geführt werden, saß sie schon wieder mit einer Tasse Tee am Schreibtisch und grübelte. Hatte sie nirgendwo ein anderes Foto vom Großvater als nur dies eine Paarfoto aus ganz jungen Jahren?

Sie hatte die Schubladen durchwühlt, aber nein, in all den Dingen, die sie mal von Annie oder ihrer Mutter bekommen hatte, schien kein Bild zu sein, das einen älteren Paul Claassen zeigte; das einen Blick erlaubte auf den von Krankheit und Schmerzen gezeichneten Mann.

Die Kinder kamen, aber die Krankheit wurde schlimmer. Auch darüber hatte ihr Vater nie gesprochen, sie wusste es von Annie, die zwar auch zu jung gewesen war, um es erlebt zu haben, aber doch so nah dran, dass sie im Bilde war. In dem Maße, wie Paul schwächer wurde, hatte Martha übernehmen müssen, den Laden schmeißen, die Kinder liefen nebenher. Die Rolle scheint ihr gepasst zu haben, zumindest wuchs sie hinein, sie wuchs an ihr, bis sie eine war, die das konnte, eine große Wirtschaft überblicken, befehlen.

Draußen im Deutschen Reich tobten sich die aus, die mit dem Kämpfen einfach nicht aufhören wollten. Freikorpskämpfer hatten die Revolution niedergeprügelt, Liebknecht und Luxemburg auf Befehl ermordet, es waren aufgewühlte Jahre nach Ende des Krieges, die junge Republik kam nicht zur Ruhe. Der verlorene, der schmählich zu Ende gegangene Krieg. Hatte dies irgendetwas – und wenn, dann was? – mit ihnen in der südlichen Spitze des Freistaates Danzig zu tun? Machten sie sich Sorgen um die Situation in der Welt?

Vermutlich nicht. Sie hatten den Krieg ja im Haus, den vor Schmerzen weinenden Vater und Ehemann. Das verging nicht, das wurde schlimmer. Aber der Hof musste bestellt werden, der Garten gedeihen, die Kinder wachsen.

Zwei Jahre später kam die Tochter –, sie würde Vaters Liebling werden. Drei weitere Jahre später: der Junge, Dietrich, der im sehr viel späteren Leben Katis Vater werden würde. Von seiner Kindheit im Danziger Werder liegt vieles im Dunkeln, weniges ist bekannt. Das Wenige allerdings sagt viel.

Keine normale Kindheit, nein, ganz und gar nicht –, was auch immer eine normale Kindheit wäre. Als sie nun doch in der Küche stand, Tee kochte, Milch wärmte, Teller hinstellte, dachte Kati noch einmal darüber nach, über dies seltsame, oft ärgerliche Wort, das sich doch immer wieder hineinschlich ins Leben. Was konnte »normal« überhaupt sagen, überhaupt bedeuten?

Sie dachte an ihre eigene Kindheit, das Zuhause mit den Eltern, die Mahlzeiten dort, die Tischgespräche. Die Eckbank im Esszimmer, die Mutter, die in ihrer mädchenhaften Fröhlichkeit zwischen Küche und Esstisch hin und her lief, die fragte, wissen wollte, wie es in der Schule war, immer bereit zu trösten, sich mit aufzuregen, sich mitzufreuen. Der Vater, der dann oft schon an seinem Platz saß, in Gedanken vor sich hinschauend, während um ihn herum die Sätze flogen. Kati kam es in der Erinnerung so vor, als hätte er selten Menschen direkt angeschaut, meist blickte er vor sich hin nach unten, durch die dicke Brille, auf den Teller, und genau dorthin konnte er Dinge mit großer Schärfe legen, und als Kind schluckte man dann vielleicht etwas schwerer an den Nudeln auf dem Teller, egal wieviel Zucker, nach west- oder ostpreußischer Art an der Tomatensoße war.

Nicht kleinbürgerlich eng, nein, das waren sie nicht. Bei schlechten Noten wurde getröstet. Angst hatten Evi und sie wegen so etwas nie haben müssen. Das, was trotzdem nicht entspannt war, war schwer zu greifen, lag in der Luft, war nicht zu fassen.

Man wusste als Kind vieles, ohne es zu wissen.

Wie sie beide – zum Beispiel – von klein auf gewusst hatten, dass es wichtig war, laut und deutlich zu sprechen, damit der Vater sie verstand, er hasste es nachzufragen. Meist wiederholte die Mutter die Sätze, trug sie hin und her, bevor er hätte nachfragen müssen. Gern erzählte er Geschichten von der Arbeit, von den Leuten, die zu ihm ins Büro kamen; so wussten Kati und Eva zum Beispiel, dass die Audrey-Hepburn-Frauen die besten überhaupt waren, zart und fragil bis zur Zerbrechlichkeit, mit Rehaugen und weiten schwingenden Röcken. Für diese Frauen konnten sich beide Eltern begeistern, denn war nicht die Mutter selbst so eine Frau? So keusch, so sexy – dachte Kati heute, und war dies nicht auch eine Art gewesen, Sexualität zu verhandeln, ohne jemals über sie zu sprechen? Überhaupt, die große Indirektheit. An einem Winterabend, als sie nach dem nachmittäglichen Sportunterricht – sie war vielleicht fünfzehn gewesen – nicht zum Bus, sondern bei ihm auf der Arbeit vorbeigegangen war, damit er sie im Auto mit nachhause nehmen könnte, waren sie auf dem Weg zum Parkhaus einer Schulfreundin begegnet, die Arm in Arm mit einem Jungen lief, und eigentlich, das wusste Kati noch genau, hatte sie die beiden ganz wunderschön gefunden. »Wie eine Prostituierte«, sagte der Vater verächtlich und drückte ihren Arm fester.

Und doch, es gab Risse im Gebälk, sein Regime war nicht wirklich hart, es war brüchig, unberechenbar. Durch alles zog sich eine Widersprüchlichkeit, die ihn manchmal menschlicher, in anderen Momenten völlig verstörend erscheinen ließ. Er war großzügig, konnte wunderbare Geschenke machen; schwerer fiel es ihm, Dinge anzunehmen, und wenn sie ihm dann zum Geburtstag oder Weihnachten einen Kalender oder ein mit Tusche auf Büttenpapier geschriebenes Lieblingsgedicht oder ein Bild mit einem lustigen Mann und viel »Sonne im Herzen« überreichte, rutschte sein Kopf auf die Brust, er wusste nicht, wohin er schauen sollte vor Verlegenheit, er wusste, dachte sie heute, einfach nicht, wie das geht, Freude zu zeigen. Etwas anzunehmen.

Aber natürlich hatte sie auch das gewusst. Kinder kennen ihre Eltern von innen, sie las ihm die Freude eben direkt am Herzen ab, das war eine Zeitlang gut für sie beide. Es war gut für sie beide, dass auch sie sich als Büchermensch entpuppte, als Bücherfresserin, als hingegebene Leserin, mit der er ganz erwachsene Themen besprach, das Planetensystem, Goethes Faust, Hermann Hesses Steppenwolf. Seine Erstgeborene. Der schlaue kleine Mensch, dem er mit Freude (da ist sie dann doch, die Freude) einiges aus dem Wissensuniversum weitergeben konnte, das er sich angeeignet hatte. Frühzeitig hatte er sie zur Klugen ernannt, tatsächlich, die Bücher hatte man ihr buchstäblich in die Wiege gelegt.

Er war ein Vater, der las, in fast jeder freien Minute. Wenn Kati aus der Schule kam, und Eva meist in der Küche lauthals der Mutter von den Erlebnissen des Tages im Kindergarten, in der Schule erzählte, saß er, selbst in der Mittagspause, in der Sofaecke mit einem dickleibigen Buch in Händen, in dem Geschichte aufgearbeitet wurde, oder auch einem Roman, einem Band Goethe-Gedichte. Literatur war eine Sprache, die er sich lieh, sprachlos, wie er selbst meist war.

Wenn das Schuljahr zu Ende war, wenn es Zeugnisse gegeben hatte, dann ging er mit ihr in die Buchhandlung und sie durfte sich ein Buch aussuchen, egal, welches. Egal, wie teuer. Eines. Sie waren verbunden miteinander über die verwinkelten Etagen der Buchhandlung, auch wenn sie sich stundenlang nicht sahen. Manchmal nahm Kati zwei Bücher mit zur Kasse, weil sie sich auch nach Stunden noch nicht entscheiden konnte, und zog dann in letzter Minute das zurück, das sie dem Vater zum Bezahlen hingelegt hatte und entschied sich doch für das andere.

Es war der beste Ort.

Es war sein gutes Gesicht.

Und da man nie wissen konnte, wann plötzlich das andere Gesicht durchbrechen würde, liebte man auch das gute Gesicht nur sehr vorsichtig. Am sichersten liebte man es zum Beispiel in der Buchhandlung.

Aber wenn man dann zurück zuhause war, und selbst wenn man sich in seinem Zimmer verkrochen hatte, mit einem Buch, mit den Hausaufgaben, mit einer Freundin, konnte alles Mögliche passieren. Wie damals, als sie gerade angefangen hatte, sich mit dem interessanten Mädchen aus der Klasse über ihr ein bisschen anzufreunden, als die sie dann zum ersten Mal besucht hatte und sie sich mit gedämpften Stimmen, am Boden hockend (auf dem Plattenspieler lief *Bridge over troubled Water*) über Musik und Schule unterhalten hatten, über Jungs –.

In dem Moment war ihre Tür aufgesprungen und ein wutschäumender Vater war hereingestürmt, dem ihr Besuch völlig egal war, hatte sie angeherrscht, »na komm schon, los, komm, hilf mir suchen« –, seine Lesebrille war wieder mal verschwunden. Ein lächerlicher Anlass, um ihr einen Freundinnenbesuch kaputt zu machen, eine beginnende Freundschaft vielleicht, denn natürlich hatte die noch-nicht-ganz-Freundin schnellstmöglich die Flucht ergriffen. Sein Jähzorn hatte etwas Bedrohliches; man konnte nicht wissen, was noch kommen würde, für Kati gab es keine andere Wahl, als aufzuspringen und sich von ihm herumscheuchen zu lassen. Sie wollte gar nicht wissen, was das Mädchen bei sich zuhause über diesen Auftritt erzählt hatte. Wiedergekommen war sie jedenfalls nie. Und Kati hatte sich zu sehr geschämt, um sie noch einmal einzuladen.

Später tat es ihm leid. Entschuldigen würde er sich nicht, sondern irgendwas murmeln – im Vorbeigehen, den Blick am Boden –, aus dem man entnehmen konnte, dass der Ausnahmezustand für heute vorbei war. Gut war daran vor allem, dass sie inzwischen zu alt war, um auf den Schoß gezogen zu werden und sich komische Erklärungen anhören zu müssen.

Fünfzehn war sie da; immer noch Marzipan und Samt und Seide –, eine kleine Weile noch.

*Heute habe ich von der »Energie des Hasses« gelesen, wie ein Autor es nennt. Er beschreibt die Situation der jungen Männer im Feld. Wenn sie einen nach dem anderen neben sich sterben sahen. Er schrieb über den Moment, in dem Trauer und Verzweiflung in Hass umschlagen können.*

*Plötzlich sieht einer den Kameraden fallen, er pustet ihm den Dreck vom Gesicht, erst dann erkennt er ihn: Mein Gott, auch er! Streicht über sein Haar, damit er glauben soll, es sei seine Frau oder seine Mutter, beruhigt ihn. Weiß sich nicht zu helfen, kämpft gegen das Weinen, er will nicht weich werden. Er hat ihn doch so gern gehabt. Bis Stunden später der Schmerz in Wut kippt. Er aus der Nähe einen Gegner erschießt.*

*Gut so, kommentierte er selbst in seinem Tagebuch.*

*Es ist so schwer verständlich, mit dem Abstand der vielen Jahre, mit dem Abstand meines unter so anderen Umständen geführten eigenen Lebens, wieso dieser Schmerz sich in Hass gegen den Feind übersetzt – und nicht in Wut auf die wahnwitzige Logik des Krieges. Denn das scheint sie ja zu sein, die Logik des Krieges. Dass einer, verzweifelt, im Geiste zu seinem engsten, gerade gefallenen Freund spricht und ihm schwört –, »für dich lege ich zehn Russen und einen braunen Bonzen um.«*

# 8

»Willst du nicht mit uns frühstücken, Mama, ernsthaft?« Mit ungläubi-
gem Gesichtsausdruck stand Ellie in der Tür. »Jetzt deckst du erst den
Tisch so schön und setzt dich dann gleich wieder an den Schreibtisch?
Schon mal was von Ferien gehört?« Weg war sie.

Als Kati in die Küche kam, saß Meerchen mit gesenktem Kopf auf
der Bank. »Mama, mir ist langweilig. Ich will was mit dir machen. Ellie hat keine Zeit.« »Ok Meerchen«, Kati biss sich auf die Lippe. »Gib
mir eine Stunde, dann gehen wir mit den Inlinern aufs Feld, gut? Du
kannst schon mal die Schoner aus dem Keller holen, ob noch alles da ist
und passt.« »Yes!« Begeistert kletterte Meerchen auf die Bank und boxte
in die Luft. »Ok ok, ich räum die Spülmaschine ein, bevor ich zu Em-
ma gehe«, sagte Ellie hastig und verdrehte die Augen, als der Blick ihrer
Mutter sie traf.

»Aber nix da, Mama, jetzt wird nicht gleich wieder aufgesprungen!
Jetzt erstmal frühstücken.«

Schreiben müssen, dachte sie, als sie später mit dem Tee am Computer
saß und den Bildband über Danzig in den Kriegsjahren aus dem Regal
zog. Dinge zueinander fügen. Fragmente ordnen, Chronologien erstel-
len. Aus den Stichworten Sätze machen. Es könnte ein Zusammenhang
werden.

Dietrich wurde im kleinen Dorf sechzig Kilometer südlich von Danzig im Winter 1925 geboren, als polnische Postbeamte in einer Nacht-
und Nebelaktion an verschiedenen Stellen der Stadt rote Briefkästen
aufgehängt und damit ein Zeichen der Selbstbehauptung gesetzt hatten. Noch funktionierte es, das Nebeneinanderher von jüdisch, polnisch, deutsch, das es hier schon lange gab, und das der Freistaat ge-
setzlich noch einmal fixiert hatte. Noch. Aber es brodelte, und nicht

nur hier. Geschätzt sechzigtausend jüdische Menschen waren von weiter östlich her unterwegs, der Ukraine, dem südlichen Polen, unterwegs in Richtung Westen, aufgebrochen auf der Flucht vor Pogromen, vor den Nachkriegswirren und der Auflösung der österreichisch-ungarischen Monarchie.

Eine Zeit großer Verschiebungen. Ein Moment, dem man hätte anmerken können, welche ungeheuerlichen Dinge kommen würden? Ein Moment, in dem alles noch hätte anders werden können?

Es klopfte.

»Mama, ich muss dir was sagen. Du warst so schnell nach dem Frühstück wieder weg, aber ich will das jetzt nicht mehr aufschieben. Ich will zu Papa.«

Sie hatte sich also nicht getäuscht. Seit zwei Tagen schon kam es Kati so vor, als ob Ellie etwas beschäftigte, mit dem sie nicht rausrückte. Jetzt war es raus. Nicht mehr zurückzuholen.

»Wie, zu Papa? Was meinst du damit? Wann?« »Na jetzt, während er in Berlin ist.« Kati setzte sich. »Ellie. Du weißt doch genau, dass ich am Freitag für eine Woche nach Griechenland fahre, mit Diana, das ist doch ewig lang verabredet!« Ellie schaute zu Boden. »Ja und? Da hätte ja eh Micha nach uns geschaut. Daran ändert sich doch nichts.«

»Daran ändert sich nichts? Außer dass Meerchen tagsüber alleine wäre. Wieso denn genau diese Woche?« »Papa fliegt nach Rom, für seinen Sender, und er hat mich gefragt, ob ich mit will!« Kati schloss die Augen. »Ok, aber hätte man das nicht ein bisschen eher organisieren können?« »Mama, verdammt –, ich weiß es doch auch erst seit zwei Tagen! Und außerdem, DU bist die Mutter, oder? Wieso bin ich für Meerchen zuständig?« Ein herausfordernder Blick, trotzig, Auge in Auge. Als Kati nichts sagte, ging sie hinaus, zog kräftig die Tür hinter sich zu.

Ein Moment Stille, dann ging die Tür noch einmal auf. »Und außerdem, du solltest das wirklich etwas besser verstehen, dass man sich für seinen Vater interessiert –, gerade du! Was interessiert dich denn die ganze Zeit so, dass man immer das Gefühl hat, du bist wer weiß wo? Hämmerst die halbe Nacht in den Computer, das wird doch immer krasser –, da geht's um deinen Vater, oder?« Ellie war wütend. »Vielleicht ist das ja auch einfach toll für mich, dass mein Vater jetzt mal zufällig ein paar Monate in derselben Stadt wohnt wie wir?«

Als Kati noch immer nichts sagte, sie nur anschaute:»Mama, bitte.«

Nach Ellies Abschied in den Grunewald war alles Schlag auf Schlag gegangen. Die Tasche für Meerchen packen, die nun doch ganz zu ihrem Vater gehen konnte; dann den eigenen Koffer, eine kurze Nacht schlafen, früh zur Bibliothek, dann auf den Zug.

Als die Räder unter Kati rollten, stellte sich jene innere Ruhe ein, die für sie nirgends so sehr, wie im Zug entstand (Die blauweiße Thermoskanne. Die Dose mit Frühstück. Zeitungen. Ein Buch zum Lesen, eines zum Schreiben), und langsam rückten die Gedanken an Ellie von ihr fort. Ellie, die ausgezogen war, nach einem Vater zu suchen, den sie zu wenig kannte.

Diana gegenüber regte sich. Sie war wohl noch viel müder als sie selbst. Kurz war ihre frühmorgendliche Begrüßung auf dem Hauptbahnhof gewesen, dann hatte Diana sich mit einem tiefen Seufzer am Fensterplatz im Abteil niedergelassen, ihre Jacke aufgehängt, das Gesicht darin vergraben und war sofort eingeschlafen.

Kati nahm ihr Buch mit den Notizen zur Danziger Familie vor, schaute aus dem Fenster und dachte über das lange Telefonat nach, das sie gestern spät abends mit Annie geführt hatte. Welche Kinderkrankheit hat er gehabt, Annie? Masern? Scharlach? Kati hatte gehofft, Annie, die ihren Cousin Dietrich oft als Kind gesehen hatte, wüsste es genauer als sie selbst, aber sie war damals ja selbst ein Kind gewesen. Sicher war, dass für den zweiten Sohn der Claassens die Krankheit als ein Schicksalsschlag gekommen war; sie hatte in sehr frühem Alter Gehör und Sehsinn nachhaltig geschädigt. So gründlich, dass seine erste Rolle im Leben die eines Idioten war –, so komplett desorientiert, wie man als schwerhöriges, halbblindes Kind eben war, und also über jede Stufe, jeden abgestellten Eimer stürzte. Kleiner Tollpatsch? Eher nicht, hatte Annie gesagt. Eher: Behinderter, Schwachsinniger. Einer der in dieser Familie der Starken aus der Reihe fiel. Der fällt noch über jeden Besen. Der ihm womöglich hingehalten wurde? Er sei schlimm gehänselt worden. Nein, nicht von Schulkameraden, hatte Annie insistiert. Gerade der ältere Bruder hätte mit Freude den jüngeren vorgeführt. Spott in der Familie. Schlimmer, Schikane. Quälen.

Dem Vater und Gutsherrn, dem Familienoberhaupt, war es nicht mehr gut gegangen in diesen Jahren. Hatte er sich zurückgezogen ins Lesen, vergraben in die historischen Bücher, die ihn interessierten, und das Tagesgeschäft seiner tüchtigen Frau überlassen? Er war ein passionierter Gutsherr, aber wieviel war ihm mit Fortschreiten der Krankheit noch möglich gewesen? Das Abiturzeugnis mit einem Vermerk des Kaisers, das wird dem Jungen imponiert haben. So ein Vater! Aber wie stand der zu ihm, dem Stolperer und Halbblinden? Hatte er Mitgefühl? Wandte er sich seinem Sohn zu? Dazu hatte Annie nichts sagen können. Vielleicht auch war die Liebesenergie der Eltern mit den ersten beiden Kindern aufgebraucht gewesen, im Angesicht der schwindenden Kräfte? Der Älteste, Hahn im Korb, Augenstern der Mutter. Die schöne Tochter, das hellblonde »Schimmelchen«, sie trug der Vater auf Händen. Der Drittgeborene schien in einem toten Winkel geboren zu sein, weitab der Aufmerksamkeit der Eltern.

Hinter einer Glasscheibe, so hatte es ihr Vater selbst Kati viele Jahre später erzählt, habe er gelebt. Es wurde nie wirklich klar, was er damit meinte. War das symbolisch zu verstehen, fühlte er sich wie hinter Glas, abgeschnitten, getrennt von den Geschwistern, die gesund durch die Kindheit gingen, die Bälle fangen konnten und jedes Wort verstanden, was am anderen Ende des Hofes die Mutter dem Verwalter zurief? Das weiß ich nicht, hatte Annie gesagt –, aber sie erinnerte sich, dass alle immer fanden, er, der Junge, benehme sich »gestört«. Einfach nicht normal. Immer hätte er kaputte Knie gehabt. Gestört! Wie gründlich war denn zu diesem Zeitpunkt seine Entwicklung schon gestört worden?, hatte Kati sich im Gespräch gefragt, gestört von denen, die sich eigentlich hätten kümmern sollen. Dass auch die Mutter nicht gerade für einen zartfühlenden Umgang mit ihrem zweiten Sohn bekannt war, ist der Geschichte vom glühenden Bügeleisen zu entnehmen. Mit diesem habe die Kinderfrau ihren Schutzbefohlenen einmal gegenüber der Mutter verteidigt. Diese Geschichte hatte ihr Vater im späteren Leben seiner Frau erzählt.

Als 1932 das vierte Kind – es war wieder ein Junge – geboren wurde, waren Paul Claassens Kräfte am Ende. Über vierzehn Jahre hatte er es geschafft, diesen Krieg zu überleben, nun starb er doch an ihm – gerade eben, bevor der nächste seine Vorzeichen setzte. Das riesige Begräbnis, zu dem an einem kalten Novembertag die ganze Umgebung kam, mit Kutschen und Fackeln: Das blieb Dietrich im Gedächtnis haften. Ein langer Fackelzug, eine flackernde Lichterkette in der Dunkelheit des Wintertages, die man bis weithin sah in dieser topfebenen Landschaft.

Am Grab habe er, Dietrich, damals ein siebenjähriger Junge, den Satz gesagt: »Jetzt müssen wir alle verhungern«. Ein rätselhafter Satz, der seither in der Luft lag, ausgestoßen von einem seltsam alten Kind.

Und sonst? Trauer. Fassungslose Enttäuschung.

Anmerken ließ sie sich nichts, die siebenunddreißigjährige Witwe inmitten ihrer drei Kinder. Zuhause schlief der jüngste, sieben Monate alt. Da war nun niemand mehr, zu dem sie sich abends legen konnte. Eine harte Frau, hatte Annie am Telefon über ihre Tante gesagt.

Vielleicht waren ihr auch in Wahrheit die Kinder zu viel in diesem Moment ihres Lebens? Der Älteste, ein wenig abseits, schon älter als die zwölf Jahre, die er zählte –, seit der Vater ihn am Totenbett zu seinem Vertreter erklärt hatte: Pass auf sie auf, deine Mutter, deine Geschwister! Die Zehnjährige, Edith: außer sich vor Schmerz über den Verlust des Vaters, und darüber, dass sie, das Mädchen mit dem hellen Haar und den flinken Bewegungen, für niemanden mehr das »Schimmelchen« sein würde. Niemand würde mehr erkennen, dass sie das doch war, ein hübsches und flinkes Schimmelchen. Vorbei –, aber wie konnte das schon vorbei sein, wenn man erst zehn Jahre alt war? Vielleicht hielt sie ihren Bruder Dietrich an der Hand. Vielleicht hatte der Kleinere ihre Hand gesucht.

*Konntest du, Dietrich, mit deinen sieben Jahren überhaupt Erinnerungen an deinen Vater behalten? Man kann so etwas in sich einfrieren. Den Vater auch in sich begraben oder vergessen. Was du vermutlich nie vergessen hast: dass der Vater, der selbst aus Neigung Deutsch und Geschichte zu studieren begonnen hatte, vielleicht derjenige in der Familie gewesen wäre, der dich am besten verstanden hätte: das besessene Lesen, die Freude an Büchern. Ihr hättet über Bücher sprechen können.*

*Und dann die Geschichte, wie du dich einem durchgehenden Pferd in den Weg gestellt hast, ja, ihm entgegengerannt seist, Wie hätte er sie verstanden? Hätte er etwas über dich verstanden? Du habest dich wichtig machen wollen, hast du das später kommentiert. Besser, unter die Hufe zu geraten als weiter unsichtbar oder weggeschlossen zu sein: Ist es das, was man dieser Geschichte entnehmen kann?*

# 9

Diana rieb sich die Augen, lächelte Kati unter ihrem Haarvorhang zu, etwas schief, immer noch verschlafen. »Wo sind wir? Was, schon hinter Mannheim? Ich schlaf noch ein bisschen.«

Kati, überließ sich wieder der vorüberziehenden Landschaft, ihren Gedanken und Notizen.

1935 war Dietrich aufs Gymnasium gekommen. In dieser Zeit sah er den Zeppelin über der Stadt fliegen, das hatte er mal erzählt. Er wird, dachte Kati, mit anderen Jungs zum Danziger Hafen gelaufen sein, die großen Schiffe angeschaut haben, es war nicht weit bis dorthin. Die Schiffe, das war eine große Sache. Die Matrosen, die von weither kamen, fremde Sprachen sprachen. Die lehnten über der Hafenmauer und schauten den Stauern zu, die die schweren Güter zwischen Schiffen und Bahn verluden.

Dass der Junge schlau war, bezweifelte mittlerweile niemand mehr. Nur dass dies nicht viel zählte in der Familie.

Der Vater, oh ja, er fehlte. Statt seiner spielte sich der älteste Sohn auf. Davon hatte Annie immer wieder erzählt. Mit einem schnittigen Sportwagen sei er an den durch den Regen laufenden jüngeren Geschwistern vorbeigefahren, an Dietrich und Edith.

Zu dem Zeitpunkt werden sie sich an all das gewöhnt haben –, den fehlenden Vater, den großspurigen Bruder. An die Mutter –, Gutsherrin, Familienvorstand – die aus der Ferne das Leben regierte. Sie besaß das größte Auto in der Umgebung, sie fuhr im Werder umher, rund um den Ottominer See, zwischen Tiegenhof und Neuteich, wo sie weitere Güter hinzuerwarb. Sie, Martha Claassen, war immer tätig; immer dabei, den Betrieb am Laufen halten, nicht immer liefen die Dinge rund. Es gab einen Verwalter, der so brutal mit den polnischen Zwangsarbeitern umging, dass sie – nicht dafür bekannt, zartfühlend mit irgendwem zu sein – einschritt. Nach dem Krieg würde er gelyncht werden. Ganz nebenbei wurden im hektischen Alltag vier Kinder groß.

Wer könnte noch Genaueres wissen über diese so lang vergangenen Jahre? Beim letzten Telefonat hatte Annie erzählt –, und das war die wahre Sensation dieses Telefonats gewesen –, dass sie von einem ganz entfernten Verwandten gehört hatte, dass Edith, die Schwester des Vaters, das »Schimmelchen« hochbetagt noch am Leben sei.

»Frühstücken?«, murmelte nun Diana unter ihrer Jacke hervor, und riss Kati aus ihren Gedanken. Kati schaute die Freundin an. »Klar. Ist ja auch erst drei Uhr nachmittags und wir sind gleich angekommen.« Sie packte das Buch weg, die Zeitungen schon mal in den Rucksack. Hörte im Geiste Ellies mahnende Stimme. Mama? Wenn du die Zeitungen jetzt immer noch nicht gelesen hast, pack sie bitte nicht wieder ein! Wie weit willst du sie noch mitschleppen?

Draußen zog der Schwarzwald vorbei. Wie schön war das Reisen in Etappen, mit Zug, Bus, oder Schiff –, bodennah reisen, Entfernungen ermessen. Gemeinsam schauten sie in die grüne, dicht bewaldete Landschaft vor dem Zugfenster, zwischen sich das Picknick aus Brot, Tomaten, Käse, Oliven. Einzelne große Bauernhöfe mit mächtigen Dächern. Kleine Welten für sich.

»Was ist eigentlich mit Eva?«, fragte Diana mit dem Brötchen in der Hand, guckte Kati forschend ins Gesicht. »Hat sie sich immer noch nicht gemeldet? Ist doch schon ein paar Wochen her.« Kati schüttelte den Kopf. »Keine Ahnung, was da los ist.«

»Und, hältst du es aus?« Sorgsam wischte Diana mit einem Taschentuch Krümel zusammen und den Tisch sauber.

»Nicht so gut, glaube ich. Dieses Buch über unseren Vater... Ich scheine sie ins Mark getroffen zu haben.« Kati legte ihr Brot beiseite. »Es war ja nichts falsch an ihrer Idee, aber...« Kati suchte nach Worten. »Wie kann sie wollen, dass ausgerechnet ich dazu schreibe? Sie weiß doch... Nur weil wir uns wieder nahegekommen sind... Wie kann sie glauben, dass mir das überhaupt möglich wäre?«

Diana runzelte die Stirn. »Na, irgendwie überfordert es sie ja auch.

Sonst wäre sie ja nicht einfach gegangen und hätte keinen Kontakt mehr aufgenommen.«

»Aber ist das nicht unglaublich, dass sie einfach rausrennt und sich dann nicht mehr meldet? Sie hat das als Kind gemacht und als Jugendliche – aber dann nie mehr. Ich hatte es fast schon vergessen, dass das früher ihr Ding gewesen war. Aber selbst, wenn –, ich meine, selbst wenn es dich dann so wegreißt, dass du einfach gehen musst, dann lässt du es doch nicht dabei! Dann meldet man sich doch wieder! Wie kann denn dieser Wunsch so … so übermächtig sein, dass sie wieder ganz den Kontakt mit mir abbricht?«

Diana belegte sich bedächtig ihr Brötchen mit Käse und Tomatenscheiben. »Vielleicht geht es ja auch gar nicht nur um das Buch, sondern um was Tieferes, um etwas, das noch darunter liegt? Etwas, das durch das Buch nur angestoßen wurde?«

Kati schaute Diana direkt an. »Du meinst, die Sache mit unserem Vater, in Amerika? Aber darüber hätte sie doch längst mit mir reden können. Das ist ja jetzt auch schon wieder ein paar Jahre her, dass wir das wissen…«

»Wer weiß? Vielleicht kann sie das nicht, mit dir darüber reden?«

Kati wollte antworten, aber schüttelte ungläubig den Kopf. »Ob wir da wieder rausfinden?« Die Fensterscheibe warf, vor dem Hintergrund der dunklen Baumlandschaft, ihr Spiegelbild zurück – die steile Falte auf der Stirn. Die Haare, die wieder mal zu Berge standen.

Diana sammelte die Reste vom Picknick in der Brottüte und knüllte sie für den Mülleimer zusammen. Gut, eine gemeinsame Woche vor sich zu haben.

Sie würden nicht über alles sprechen. Manches würden sie gemeinsam beschweigen und in diesem Beschweigen würden sich Dinge weiterentwickeln. Es war etwas, das sie sonst nur mit Ellie kannte. Es hatte diese Zeiten gegeben, in denen sie, Kati, nach mehr verlangt hatte, nach einer Art abgrundtiefer Nähe –, Nähe, die bis dorthin reichte, wo Familie war oder eben gerade nicht war. Daran waren Freundschaften zu anderen Freundinnen zerbrochen. Männern hatte sie sich meist gar nicht erst zuzumuten gewagt. Karl hatte nicht ganz Unrecht gehabt, als er sie misstrauisch nannte.

Diana aber hatte jeder Vereinnahmung widerstanden. Und war geblieben. Hatte auf ihre nüchterne Diana-Art immer dann, wenn es wirklich wichtig war, ein Stück Zuneigung rübergereicht. Wir haben es, dachte Kati, während sie ihr Buch, ihr Notizbuch, die Thermoskanne und die Dose zurück in den kleinen Rucksack packte, in diesen vielen Jahren irgendwie geschafft, uns nicht zu nahe zu kommen.

*Und dann bin ich hier in Berlin, auf meiner Suche nach den Stimmen von euch, die ihr den Krieg überlebt habt, auf jemanden gestoßen, der in Danzig dieselbe Schule besucht hat wie du... Er heißt Gerhard, ist drei Jahre älter als du, heute also fast hundert Jahre alt. Fast hundert, und glasklar im Kopf, er verfolgt die politischen Ereignisse mit wachem Geist. Wenn ich ihn aber frage nach dem Krieg, dann schaut er mit seinen wachen blauen Augen an einen Ort, an den ihm mein Blick nicht folgen kann, dann ist er weit weg, und steht vielleicht wieder dort, wo er seinen Freund neben sich sterben sah. »Für mich wurde durch diese Tragödie die Sinnlosigkeit des Krieges deutlich«, hatte er mit über neunzig notiert, als er beschrieb, dass er ihn als Unteroffizier auf den Posten geschickt habe. Ihn habe ein Gefühl der Mitschuld gequält.*

*Ich besuche ihn nun ab und zu und habe mich schon gefragt, ob es mir mit ihm geht wie damals dem alten Mann in Vermont –, habe ich noch einmal einen Stellvertretermenschen gefunden, jemandem deiner Generation, der seine Soldatengeschichte mit durchs Leben schleppt, jemanden, der mir statt deiner hilft, Dinge deutlicher zu sehen?*

Der Weg zum Hotel war ein Katzensprung. Die kleine Stadt, Konstanz, lag wie geschmiegt an den großen Bodensee. »Eine ganz andere Weite als die Berlin-Weite, nicht?«, sagte Kati zu Diana, als sie das Gepäck abgeworfen hatten und auf dem Weg in ein Restaurant ans Seeufer liefen. Der Blick übers Wasser reichte weit, bis zum Schweizer Ufer und den schemenhaft dahinter liegenden Bergen. Daneben ein Stück Horizont, gerade, als wäre der See das Meer.

Die Stadt selbst malerisch hübsch, Häuser mit gemalten Fassaden, Erkern und Namen. Auch hier könnte man länger bleiben, man musste nicht immer gleich nach Italien, und von dort aus sogar noch weiter nach Griechenland...

Morgen würde es weitergehen, zunächst mit dem Zug nach Italien, für zwei Tage in eine Kati vertraute Landschaft. Zeig mir das doch mal, hatte Diana zu ihr gesagt. »Wenn es uns damals schon nicht gelungen ist, können wir doch jetzt mal zusammen hinfahren.« Nicht weit von dort führe eine Autofähre nach Griechenland rüber. Zuerst Italien also. Dort war Ellie geboren, sechzehn Jahre war das her. Und jetzt war sie selbst nach Italien gereist, ohne sie.

Noch wollte sie nicht ins Hotel.
»Stört es dich, wenn ich noch eine kleine Runde drehe? Ich kann noch nicht ins Bett...« Sie fingerte nach dem Schlüssel, reichte ihn Diana und ließ sich treiben durch die warme Luft dieser Stadt. Folgte anderen Frühsommermenschen mit Eiswaffeln in der Hand, lief hinter ihnen her, durch eine Unterführung zum See, setzte sich auf eine Bank und schaute aufs Wasser, auf dem weiße Schiffe schaukelten, die morgen früh in Richtung Horizont auf den See hinausfahren würden.

Was Ellie jetzt wohl gerade tat? Sie hatte erzählt, dass Karl ihr ein Zimmer in seiner Ferienwohnung überlassen hatte, und so hatte sie ihr großes schwarzweiß bedrucktes Tuch eingepackt, ihre kleine Leselampe, das Lieblingskissen. Sie war Feuer und Flamme gewesen beim Zusammenpacken der Dinge.

Und Meerchen? Sie musste keine Lieblingsdinge hin- und herschleppen. Bei Micha, ihrem Papa, gehörte ihr ein Zimmer voller eigener Sachen, die gar nie umzogen. Kuscheltiere, Bilderbücher, CDs. Meerchen hat einfach immer dies zweite Zuhause bei ihrem Vater gehabt. Und ihr erstes? War immer ein anderes gewesen als das Zuhause, mit dem Ellie in ihren Kinderjahren groß geworden war. Diese Nähe im Mutter-Tochter-Team, das Kati und Ellie bis zu Meerchens Geburt gewesen waren; diese spezifische intime Zweisamkeit, die kannte Meerchen nicht. Mit ihr war etwas Neues entstanden.

Kati schaute übers Wasser –, gerade noch hatte das Abendlicht geleuchtet, nun war es schon fast dunkel –, und dachte an ihre Kinder. Ellie –, wie sie gestrahlt hatte, als sie ihr die Erlaubnis für die Reise gegeben hatte. »Danke, Mama! Ich bin so froh! Verstehst du das?«

Ja, Ellie, ich verstehe das.

Kati schaut ins Wasser und denkt an die Jahre, die endgültig und für immer hinter ihnen beiden lagen, und die in dieser Sekunde schrumpften, als wäre, denkt sie, Ellies Kindheit ein einziger langer, meist sonniger Tag gewesen.

Vor ihr plätschert das dunkle Wasser ans betonverschalte Ufer, an die schaukelnden Boote, den in ihnen erwartungsfroh gespeicherten Sommer. Nur ein paar Monate, ein kurzer deutscher Sommer, dann würden sie als fest für den Winter verschnürte Pakete im kälter werdenden Wasser schaukeln. Die wie in Zeitlupe auf den See hinaustreibenden Enten zogen im ruhigen Wasser lange Schneisen hinter sich her. Im Hintergrund Menschenstimmen, Möwenkreischen, ein Zug, der vorbeifuhr.

Und erst jetzt, da sie – plötzlich – empfand, dass sich Ellies Kindheit wie ein einziger Tag in ihr ausbreitete, wusste sie zugleich und zum ersten Mal, dass auch dieser Tag einen Abend hatte, und ein Ende.

# 10

»Komisch, hier oben war ich noch nie.«

Kati war hinter Diana aus dem kleinen Shuttlebus gestiegen. Sie reckte sich, die Glieder steif nach dem gestrigen Reisetag. Sie waren abends noch herumgestreift in Urbino, hatten draußen gegessen, Diana hatte Kati gefragt, ob sie sich an ihrem einzigen Tag hier am Ort nicht noch ein bisschen die Umgebung anschauen könnten, und da war das Plakat, das ein Fest vor der Stadt ankündigte, gerade recht gekommen.

»Heiß, hmm?« Der Himmel schob versuchsweise schwere Wolken vor den glatten blauen Spiegel, als wollte er daran erinnern, dass blendendes Sommerblau nicht einmal im italienischen Frühsommer selbstverständlich war. »Puuh.« Kati band die Locken so hoch auf dem Kopf zusammen wie möglich.

Vor ihnen lag die weite Kuhle eines brachliegenden Feldes, auf mittlerer Höhe in der hügeligen Landschaft, die den Ort umgab. Es schien, als habe sich die ganze Stadt hier versammelt. Autos Stoßstange an Stoßstange entlang der sandigen Straße, parkten auf dem stoppeligen Gras. Kinder liefen aufgeregt zwischen gelben und roten, blauen, orangenen und grünen Pavillons hin und her, grelle Farben, die sich in den T-Shirts der Erwachsenen wiederholten.

Diana schaute sich um, die Arme in die Seiten gestemmt, eine liebliche Hügellandschaft. »Habt ihr damals denn keine Ausflüge gemacht? Für dich war doch alles neu hier, oder? Du kanntest die Gegend nicht?« Kati schüttelte den Kopf. »Haben wir nicht. Aber eigentlich ist es gar nicht komisch. Ich habe so vieles nicht gesehen damals.« Vielleicht, dachte sie, musste ich als Fremde herkommen, um die Augen zu öffnen.

Alles war auf den Beinen. Kati und Diana liefen herum, und Kati erkannte sie wieder, diese aufgeregte Geschäftigkeit, mit der auch Väter und Großmütter im Laufschritt übers Feld wuselten, sich die Sonnenbrillen in die Stirn schoben, sich letzte Informationen zuriefen, als würde nicht der dröhnend und im rasenden Stakkato des Sportkommentators ins Mikro brüllende Moderator sie ohnehin übertönen.

Italien eben. »Sollen wir in die Stadt zurück, Cappuccino trinken? Dahinten ist ein Weg über die Wiesen nach unten.« In der letzten Stunde war hier nicht viel passiert.

Und dann – hatte jemand ein Stichwort gegeben? – war die Luft voller bunter Luftballons. Zwei orange flogen pfeilschnell nach oben, standen am Himmel. Kinder rannten; Väter pressten kleine Kinderfäuste zusammen, bevor sie das Go zum Loslassen gaben. Oben griff der Wind entschlossen zu, trieb die anarchisch in alle Richtungen über das Feld strebenden bunten Flecken den Hügeln zu, die den Horizont bildeten, blaugrün schimmernd, in Schichten voreinander gelegt, schön, sanft, verheißungsvoll weit weg, immer noch weiter weg.

Und nun war die Party nur noch oben, alles andere war unwichtig geworden. Blau und Grün und Rot unterwegs in die Ferne. Einige hingen zusammen, bunte Trauben. Schwarz mit dem rosa Herzen weit oben. Blau und Lila in die Stromleitung verheddert. Die schnellsten von allen waren schon weit weg, sie hielt nichts mehr, auf und davon den Hügeln entgegen, gelb, rot, kleine Punkte.

Der Himmel bunt gesprenkelt.

Kati schaute, tief in die Hügel hinein. Wenn man sich dranbinden könnte an so ein luftiges Ding –

Da drüben, weit hinten, hatte sie gewohnt, siebzehn Jahre war das her. Karl und sie hatten es probieren wollen, das Leben auf dem Land und in der Ferne, in einem Steinhaus, wie es hier so viele gab, wie zufällig hingestreut entlang der ungepflasterten steinigen Straßen, die von der Hauptstraße abgingen. Das Dach war schiefergedeckt gewesen, hatte sich flach und lang in eine Senke gelegt wie ein schlafendes Tier. Über die Eingangstür beugte sich ein Feigenbaum. Weit und breit kein anderes Haus. Für jeden Weg hatte man das Auto nehmen müssen, hineinfahren in die Hügel, zum Nachbarn zwei Dörfer weiter, Mehl holen, für das Brot, das Kati buk. Ein paar Säcke hinten im Kofferraum, dann wieder zurück auf die Hauptstraße, die an ihrer schönsten Stelle zu einer langen Allee wurde, Pappeln rechts und links. Links liegen lassen das langgezogene Dorf, an dem sie mit Karl gewesen war, kurz nachdem sie sich kennengelernt hatten.

Siebzehn Jahre, die sich plötzlich wie nichts anfühlten –

Es waren nur wenige, die wie Kati und Diana nun zu Fuß vom Feld hinunterliefen, Richtung Stadt. Immer noch strömten Autos nach oben zu den Ballonflügen, die Fahrbahn in die andere Richtung war gesperrt. In der Senke unterhalb des Feldes tauchte die Silhouette der Stadt auf. Türme und Zinnen, das konnte man mit Recht von ihr sagen, sie hatte etwas von einer Märchenstadt da oben auf dem Hügel, der so nah aussah, aber noch einiges an Fußmarsch verlangen würde.

Sie kam in den Blick, die von einer Stadtmauer eingeschlossene Schönheit. Die hässlichen Häuser, die funktionalen Hochhausklötze der Supermärkte, der Bürobauten blieben außen vor. In einem von ihnen war das Krankenhaus. Hier war Ellie geboren an einem Tag vor nun bald sechzehn Jahren. Der Tag, an dem Karl den Wagen in verrücktem Tempo von den Hügeln heruntergejagt hatte, statt einer Stunde wird er eine halbe gebraucht haben, bis er an der Stadtmauer entlang in die Straße einbiegen konnte, den Wagen, in dem Kati japste und brüllte, in den wenigen klaren Momenten einfach froh, dass er rote Ampeln ignorierte und überholte, wo er konnte. Es war so viel schneller gegangen, als sie erwartet hatten, und Ellie konnte es wohl nicht erwarten, auf die Welt zu kommen –, kaum, dass Karl den Wagen zum Hintereingang der Klinik gefahren hatte, wo ein Rollstuhl schon bereitstand, kaum, dass sie hineingerollt und von einer ganzen Traube an hilfreichem Personal empfangen worden war.

Kati schaute zum Himmel. »Gibt's ja nicht«, sagte sie zu Diana. »Man sieht sie immer noch.«

Sechzehn Jahre war das her, und jetzt flog Ellie. Über alle Hügel, auf und davon in ihr eigenes Leben. Und dann, ganz plötzlich, dachte sie an Eva. Wieso kamen die Dinge gleichzeitig ins Wackeln, die noch vor ein paar Wochen so stabil geschienen hatten?

Aus wie vielen Verwicklungen würde sie sich noch herausarbeiten müssen?

Sie wusste es noch so genau, als wäre es gestern gewesen: Wie sie ein paar Tage nach Ellies Geburt zu dritt zurückgefahren waren ins Haus hinter den Hügeln, mitten im Sommer, blühende Sonnenblumenfelder rechts und links der Straße entrichteten ihren Gruß. Ellie war noch keine Woche alt gewesen, als Kati den schwarzweiß karierten Rock anzog, der schon wieder passte, einen Strohhut aufsetzte und Ellie in den sportlichen Kinderwagen legte, den sie und Karl abwechselnd die kurvige Straße nach oben eher stießen als schoben, zum Antrittsbesuch im Agriturismo am Ende der Straße. Oben hörte man die Hühner gackern, der Schwiegersohn hackte Brennholz, in der rauchigen Küche richtete die ältere Wirtin ihre freundlichen braunen Knopfaugen auf Kati, als Karl mit einem »Permesso!?« an die halb offenstehende Tür geklopft hatte. Sie hob den schweren Körper vom Stuhl vor dem Kamin, in dem auch im Sommer ein Feuer glimmte, und dann kamen auch Töchter und Schwiegersohn; der betagte Ehemann, dem der Alkohol einen Schleier über die eindrucksvollen blauen Augen gelegt hatte. Auguri, herzlichen Glückwunsch! Che bellina! Sie gratulierten und bewunderten. Sie drängten ihr den feinsten Wein auf, süßen Dessertwein –, oder lieber einen Grappa, jetzt, wo sie doch eine Weile keinen Alkohol getrunken hatte? »Topolina«, Mäuschen, sagte der Schwiegersohn, so würde er Ellie nennen, wenn er herunterkam zu Karl, um beim Bauen zu helfen.

Dann hatten sie am Tisch in der Gaststube gesessen, Kinderwagen und Strohhut neben sich, und Kati hatte unauffällig durch den Raum gelinst, ob der Typ aus dem nächsten Dorf hier wäre. Idiot, der. Keine zwei Wochen war es her, dass Karl und sie abends eine Pizza im Dorf gegessen hatten, der Typ hatte sich irgendwann zu ihnen gesetzt, »Dai, trinken wir noch einen«, immer hatte einer von beiden nachgeschenkt, das Gespräch war wie üblich über die Bauarbeiten am Haus, über gestiegene Strompreise und übers Wetter gegangen; Kati hatte mitgeredet, soweit sie konnte, vor allem die Witze fand sie schwer zu verstehen, und als der Typ sich mit Seitenblick auf ihren dicken Bauch nach dem Geburtstermin erkundigt hatte, dann nach dem Geschlecht des Kindes; als Karl geantwortet hatte, dass sie sich überraschen ließen, hatte er mit schmierigem Blick auf sie gesagt, »ob's ein Mädchen wird, erkennt man daran, dass sie schon vorher der Mutter die Schönheit wegnimmt«. Hehehe, keiner der Männer hatte sie angeschaut, gelacht hatten sie beide.

Im Kinderwagen schlief Ellie. Sie würden sie nach diesem ersten Mal nicht mehr hineinlegen. Kati bestellte bald ein rotgoldenes Tragetuch und von dem Tag an würde Ellie gelassen, selbstbewusst und neugierig, den Rücken am Bauch von Mutter oder Vater, in die Welt schauen.

»Meine Güte, Kati, wie kommst du denn auf Würde? Geht's noch größer? Das war halt ein dummer Spruch.« Karl hatte auf der Rückfahrt das Fenster heruntergekurbelt, den Arm in die warme Nachtluft gelegt, die Stirn in Falten, war verstummt. Musste sie so empfindlich sein?

*Würde, war das für dich ein wichtiges Wort, Dietrich? Eine wichtige Kategorie? Ich könnte es nicht sagen. Aber ich denke oft darüber nach, ob Würde etwas ist, das wir Menschen haben, und behalten, wenn es nicht gestört und zerstört wird? Oder entwickeln wir es erst, wenn wir es vorgelebt sehen und gewürdigt werden?*

*Ich denke an die Jahre, in denen du Kind warst. Ihr hattet es mit einer anderen Dimension von Entwürdigung zu tun als wir. Was ist, wenn Entwürdigung, wenn Gewalt zur Normalität werden?*

*Ich habe deinen Mitschüler, Gerhard, gefragt, und er erzählte mir eine Situation, die er als zehnjähriger Schüler in Danzig erlebt hatte. 1932 war das gewesen – du warst sieben, ein kleiner Junge im Danziger Werder.*

*Gerhard also sah eines Tages eine SA-Truppe uniformierter Männer marschierend und singend am Haus vorbeiziehen. Es hätten in dieser Gegend von Danzig viele Kommunisten gewohnt, meint er, Hafenarbeiter, einige unter ihnen hätten der Truppe die Fäuste entgegengereckt und gerufen: »Rotfront – Nazi verrecke!« Da hätten die SA-Männer ihren Gesang unterbrochen, sie hätten kehrtgemacht und mit ihren Schlagstöcken auf die unbewaffneten Männer eingeprügelt, bis diese blutig zusammengeschlagen am Boden lagen. Er sei, erinnert sich Gerhard, ins Haus gelaufen, um die Frau des Nachbarn zu holen, damit sie sich um die Verletzten kümmere.*

*Ob er danach mit jemandem darüber gesprochen habe? Nein, sagte er, groß gesprochen hätte niemand mit den Kindern über diese Dinge, diese Veränderungen. Nicht in der Schule, nicht zuhause. In die Hitlerjugend hätte man als Junge aber unbedingt gewollt, sie hätten die Mutter gedrängt*

*und bestürmt, sein Bruder und er, erzählte Gerhard. Zelten gehen, Sonn-*
*wendfeiern, Nachtmärsche, Ausflüge an die Ostsee.*

Katis Gedanken sprangen zu Eva.

Hatte sie ihr je davon erzählt, wie die Beziehung zu Karl damals den Bach runter ging? Davon, wie laut sie die Uhr ticken hörte in diesen Jahren, als sie sich und ihre Würde auf dem Prüfstand sah; als sie wuss-te, so oder so, was hier geschah zwischen ihren Eltern, es würde Ellie prägen? Sie würden sich in sie einschreiben, die guten und die schlech-ten Momente –, und wieviel schlechte wollte sie ihr Kind erleben lassen?

Kein Mal war Eva in Italien gewesen in diesen Jahren. Und jetzt würden sie sich aufs Neue verlieren? Fehlt uns denn nicht schon ge-nug? So viele Jahre unserer Lebensgeschichten. Jahre, in denen wir uns nicht gesehen haben; kaum etwas voneinander wussten. Dafür, dass wir Schwestern sind, wissen wir so vieles nicht voneinander. Wie sollten wir gemeinsam ein Buch gestalten können, Geschwister auf so dünnem Eis?

»Na du«, Diana stellte sich neben sie, hakte sich ein.

Kati zog die Nase hoch und schaute in den Himmel. »Verrückt, oder? Die fliegen so hoch und so weit, unglaublich…«

»Wir werden morgen auf der Fähre mal nach oben schauen, vielleicht fliegt einer mit uns rüber nach Griechenland.« Diana drückte kurz Ka-tis Hand, und warf einen kurzen letzten Blick ins gepunktete Himmels-blau.

# 11

Diana war schon seit einer halben Stunde auf einer ihrer langen Schwimm-
runden durch die Bucht. Das ging nun schon ihre ganze griechische Woche so: Diana schwamm, als würde sie für die grauen Tage des kommen-
den Winters vorschwimmen, einen Vorrat anlegen an Momenten dieses
spezifischen Glücks. Kati, die mit ihrem Buch auf einer Strandliege lag,
konnte ihren Kopf nur noch als kleinen Punkt im lichtschimmernden
Meer erkennen. Sie schaute wieder ins Buch. Und dann doch wieder aufs
Meer, und nicht mehr zurück. Schauen, nur schauen.

Dann stand Diana vor ihr und spritzte ihr Wasser ins Gesicht. »Hey,
Träumerin! Wohin bist du schon wieder unterwegs?« Kati nahm den
Sonnenhut ab und erwiderte: »Nur zu. Schlepp eimerweise Wasser ran
und schütte es mir übern Kopf, das kühlt mich dann sehr wahrscheinlich wieder runter.« Diana gähnte. »Na dann komm doch mit. Ich wollt-
te grad Siesta halten.« Sie warfen die Badesachen in die Strohtasche und
bahnten sich ihren Weg durch die Strandliegen und über die kleine
Dorfpromenade.

Und dann waren sie in ihrem Hotel, das fast nur aus Terrassen und Au-
ßentreppen zu bestehen schien. Hier, am südlichen Rand des Peleponnes,
wo man auf Sonne bauen konnte, baute man der Sonne entgegen. Die
Zimmer selbst waren klein, ihres lag am Ende eines langen Außenganges,
zwei winzige Nachttischchen rechts und links neben dem Doppelbett, in
dem Diana einschlief, sobald ihr Kopf das Kopfkissen berührte. Zumindest schien es Kati so, die sie darum beneidete: um die Klarheit, mit der
sie sich hinlegte und schlief, mit der sie dann auch aufstand und in Win-
deseile fertig war, bereit stand für die Unternehmungen des Tages, während Kati gestresst ihre über den Raum verstreuten Dinge einsammelte.

Sie waren oft miteinander gereist, seit sie sich im Studium kennengelernt hatten. Kati hatte eine Weile gebraucht, bis sie verstanden hatte,

wieviel Elan sich in Dianas ruhiger Art verbarg. Diana, die man doch nie wirklich aus der Ruhe bringen konnte; die dann aber, wenn man meinte, sich nur auf einen schnellen Kaffee im Biergarten am Kreuzberg mit ihr verabredet zu haben, plötzlich einen Zeitungsausschnitt aus dem Reiseteil der Zeitung vor einen hinlegte, oder gleich den aufgeschlagenen Reiseführer, und am nächsten Tag einen Flug für sie beide buchte. Die diesmal aber auch, als Kati ihr vorgerechnet hatte, dass es zumindest für das Klima und als Vorbild für ihrer beider Kinder auch kein Fehler wäre, die Reise mal ohne Flüge zu machen, zumindest auf dem Hinweg, sofort umschaltete und Züge und Fähren heraussuchte.

Ein einziges Mal hatte Kati diese Grundruhe ihrer besten Freundin erschüttert gesehen: als Dianas jüngerer Sohn, elf oder zwölf war er gewesen, nach einem Autounfall im Krankenhaus lag und es ein paar Tage lang nicht klar war, ob er innere Verletzungen davongetragen hatte. In diesen Tagen war Diana weiß wie die Wand gewesen und wie nicht von dieser Welt. Hatte das Krankenhaus nicht verlassen und die Butterbrote und Kaffeetassen, die Kati ihr hingehalten hatte, genommen, als merkte sie nicht, was sie tat. Zum Glück war alles gut ausgegangen. Aber Kati wusste seither, wie zerbrechlich ihre Freundin war.

Die gemeinsame Woche war fast vorbei. Das einzige Buch, das Kati aus dem Stapel der Arbeitsbücher überhaupt eingepackt hatte, war fast ausgelesen, und so beugte sie sich jetzt noch einmal über Otl Aichers *»innenseiten des kriegs«.*

*Ob du, Dietrich, später jemals etwas von Otl Aicher gelesen hast, dem Freund von Sophie und Hans Scholl, der es 1937 als Fünfzehnjähriger geschafft hatte, den Nazis zu widerstehen? Ein Junge aus Süddeutschland, der, auf Reisen mit einem Freund, wegen langer Haare und freierer Kleidung eingesperrt wurde, ins Prinz-Albrecht-Palais, einfach so und getrennt von seinem Freund. Als er nach tagelangen Qualen von Verhören und Angebrülltwerden und Ungewissheit endlich freigelassen wurde, habe er sich, so schreibt er, »privilegiert« gefühlt –, privilegiert, weil er nun einer derjenigen war, die »Bescheid wussten«. Weil er eine Haltung in sich festigen konnte: »Nicht vor dir selber feige werden, dich nicht etwas anderm als dir selbst überlassen«. Weil, wie Aicher schreibt, es »ein leben mit gebrochenem rückgrat nicht gibt«. Ich stehe sprachlos vor solchem Mut. Ob du das später im Leben auch empfunden hast –, gut, dass es solche gab? Oder hat man sich geschämt, dass man selbst nicht so einer war?*

Kati legte das Buch zur Seite. Diana neben ihr schlief tief und fest. Leise stand sie auf, nahm Notizbuch und Stift und schob den dünnen Vorhang zur Seite, der den kleinen Balkon mit seinem einzelnen wackligen Plastikstuhl vom Zimmer trennte. Von hier aus war das Meer nicht zu sehen, nur hinter der Reihe niedriger unverputzter Häuser zu erahnen, die mit baumelnden Stromkabeln und großen roten und lila Blumenteppichen aus Bougainvillea dekoriert, den freien Blick blockierten.

Sie war so weit weg hier – von ihren Kindern, die erstmals beide zugleich bei ihren Vätern waren; von ihrem eigenen Alltag zwischen Schreibtisch, Bibliothek und Verlag. Die Toten aber, über die sie las und schrieb, waren seltsam nahe.

*Und wie, Dietrich, sah für dich der Krieg »von innen« aus?*

*Wie und wo hast du es aufgenommen, kapiert, dass nun Krieg war? Ihr wart ja ganz in der Nähe in jener entscheidenden Nacht zum 1. September 1939, als der Krieg mit den Schüssen auf die Danziger Westerplatte begann – ob du, vierzehnjährig, bei Mutter und Geschwistern in eurem Dorf schliefst? Oder ob du diese Nacht im Schlafsaal des Alumnats in Danzig Langfuhr verbrachtest und also den Kanonendonner hören konntest, der zwischen vier und fünf Uhr morgens den Angriff der »Schleswig-Holstein« auf die polnisch verwaltete Halbinsel Westerplatte anzeigte?*

Kati dachte an ihre eigenen Kinder –, so weit weg vom Zweiten Weltkrieg geboren.

Ellie hatte geschrieben. »Hey Mama, geht's Dir gut? Hast Du es schön mit Diana? Unsere Reise ist toll! Rom ist genial, Papa zeigt mir alles. Cool, dass ich mit durfte, Mama. Danke!!! Und noch was. Papa hat gefragt, ob ich die ganze Zeit, die er in Berlin ist, bei ihm bleiben will!! Für ihn wäre das ok, und mein Schulweg wäre nicht mal so viel länger. Vielleicht wird sogar seine Vertretung auch noch verlängert! Findest Du das blöd? Ich dachte, ich frage trotzdem mal.«

# 12

Und dann war sie vorbei, die kostbare Woche. Noch ein letzter Abend am Meer, bevor sie am Morgen früh auf den Bus zum Flughafen gehen würden.

Im Hotel standen die Koffer gepackt neben den Betten. In schweigendem Einverständnis brachen sie auf in die Lieblingstaverne direkt am Wasser, wo die Tische unter einem großen quadratischen Dach standen, und man von jedem Platz dieses luftigen Raumes die über dem Meer untergehende Sonne in den Blick nehmen konnte.

Sie bestellten, schweigend schob Kati Diana das Handy mit Ellies Nachricht über den Tisch. Diana las, seufzte. Lächelte.

»Kati. Sie steht gut da, mach dir keine Sorgen! Ellie hat Power.« Diana gab Kati die Speisekarte. »Und vielleicht ist es ja für Meerchen auch mal schön, einziges Kind zu sein.« Sie drückte leicht ihre Hand.

Kati starrte auf den Tisch. »Vielleicht mache ich mir ja Sorgen um mich«, murmelte sie. Sie schaute auf. »Ich weiß, das klingt dumm … aber was ist, wenn sie nicht zurückkommt? Wenn sie nicht zurück will zu Meerchen und mir?«

Diana schüttelte den Kopf. »Natürlich kommt sie zurück. Du bist ja trotzdem ihr Fels … ihre Mama. Deshalb traut sie sich das doch! Dir erscheint es wie ein Schritt ins Ungewisse, aber Ellie hat doch immer dich im Rücken!«

Ihr Fels.

War sie das? Wenn, dann gab es diesen Fels wohl überhaupt, weil es Ellie gab. Seit es sie gab.

»Kati, das stimmt doch nicht. Das weißt du doch selbst.« Ok, Diana. Vielleicht hast du recht. Ein Fels wird man nicht erst dann, wenn ein Kind kommt, das ihn braucht. Da war schon im Leben vor den Kindern eine Menge angebrandet. Aber zu einem echten Halt zu werden …

für diese Aufgabe gab es vermutlich wirklich keine bessere Notwendigkeit als die, die eines schönen Tages schreiend, hilflos, neugeboren und täglich wachsend vor einem lag. Und –, ja, sie hatte seither mit großer Entschlossenheit etwas Eigenes aufgebaut, zunächst mit Ellie, dann später, nach der kurzen Zeit mit Micha, auch mit Meerchen; einen Kosmos unkonventionellen Familienlebens... Arbeitsreisen, die sie zugleich zu Abenteuern zu machen versuchte; Wochenenden im Zelt, Sommerpicknicks an Seen. Für Ellie war Diana die Tante ihrer Kindheit, nicht Eva. Nicht, dass Ellie nicht glücklich gewesen war, als mit Eva eine weitere wunderbare Tante in ihr Leben trat.

Kati zögerte. »Ich erzähl dir was von früher, ok? Da kannten wir uns noch nicht. Ich war siebzehn und an Magersucht erkrankt. Und eines Tages machte meine Mutter einen Ausflug mit mir, nur wir zwei. Das gab's selten. Meine Mutter machte wenige Sachen allein, damals. Später tat sie das öfter. Vielleicht dachte sie, es täte mir gut, ihre ganze ungeteilte Zuwendung zu haben, einen ganzen Tag lang? Wir fuhren früh los, das Museum war in einer anderen Stadt, und als wir dort waren –, meine Mutter, die ja eine große Kunstliebhaberin ist, begeistert über die Bilder –, dachte ich die ganze Zeit, ich schwöre dir, die ganze Zeit nur an das Stück Kuchen, das ich nachher im Café essen würde. Völlig fixiert, zwanghaft. Wahrscheinlich hatte ich am Morgen vermieden, irgendetwas zu essen. Und dann gingen wir von Bild zu Bild, und vor einem stand ein junges Paar, das sich an den Händen hielt und leise miteinander sprach. Sie waren so vertraut miteinander, strahlten dies zärtlich Intime aus, das manche Paare ja haben, und ich weiß noch, dass es mich niederschmetterte, die beiden zu sehen. Dass es mich so traurig machte, wie man als Süchtige Trauer überhaupt empfinden kann.«

Diana schaute sie an, Auge in Auge. Ruhe.

»Es war – ein Moment der Klarheit. Etwas bringt dich dazu, kurz einen schonungslosen Blick auf dich selbst zu werfen. Du schaust auf dich von außen, und du siehst dich wie – vorzeitig gealtert. Als wärest du in einer Art rasendem Tempo alt geworden –, aber alt geworden, ohne jung gewesen zu sein. Du bist irgendwie runtergefallen von der Stufe, auf der du eigentlich stehst, du bist falsch aufgekommen. Die Leute gucken dich verwundert an, hey, du bist so jung und hast so traurige Augen! Du bist draußen aus etwas, in dem du kaum drin warst, du hattest gerade erst einen Blick reingeworfen, aber bist schon wieder raus, und weißt, es gibt keine Chance mehr auf ein Zurück.«

Kati unterbrach sich, das Essen kam. Die Bedienung, ein junger Mann, stellte mit Schwung die Teller mit Moussaka vor sie hin, die Flasche Wein. Kati griff zum Besteck. »Der Punkt ist – es ist, als ob etwas in deiner inneren Apparatur gebrochen wäre, ein Scharnier oder so… Du hast keine Gefühle mehr, du schaust auf die Gefühle drauf.«

Diana schüttelte den Kopf, schaute aufs Meer. »Wenn ich dich damals gekannt hätte, was hätte ich dir angemerkt?«

»Vielleicht gar nichts? Heruntergehungert, aber ansonsten konnte ich das ja immer perfekt, mich dem anpassen, was draußen von mir erwartet wurde. Gute Noten, leistungsstark, sozial…«, sie lachte, »wie sagt man das, sozial verträglich? Freundlich? Normal? Dann bin ich nach der Schule gleich weggezogen von zuhause, mein Gewicht war wieder ok, und dann konnte man von außen nichts mehr merken, denke ich.«

Sie schaut vor sich hin, auf den Tisch. »Ich kam dann ja mit Markus zusammen«, sie lächelt kurz. »Markus war toll.«

Der Kellner hat die Gläser gefüllt, dies würde nun für eine Weile die letzte Moussaka mit Blick auf den schnurgeraden Horizont sein. »Und dann konnte ich mir selbst dabei zuschauen, wie ich die Beziehung sabotierte. Du guckst immer wieder in dies lachende glückliche Gesicht deines Freundes, du drängst dich mit ihm auf einem neunzig Zentimeter-Bett im Studentenwohnheim zusammen, du schaust zu, wie er dich bekocht, wie ihr ein Wochenende in den Bergen verbringt …« – Diana schaute sie gespannt an – »und du haust drauf, brichst aus, vielleicht ja, weil du dich dann etwas weniger als Betrügerin fühlst? Du willst lieber ehrlich sein und wieder allein, als endlos verzweifelt darüber, dass du das alles nicht kannst: Geborgenheit empfinden, Zugehörigkeit, Liebe. Du schaust von außen drauf, wie du empfinden solltest… Wie andere erwarten, dass man empfindet. Aber das funktioniert nicht mehr. Da ist etwas durchtrennt in der Beziehung zu sich selbst, wie zerstörte Nervenbahnen, die nicht mehr rückmelden, was sie rückmelden sollten.

Ein grundlegendes Zerwürfnis mit sich selbst. Wie soll der andere das verstehen? Etwas verstehen, was man selbst nicht versteht? Dass in dir nur Panik aufsteigt, wenn der andere mehr als ein paar Stunden mit dir verbringen will.«

»Aber warum, Kati?«, fragte Diana leise. »Warum ist das so? Ich meine –«

»Weil …«, Kati holte tief Luft, »weil alles, was mit Intimität zu tun hat, zu einem Schrecken geworden ist. Zu einer spiegelglatten Bahn, auf der du nur ausrutschen kannst. Du weißt nicht, wo oben und unten ist, du hast keine Orientierung. Und dann ist da die Scham darüber, dass das so ist. Dass man so ist, ein Mensch, der so befremdlich fühlt und empfindet.« Sie unterbrach sich, griff nach dem Weinglas. »Das klingt pathetisch, ich weiß –, und trotzdem trifft es das Gefühl: Du fühlst dich nicht mehr als Mensch unter Menschen.«

»Sondern?«

»Als ein … eine Art Alien, ein Ausnahmeexemplar, jemand irgendwie anderes, der ganz zu Recht all das nicht bekommt und verdient, was andere haben –, normale Beziehungen, Familie. Nicht, dass ich das so hätte ausdrücken können. Aber Scham ist das Grundgefühl geworden.«

Diana runzelte die Stirn. »Aber Scham wofür? Weswegen?«

»Naja, man war ja verrückt geworden, oder? Man hatte normale Mahlzeiten verweigert, hatte Stunden und Kraft darauf verwendet, irgendwelchen Krümeln hinterherzujagen, am besten heimlich. Man hat zwei Stunden an einem Apfel gekaut. Von einem Schokoriegel millimeterweise abgebissen. Das hat sich angeschlichen, sicher, du weißt nicht warum, das hat sich so eingeschlichen in dich und hat das Ruder übernommen. Du weißt nicht, wie, aber es ist passiert. Für die anderen bist du das, die gucken von außen drauf … und sehen einen sehr seltsamen jungen Menschen, bei dem plötzlich alles anders ist als es vorher war.« Sie seufzt. »Stell dir Eva vor, sie war neun oder zehn. Wie absurd musste ihr das erscheinen? Ihre große Schwester, die plötzlich aufhört, normal zu essen, die sich verweigert. Am Tisch bettelt und fleht die Mutter, der Vater schweigt stoisch, und niemand kümmert sich mehr um die Kleine? Na, und dann ist das vorbei, du selbst siehst wieder normal aus, bist wieder imstande zu essen, alle atmen auf, aber in dir drin …

das Scharnier ist ja weiter gebrochen. Scham ist der Preis, den du zahlst, wenn dich jemand anders zu Heimlichkeit gezwungen hat. Du zahlst den Preis für ihn. Dieser Klumpen aus Scham und Heimlichkeit, der hat sich eingenistet, der löst sich nicht auf.«

Diana schaut sie fragend an.

»Und dann vergehen ein paar Jahrzehnte, bis du selbst kapierst, dass du das alles ja keineswegs gewählt hast, diese Entfremdung, diese gebrochene Loyalität mit dir selbst –, wie verrückt hättest du sein müssen, das zu wählen? Wie hättest du diesen Wahnsinn wollen können? Wie hättest du diese Entfremdung von deiner Generation, diese Entfremdung von dir selbst, wollen können? Jahrzehnte vergehen, bevor du diesen Gedanken denkst: Wofür um Gottes willen schäme ich mich eigentlich?«

Sie schwiegen.

»Dann ist es – nein, zu spät ist es nicht. Aber deine Jugend ist vorbei.«

»Und deine Mutter, damals auf dem Ausflug?«

»Na, sie freute sich an allem, sie freute sich natürlich auch, dass ich Kuchen aß; sie machte sich ja große Sorgen in dieser Zeit. Sie verstand das alles ja auch nicht.«

Diana schwieg. »Wollte sie es denn verstehen? Ich habe mich das manchmal gefragt. Wie es kommt ... wie es sein kann ..., dass jemand so sehr auf seine Mutter verzichtet.«

Kati zögerte. »An diesem Tag also, da sehe ich mich noch vor mir, ich erinnere mich an meinen Gang. Ich bin ganz krumm gegangen damals. Und ich dachte, als wir dann wieder im Auto saßen –, in Wahrheit ist sie, meine Mutter, die Siebzehnjährige. Ich selbst bin siebzig, schlapp und krumm und müde. So müde, als hätte ich schon ein ganzes Leben gelebt.« Sie hielt inne, schaute Diana ins Gesicht. »Dabei stand ich doch erst ganz am Anfang, so wie Ellie heute ... in den Startlöchern sozusagen.«

Sie aßen schweigend fertig. Wie wäre alles gekommen, wenn es damals für sie einen Fels gegeben hätte? Einen Halt. Stattdessen war der Raum, in dem sie aufwuchs, aufgeladen gewesen mit Ungesagtem. Ein nur scheinbar unbeschwerter Alltag, tanzend über einem Abgrund aus Verschweigen und Heimlichkeit. Kein Raum, um zu wachsen. Um Neues zu probieren. Eher ein Raum, um zu schrumpfen. Sich zu reduzieren auf knochige Knie und spitze Ellbogen, einen harten Kern.

Knochige Knie und spitze Ellbogen waren praktisch, sie schützten vor Zugriff. Vor Übergriff. Wer wollte schon spitze Ellbogen berühren, eiskalte Finger. Sie nahm ihm damit – mit den knochigen Armen, dem Hungergesicht – das Mädchen weg. Schmolz alles Weiche ab.

Nahm sich, was sie damals noch nicht wusste, selbst das Mädchen weg. Stellte sich selbst kalt, das war verrückt, eine vollkommen verdrehte Selbstrettung.

# 13

Eva, dachte Kati, als sie die Kleider abstreifte und unter die Decke schlüpfte. Ich habe keine Ahnung, was du heute zu alldem denkst. Vielleicht ist das ja nichts als schöne Theorie, dieser Gedanke, dass Geschwister diese besondere, einmalige Nähe haben können, weil sie füreinander Zeugen und Zeuginnen des Lebens von Anfang an sind? Das mögliche Zuhause in der eigenen Generation.

In den Hochspannungsleitungen summte und ächzte es. Singend, summend, würde das Geräusch spätestens in zwei Stunden vom Lärm des aufziehenden Tages geschluckt werden. Dann würden sie nicht mehr hier sein.

Diana und Kati saßen auf der Bank der einzigen Bushaltestelle des Dorfes; ungewohnt früh hatten sie heute aufstehen müssen, um den ersten Bus zu erreichen. Dieser Tag, dessen Wärme Kati schon jetzt vermisste, während sie sich gerade erst ankündigte, würde ohne sie beide weitergehen. Irgendwann würde der große Schwung der Familien mit Kindern den Strand besetzen, die ohne, oder mit großen Kindern würden ihnen vom Café aus zuschauen, und über die Kinder hinaus aufs Meer blicken. Der Kellner würde flitzen, das Tablett elegant balancierend zwischen den Tischen oben und den Sonnenliegen am Strand.

Und zuhause würde sie keines ihrer Kinder vorfinden. Noch ließ sie das nicht ganz an sich heran.

Ein Hahn krähte, still nahm das Dorf seinen Ruf entgegen. Katzen stolzierten über die lange Reihe der Müllcontainer gegenüber der Bushaltestelle. Ein Mofa knatterte laut vorbei, von den auf dem Rücksitz zusammengeknüllten Plastiktüten löste sich eine und flatterte zu Boden. Noch war jedes Geräusch isoliert, eine kurze, genau bemessene Unterbrechung der Morgenstille.

Und dann schaukelte der Bus durch Olivenhaine, schwankte ins nächste, höhergelegene Dorf. Kalimera, Kalimera, war das eine schöne Woche. Das stundenlange Schwimmen, täglich. Die Spaziergänge in Nachbardörfer, Sonnenhüte auf dem Kopf. Der eine oder andere Busausflug. Das lange, zeitlos lange Sitzen im Café über ihren Büchern. Immer wieder hatte Kati Diana aus dem Buch von Otl Aicher vorgelesen. Auch die Gespräche darüber ein roter Faden durch die Woche. Diana, die zustimmte:»Ja, das Buch ist unglaublich. Aber worum genau geht es dir, Kati?« Pause, dann:»Meine Güte, du steckst da echt viel Zeit rein.«

»Stimmt«, sagte Kati.

*Ob dir, Dietrich, das Buch mal in die Hände gefallen ist?*
*»… wenn ich sage, die russen sind bestien, dann ist das glaubhaft. Jede zeitung, jedes radio sagt es. Indessen sind wir sogar so bestialisch, dass wir zur vertuschung der eigenen verbrechen, des eigenen überfalls, den angegriffenen als unmenschen bezeichnen. Als bestie. Wir haben dieses land überfallen, verbrennen seine dörfer und städte, vertreiben die bewohner, jagen sie in den tod, die bestie aber ist der andere.*
*Wir werden das glauben, bis man uns die augen zudrückt. wir werden das glauben, weil wir zu hause anständige leute sind.*
*Die barbaren sind die anderen.«*

Kati schaute aus dem Bus. Drei Schulkinder stiegen zu, hinter ihnen zwei Frauen, fein gemacht in geblümten Kleidern. Über die steinigen Hänge verstreut lag Müll, am Straßenrand blühte Oleander. Zypressen, lange dünne Finger in den morgenroten Himmel gestreckt. Abwärts ging es, das nächste Dorf ein kleines Häuserpuzzle, zwischen die Flächen von Himmel und Wasser gesetzt. Hier sprangen die Schulkinder nach draußen, der Bus wartete, machte Pause, um den Zeitplan einzuhalten. Draußen stand ein junges Paar. Sie nahm ihm die Sonnenbrille ab, zärtlich, steckte sie ihm ins Haar, kein Gegenstand sollte diesen Augenblick stören, er nahm ihr, sachte, etwas von der Wange –, eine Wimper? Einen Rest Schlaf?

Und dann ging die schwankende Fahrt weiter, die Gassen unfassbar schmal, der Bus schien die Häuser vor sich her auseinanderzuschieben, ein großes vorsichtiges Tier, das die Auslagen mit Plastikspielzeug und Badelatschen, die Blumentöpfe mit leuchtendem Hibiskus unbehelligt ließ und sich durcharbeitete durch die Dörfer im Sommermodus.

»Wollen wir wirklich schon nachhause?«, fragte Diana neben ihr.

Ellie würde also zu Karl gehen. Ging es für sie darum, etwas nicht nur »auf Probe« zu machen, sondern richtig, ernsthaft? Von dort aus auch zur Schule zu fahren, einen anderen Alltag kennenzulernen, einen Vater, der mehr war als ein Ausnahmevater, ein Ferien- und Zwischendurchpapa? Ellie folgte einer Spur, die sie selbst nicht ganz verstand, so schien es. Immer wieder verstört, immer wieder mal in höchster Aufregung, ängstlich, fasziniert, aber sie folgte ihr.

»Lass sie«, hatte Diana vor zwei Tagen im Café gesagt, »sie will es eben wissen. Und sie ist genauso gründlich wie du. Das kannst du ihr nun wirklich nicht verübeln.« Kati hatte beschrieben, wie außer sich Ellie gewesen war, als sie ihre Mutter wegen der Reise gefragt hatte, völlig aufgelöst, sie wisse, dass sie Meerchen nicht allein lassen könne, und wie gemein das von ihr sei, aber irgendwie könne sie eben nicht anders.

»Ist doch genau richtig so«, hatte Diana seelenruhig gesagt. »Sie probiert sich aus, so sind Kinder, oder?« Ja, so sind sie. Sie stören alles bei einem selbst auf, alle Gefühle, alle Widersprüche, die Hilflosigkeit, die man ohne sie vielleicht schon gut gefaltet und verpackt in sich irgendwo abgelegt hätte. Diana wusste, wovon sie sprach. Ihr zweiter Sohn war über längere Zeit immer wieder aus- und dann wieder zu ihr zurückgezogen. »Weißt du nicht mehr, wie das an mir gezerrt hat? Wie ich manchmal abends nur deshalb weggegangen bin, weil ich's nicht mehr ausgehalten habe?« Diana schwieg. »Und darf man nicht auch mal ein Stück Angst um sich selbst haben? Wie wird das mit einem selbst weitergehen, wenn die Kinder ganz auf ihrer eigenen Spur sind. Aber Mensch – Kati, da bist du doch noch lange nicht! Die stehen doch in ein paar Tagen wieder vor der Tür, und du schleppst wieder mehr Essen ran, als du tragen kannst.« Und Kati hatte mitten im Weinen gelacht.

Es war nicht nur die Schwerhörigkeit gewesen, das schlechte Sehen. Er hatte immer Schmerzen gehabt. Beim Gehen zog er das eine Bein nach, es war die Folge eines Skiunfalls als Student – aber zugleich hatte er sich einen so schnellen, so zielsicheren Gang zugelegt, dass dies kleine Nachziehen fast unmerklich blieb. Aber es hatte steif ausgesehen, angespannt. Und es musste wehgetan haben. Der Versuch, die kranke Hüfte zu schonen, hatte mit Sicherheit Schmerzen an anderen Stellen des Körpers gekostet. Dann das Kopfweh. Migräne. Der kommentarlose Gang, schnellen Schrittes, zum grünen Medikamentenschrank, hastiges Einwerfen, Schlucken, auch dies ein alltägliches, nie hinterfragtes Bild.

Verbissen. Es war eine verbissene Kraft darin gewesen, in diesem Versuch, all das unter der Decke – oder zumindest in Schach – zu halten. Unter der Wahrnehmungsschwelle. Sie sollten es nicht merken, die Leute, auch seine eigenen Kinder nicht, wie schwer er hörte, wie mühsam er ging, wie sehr er sich anstrengte. Denn hatte er es etwa nicht geschafft? Nicht nur überlebt, nein, er hatte es geschafft, hatte die unzähligen Hindernisse dieser kaum zu überlebenden Kindheit und Jugend überwunden; der äußersten Tüchtigkeit war der Erfolg gefolgt, er hatte gekämpft und aufgebaut, er hatte Aufbauarbeit geleistet.

Für jemanden, der so ausgesetzt, der so ganz und gar nicht verschont worden war, hatte er Ungeheures geleistet.

Ausgekühlt. Was Anfang Juli natürlich nicht stimmte, und dennoch kam Kati die leere Wohnung genau so vor: ausgekühlt.

Gestern Abend spät angekommen, hatte sie beim Aufwachen zuerst nicht gewusst, wo sie war. Sie war einkaufen gegangen, nachher würde sie Meerchen abholen. Vorher noch lesen. Vorher am Schreibtisch ankommen. Wie hatte Diana gesagt? Sie würde weitermachen mit Sortieren. Mit dem Versuch, Zusammenhänge zu sehen. Zwei Stunden, um sich hineinzufinden, zu lesen, zu exzerpieren, zu schreiben.

Kati schreckte hoch, Ellie musste angerufen werden. »Hallo mein Kind, wie geht's dir? Wann sehen wir dich?« Aber Ellie war abwesend, mit dem Kopf irgendwo anders, Kati hörte es sofort. »Mama, wir kochen gerade ... ich melde mich, ok?«

Dann bei Micha vorbeifahren. »Meerchen, mein Schatz! Du bist grö-

ßer geworden.« Ob dir die italienische Puppe überhaupt noch gefällt?
»Mama, du warst so lange weg…« Meerchen hatte bei ihr auf dem Schoß gehockt, den Kopf auf der Schulter, die griechischen Süßigkeiten verputzt. Micha war mäßig gelaunt, nicht wirklich ansprechbar. Wortkarg aßen sie zu Abend, in der U-Bahn schlief Meerchen ein. »Nein, Meerchen, die Treppenstufen musst du laufen. Ich kann dich nicht mehr tragen.« »Der Papa kann das!« »Stimmt. Der Papa kann das.« Wohnung aufschließen, Kind ausziehen, Kind zudecken.

Licht aus.

Licht an.

Manchmal schweratmig wie eine alte Frau. Nicht beim Treppensteigen, auch nicht beim Radfahren, sondern dann, wenn es am allerunwahrscheinlichsten war. Am Schreibtisch.

Das Buch, das heraus muss, das aber innerlich noch in alle möglichen Richtungen wuchert. Das auf ihren Vater zusteuert und vor ihr selbst nicht halt macht. Für das sie zugleich fremde Sätze sammelt und eigene innere entgegennimmt, fast, als würde sie von einer inneren Vorlage abschreiben. Wie lange sie schon schichtet und sammelt, hin und her schiebt –, Zeit, die untätig verstreicht, wie sie manchmal verzweifelt denkt, aber seit einer Weile glaubt Kati das nicht mehr. Etwas sammelt sich, unaufhaltsam – Kraft? Mut. Etwas wird in Stellung gebracht. In Bereitschaft versetzt. Schlafende Hunde werden geweckt. Das unter den Teppich Gekehrte hervorgeholt. Ob das immer so war, dass Eltern das Innere ihrer Kinder ausfüllten? Es möblierten wie ein Haus, eine von früh an überquellende Behausung, vollgestopft, ohne Luft zwischen den Einrichtungsstücken; Zimmer, die gedacht waren, hübsch und gemütlich zu werden, und dann voller Gerümpel standen, ein Vintageschuppen, eine Scheune, in der das geparkt wurde, was niemand mehr haben wollte und nicht schaffte, zu entsorgen?

Was man nicht mehr sehen möchte und also in den Kindern entsorgt.

Also hatte sie geschrieben, seit Kindertagen, Tagebücher, Briefe, Texte, besessen, als wäre der Stift etwas, das sie dazwischenklemmen könnte, zwischen das Eigene und das Fremde; geschrieben, als wäre dies der einzige Weg, um sich Luft zum Leben zu verschaffen. Und war es nicht so bis heute? Immer wieder schien es das Wichtigste von allem, alles aufzuwenden, um Geschichten zusammendenken zu können, ihr Ineinandergefaltet- und Verschränktsein tiefer zu verstehen, ihre unauflösliche Verbundenheit.

Und tatsächlich quollen sie über in ihrer Wohnung, die Hängeböden und die Regale in der Kammer, die sogar unterm Sofa verstauten Kisten mit Notizbüchern. Die Regalmeter voller Bücher zu Krieg und Nachkrieg, zu Kriegsgewalt und Traumaerfahrung.

»Zeug«, sagte Ellie manchmal völlig entnervt, »Mann, Mama, das ganze Zeug ... brauchst du das wirklich? Brauchst du das irgendwann? Willst du das nicht mal entsorgen?«

Vielleicht fällt ihr, Ellie, dann die klackerdiklack-Frau mit dem grauen Rundschnitt und den zusammengepressten Lippen aus Vermont ein, deren Papiere den Esstisch überflutet hatten; wo man sich schon schlecht gefühlt hatte, bevor man sich überhaupt hinsetzte? »Nicht auch noch auf dem Esstisch, Mama«, sagt Ellie dann, und schmeißt die ungelesenen Zeitungen; die ausgerissenen Zeitungsartikel, die aufgeschlagenen Magazine weg.

Tatsächlich machte sie das nur sehr selten, denn natürlich wusste sie es längst. Ja, ihre Mutter braucht das Zeug.

# 14

»Du musst kommen. Mutter geht's nicht gut. Ich kann nicht mehr. Eva.«

Das war alles. Seit Wochen Schweigen. Noch keine zehn Tage waren seit ihrer Rückkehr aus Griechenland vergangen, auf Katis Postkartengruß hatte Eva mit keinem Wort reagiert. Und nun das.

Kati hatte sich gerade hineingedacht in den Arbeitstag, hatte entschieden, heute zuhause zu schreiben, hatte die Notizen vom Vortag bereitgelegt, um sie einzuarbeiten; hatte sich mit Tee am Computer eingerichtet, kurz nochmal Mails gecheckt, und nun warfen Evas drei Sätze alles über den Haufen.

Meerchen. Jetzt lasse ich dich schon wieder allein. Kati telefonierte mit Meerchens Vater, buchte ein Bahnticket, lief durch die Wohnung wie ein aufgedrehtes Spielzeug, packte mechanisch hier was ein, räumte dort etwas fort. Stopfte eine Reisetasche voll. Hielt plötzlich inne: Was war eigentlich los?

»Eva, was ist los?« Das gibt es tatsächlich, weiche Knie, dachte Kati. Ihr Blick fiel in den Spiegel neben dem Telefon: Da stand sie, klein und schmal, die Schultern hochgezogen, den grünen Pullover unordentlich verdreht, die Locken wild ums Gesicht, als wären auch sie im Alarmzustand.

»Hallo«, sagte Eva, müde. »Habe ich doch geschrieben. Ich brauche dich. Ich kann das nicht mehr allein. Mutter ist gestürzt, ich habe sie zu mir geholt, jetzt liegt sie seit zwei Wochen hier im Bett, sie wird schwächer statt stärker, und ich, ich – kann das nicht mehr alleine.«

Kati schwieg. »Wie, gestürzt? Wieso hast du nichts gesagt?« Keine Antwort. »Und wieso wird sie schwächer?« Was für eine dumme Frage. Eva atmete hörbar aus. »Was hat sie denn überhaupt?« »Keine Ahnung. Ich weiß es nicht. Kommst du?«

»Heute Abend frühestens. Ich kann jetzt tagsüber nicht alles absagen.«
Kati nannte ihr die Uhrzeit und Eva legte auf.

Im Zug kamen Kopfweh, Halbschlaf und wilde Träume. Die Augen schließen war eine Flucht, und Kati wusste gut, dass es in Wahrheit nichts half. Als ob sie nicht auch unter geschlossenen Lidern die Landschaft draußen sehen könnte, der sie entgegenfuhr; das platte Land, die vereinzelten Bauernhöfe zwischen Feldern, Ackerboden, dunkelroter Ziegel.

Wenn sie früher gereist war, die Eltern besucht hatte, den Blick starr aus dem Fenster auf die Landschaft gerichtet, war es ein Einreisen in eine Welt gewesen, in der der Körper anderen Gesetzen folgte. Ihm wurden die Kräfte abgesaugt, der Boden entzogen, das Rückgrat geknickt – es war ein schrecklicher Trick, diese Landschaft vermochte ihr alles zu entziehen, was sie hatte und was sie war; aber hatte sie denn tatsächlich etwas, war sie jemand? Vielleicht stimmte das gar nicht, vielleicht war dies die Zone der Wahrheit, und sie war im Grunde das: hilflos wie ein Baby, schutzlos, ausgesetzt, von jedem Idioten zu allem Möglichen zu gebrauchen.

Regentropfen rannten auf der Außenseite der Fensterscheibe herunter, vom Fahrtwind schräg über das Glas geschickt. Ihr schien, als würde sie diese Höfe, die hohen Scheunentore, überall auf der Welt erkennen, die Farbe der Ziegel, die backsteinernen Anbauten an die alten Ställe, jedes Detail beladen mit der Tristesse einer Vertrautheit, der sie nichts entgegenzusetzen hatte.

Kein Pullover war dick genug gewesen, um Wärme zu halten, das war nicht erstaunlich, dachte Kati jetzt. Es gab den inneren Ort ja nicht, von dem Wärme sich hätte ausbreiten können. Alles, was Kati damals als Studentin vor den Reisen mühsam zusammentrug (der innere Besitz: die guten Noten, die Freundinnen, die WG, die vielen Bücher, die sie las), alles war wie ausgelaufen. Etwas an diesen Reisen schlug ein Leck, etwas war stärker als sie, und wenn sie ein inneres Zentrum hatte, dann konnte sie es jetzt nicht halten.

Das bin ich, hätte sie damals resümierend sagen können, Kati Claassen, im Grunde meines Herzens gierig und selbstsüchtig, ach was, im Grunde meines Herzens? Herzlos bin ich, ohne Herz, denn mich geht niemand wirklich etwas an, ich würde sie alle, würde die ganze angsterregende Welt verraten für Schokolade und ein Stück Buttercremetorte.

Aber dann war etwas passiert. Es war ein Silvestertag gewesen, nicht irgendein Silvester, sondern eines, das die meisten Menschen in diesem Land nicht vergessen würden, denn in diesem Jahr 1989 waren seit kurzer Zeit die Grenzen zwischen beiden Deutschland offen. Und ihre Eltern, bei denen sie zu Besuch war, hatten ebenso wie sie beide, Kati und Eva, gebannt auf den Fernsehbildschirm geschaut, auf dem der Lieblingsschauplatz dieser Monate, das Brandenburger Tor in Berlin, von Menschenmassen gestürmt zu sehen war. Es war offen, davor und dahinter schrien und jubelten die Menschen, sie konnten zueinander kommen, die ganze Ungläubigkeit über das welterschütternde Ereignis der deutsch-deutschen Wiedervereinigung verdichtete sich an diesem Abend auch hier wie in allen anderen deutschen Haushalten, auch sie saßen gebannt davor: der Vater im zurückklappbaren Ledersessel, die Augen hinter den dicken Brillengläsern zusammengekniffen; die Mutter, das blonde Haar hochgesteckt, bei ihm auf der Lehne, rief immer wieder Worte hinein: »Mein Gott, diese Freude bei den Menschen!« Eva ein bisschen abseits, in Jeans und Bluse, in ihre Teetasse pustend. Und sie selbst. Sie hatte damals gestanden, an der Wand gelehnt, zu aufgewühlt, um sich zu setzen; wie ging man mit dem um, was da so leidenschaftlich bis ins Wohnzimmer schwappte, Erschütterung, Freude, Überwältigung?

Danach hatten sie beim Abendessen gesessen; Würstchen mit Kartoffelsalat? Frikadellen? Hackbraten? Irgendetwas, das Kati nicht essen wollte, sich ausdrücklich nicht auf den Teller lud, sich nicht einladen lassen wollte, nicht bitten und schon gar nicht zwingen.

»Über deine Bauchschmerzen musst du dich natürlich nicht wundern«, hatte ihr Vater in jenem Ton zu ihr gesagt, in dem sachliches Urteil und Abfälligkeit sich die Waage hielten, »wenn man sich so verrückt ernährt wie du, muss man sich nun wirklich nicht wundern. Dies ganze Vollkornzeug, dass da dein Magen nicht mitmacht...«. Stilles Kopfschütteln, Stirnrunzeln, Missbilligung, angespanntes Frikadellen essen, die Mutter beschwor Kati mit Blicken, den Silvesterfrieden nicht noch weiter zu stören, aber an diesem Abend...

Es war der Abend, an dem eine Tür offen stand.

Es war ein seltsamer Zufall, dachte Kati später, eine Zeitgleichheit, eine dieser Koinzidenzen. Denn natürlich hatte ihr eigener, ganz persönlicher Zeitpunkt nichts zu tun gehabt mit dem großen Moment der Zeitgeschichte; mit diesem Moment, für den aus vielen Gründen eben auch die Zeit reif gewesen war.

Nichts –, außer dass vielleicht doch das Bild dieser irren Freude über die offene Mauer, die Geschichte von Widerstand und Mut, die dahinterstand, dass all dies doch in sie eingewandert war, an eine Stelle, die sie nicht kannte und nicht spürte –, jedenfalls war sie nicht still geblieben an diesem Abend. »Woher willst du das denn so genau wissen, woher meine Bauchschmerzen kommen«, hatte sie gesagt, zitternd, aber deutlich in jener Lautstärke, die den Vater nicht zwingen würde, nachzufragen, oder so zu tun, als hätte er es verstanden.

Er hatte es verstanden.

»Mir tut das gut, das Vollkornbrot«, hatte sie noch gesagt, und irgendwann, bevor das Gespräch eskalierte, war sie aufgestanden, die Treppe hoch gegangen, hatte ihre Reisetasche geholt und hatte unten Eva, die mittlerweile den Esstisch verlassen und sich wieder vor dem Fernseher zusammengekauert hatte, gefragt, ob sie sie an den Bahnhof fahren könnte. Evas blonder Pferdeschwanz, ihre großen Augen, die sie anstarrten, als würden sie im Gesicht ihrer Schwester einen neuen, seltsamen Text lesen. »Wieso denn das?«, hatte sie leise zurückgefragt. »Du wolltest doch morgen noch bleiben.« »Jetzt eben nicht mehr.« War es Evas Stolz auf den gerade bestandenen Führerschein gewesen, dem es zu verdanken gewesen war, dass Kati dann nicht mehr viel tun musste, um sie zu überreden? »Aber nach dem Auto fragen kannst du selber«, hatte Eva gesagt, und war aufgestanden, um Kati das Feld zu überlassen.

Sie begriff bis heute nicht, warum auf einmal möglich war, was sie nie auch nur durchgespielt hatte. Aufstehen und Gehen, das Einfachste der Welt. Aber sie hatte auch gewusst, das hier würde schnell gehen müssen, sonst würde sie ertrinken in den riesigen Kummeraugen der Mutter. Sie war gegangen, tatsächlich.

Und lange nicht wiedergekommen.

Draußen die Bauernhöfe. Regen über dunkelroten Backstein. Kati atmete tief. Noch eine Viertelstunde, dann wäre sie da.

Nicht, dass danach alles anders gewesen wäre. Das, was anders war, war so klein, dass sogar sie selbst es noch mühelos übersehen konnte. Nichts änderte sich an der Strenge ihrer Tage, Schreibtisch und Bibliothek, Bücher und Seminararbeiten, Bücher und Seminararbeiten, das konnte sie, da war sie gut. Man konnte es für Sicherheit halten. Aber doch war etwas anders geworden. Die Bauchschmerzen, die sie oft lahmgelegt und ins Bett befördert hatten, wenn die anderen etwas trinken gingen oder ins Kino, hatten sie nicht davon abgehalten, umzuziehen. Im Studentenwohnheim wurde samstagmorgens zusammen gefrühstückt. Sie saßen auf halb kaputten Stühlen und dem verschlissenen Sofa, es gab warme Körper rechts und links von ihr und ein aufregendes Gefühl von Gemeinsamkeit.

Bei den Eltern hatte sie sich kaum mehr gemeldet. Eva hatte einen Studienplatz am Ort bekommen und suchte nach einem Zimmer. Bei den seltenen Anrufen wich sie ihrer großen Schwester aus, gab den Hörer schnell zur Mutter weiter. Sie war verletzt. Sie war tief getroffen.

»Ich muss jetzt zur Arbeit«, sagte Eva, die Kati am Bahnhof in Empfang nahm. Eva –, schicke braune Lederjacke, ein paar dunklere Strähnen in den langen blonden Haaren, kurzer Blick auf die große Schwester, schnelle Umarmung. Dann schaute sie auf die Uhr und zu Boden. »Was meinst du, wieviel Urlaub ich in den letzten Wochen nehmen musste. Eine Extrawurst nach der anderen. Ich bring dich hin.« Im Auto Schweigen. Irgendwann holte Eva tief Atem und sagte: »Andi meinte, ich bräuchte dringend eine Pause. Wir wollen ein paar Tage wegfahren, kurz ausspannen. Vier Tage. Ich hoffe, das ist ok für dich? Wie lange kannst du bleiben?«

»Sag mal, Eva...« Kati starrte ihre Schwester entgeistert an. »Und das konntest du mir nicht genauso klar am Telefon sagen?« Ich habe Kinder, wollte sie sagen, sagte sie nicht. Ihre Schwester ließ eine bedeutungsschwere Pause. »Ich hatte befürchtet, du würdest mich dann wieder mal alleine lassen. Und –,« da war er wieder, der zornige Blick, »über Klarheit und Offenheit reden wir vielleicht besser ein anderes Mal.«

Kati verstummte. Wie unfair, dachte sie, fassungslos. Wie kannst du mich einfach vor vollendete Tatsachen stellen. Der Wagen hielt vor dem ziegelroten Mehrfamilienhaus, in dem Eva und Andi vor Jahren eine Dachwohnung gekauft hatten. Stilvoll waren sie eingerichtet, wenige Designerstücke, kombiniert mit hier einer alten Truhe, drüben neben der Tür dem schönen Bauernschrank. Alles aufgeräumt –, überall hat sie Blumen hingestellt, bemerkte Kati, die hatte sie bestimmt heute Morgen gekauft. Auch das war Eva. Aus dem Gästezimmer kam leises Schnarchen. Und da war sie, die Mutter: die Haare, deren Blond nun viel weißer war, als Kati es in Erinnerung hatte, offen auf dem Kissen. Kati erschrak. Hatte die Mutter jemals so zerbrechlich ausgesehen? Der Mund war leicht geöffnet, sie schlief. Kati schaute sich im Zimmer um. Und warum stand hier ein zweites Bett?

Kati drehte sich zu ihrer Schwester um. Eva begegnete ihrem Blick: »Tja, so ist das … ich habe in den letzten Wochen hier geschlafen. Im Schlafzimmer höre ich sie nicht. Sie kann nicht allein zur Toilette. Und so weiter.« Kati schloss die Augen. »Ich lass dich, ok? Der Kühlschrank ist voll, du findest alles. Telefonnummer von Arzt und Krankenhaus habe ich dir hingelegt. Ich melde mich heute Abend.« »Du kommst nicht mehr zurück nach der Arbeit?« »Habe schon alles im Auto.«

»Aber, jetzt erklär mal … kann ich sie überhaupt nicht allein lassen?« »Kati. Komm mal auf den Teppich. Guck nicht so panisch. Doch, du kannst. Jetzt gerade war sie ja auch allein. Du beredest das nachher mit ihr. Ich habe mich schon verabschiedet, und ihr gesagt, dass du kommst.« Ein Blick direkt in die Augen, dann: »Ich muss mich beeilen, die wollen mich echt mal wieder pünktlich sehen.« Weg war sie, flüchtige Umarmung, der Schwung der langen blonden Haare, das letzte, was man von ihr sah.

Immer war das so gewesen, dachte Kati. Der Schwung dieser Haare das Schlussbild. Sie ging ins Wohnzimmer wie betäubt. Öffnete ihren Koffer, nahm die dicke Strickjacke heraus, legte Bücher auf den Tisch. In die Küche gehen, einen Tee kochen? Als sie das Handy einschaltete, blinkte ihr eine Nachricht von Ellie entgegen. »Hey, Mama, was ist los mit Oma? Micha hat geschrieben. Du Arme, jetzt musstest du ganz schnell hin? Soll ich dich mal anrufen?«

»Evi?« Die brüchige Stimme der Mutter kam aus dem Gästezimmer. Kati ging langsam zur Tür. Durch das Dachfenster fiel grelles Sonnenlicht auf die Bettdecke. »Hallo, Mutter…« Sie schauten einander an. Woran spürte sie, dass die Mutter diesen Raum schon eine Weile bewohnte, mit ihrer eigenen Atmosphäre füllte – war es ein Geruch? Waren es die vielen im Raum verstreuten Dinge, an denen sie ihre Mutter erkannte – der kleine Kamm auf dem Nachttisch, der Bernsteinring, die offene Handtasche auf dem Stuhl, die Gesundheitssandalen unter dem Tisch? »Kati.« Die Augen ihrer Mutter, immer noch riesig, flackerten nervös.

»Eva hat dir Bescheid gesagt, dass ich komme, oder? Wie geht es dir?« Kati zog sich einen Stuhl heran, rückte ihn in die Nähe des Fußendes. Zwei Fremde.

»Naja, Eva kümmert sich hier rührend um mich, das siehst du ja…« Unruhig sprang ihr Blick hin und her. Sie versuchte sich aufzustützen. Kati sprang auf, »Warte, willst du dich setzen? Ich hol dir ein Kissen.«

»Es war ja eigentlich gar nichts gebrochen, aber der Fuß war dick, ich konnte nicht laufen … und dann die Herzprobleme. Da hat Eva mich geholt.«

»Und jetzt? Geht es langsam besser?« Die Mutter saß, wollte die Beine über die Bettkante hängen lassen, aufrecht sitzen. Kati konnte den Blick nicht von den dünn und weiß gewordenen Haaren wenden. Sie kannte ihre Mutter nur mit dem blonden Knoten im Nacken.

»Wie geht es den Mädchen? Ich habe sie ewig nicht mehr gesehen.« Es klang scheu. Sie versucht, einfach freundlich zu sein. Und als hätte die Mutter ihr den Gedanken an den Augen abgelesen, setzte sie nach: »Nett, dass du gekommen bist.«

Was kann sie mir noch tun?

»Möchtest du Kaffee?«

An ihrem Arm humpelte die Mutter ins Wohnzimmer, zusammen saßen sie am Tisch, tranken Kaffee, spielten Rommé. Später, als Kati gekocht hatte und die Mutter vor dem Fernseher saß, ging sie auf den Balkon und zündete sich eine Zigarette an. Eva hatte Bescheid gesagt, dass sie im Hotel angekommen waren. Kati tippte Ellies Nummer an. Ellies Stimme hören. Das Telefon klingelte ins Leere.

Sie schaute in die Nacht, die hinter den roten Dächern ringsum aufzog. »Danke für deine Nachricht heute Mittag, hab mich sehr gefreut! Schade, dass ich dich nicht erwische. Bin gut bei Oma angekommen. Sie ist nicht schlimm krank, aber ziemlich unbeweglich. Sicher gut, dass ich da bin. Eva mit Andi unterwegs, Micha bei Meerchen. Umarme dich, probiere es morgen wieder, schlaf gut, mein Kind.«

Sie ging spät ins Bett. Hatte wenigstens zwei Bücher in der Eile des Packens am Morgen in die Tasche geworfen, sie las, machte Notizen, rauchte eine letzte Zigarette auf dem Balkon, als die Mutter schon schlief.

Dann war es – komisch – nicht schwierig, im Nachthemd ins Bett an der anderen Wand zu schlüpfen. Und warum war ich mir überhaupt so sicher, dass es schwierig sein würde?, fragte Kati sich, während sie auf den unruhigen Atem der Mutter lauschte.

Ich habe doch alles gesagt, längst. Alles ist ausgesprochen.

Es gab nichts mehr zu tun außer, den richtigen Abstand wahren. Die richtige Nähe. Und hatte sich die Mutter denn nicht auch entschieden? Ihr musste klar sein, dass es manchmal kein Unentschieden gab.

Sie schlüpfte aus dem Bett, öffnete das Fenster im Nebenraum, damit Nachtluft hereinkam, schlief ein.

War es der Traum gewesen?

Kati zog das Handy vom Nachttisch zu sich her, kurz vor vier. Sie war hellwach. Im Traum war sie woanders gewesen. Im Haus der Großeltern?

Es war Abend gewesen im Traum, nur die Mutter und sie waren anwesend. »Ist alles abgeschlossen?«, hatte sie die Mutter gefragt, und die hatte bestätigt, ja, alles abgeschlossen, wir können schlafen gehen. Aber dann hörten sie Schritte im Treppenhaus, Schritte über sich. Erstarrten beide. »Ich gehe hoch«, hatte Kati gesagt – und war aufgewacht.

Ich muss fort. Es geht eben doch nicht. Was habe ich zu tun mit diesem Atmen und Keuchen und Röcheln da drüben.

Es ist wie damals. Ich schick dich auf die Reise, Kati, sagte sie, sie würde jetzt aufstehen, sie würde warten, bis sich die Augen ans Licht gewöhnt hatten, das aus dem mondhellen Viereck des Dachfensters in den Raum schien; sie würde sich auf nackten Füßen zu ihrem kleinen roten Koffer im Nebenraum hintasten, ihre Bücher hineinlegen und die Wärmflasche, zog sich das Nachthemd über den Kopf, legte es in den Koffer, leise den Reißverschluss zu; Hose und Pullover an. Sie zog die Tür hinter sich zu und schlich die Treppe hinunter. Es machte ihr nichts aus, den Koffer über das Kopfsteinpflaster zu tragen, die Stille des Dorfes nicht zu stören. Es wunderte sie nicht, dass um 4 Uhr 30 kein Bus fuhr, und es störte sie nicht, den Koffer hinter sich herziehend bis ins nächste Dorf zu laufen.

Das würde sie tun, genauso würde sie es machen, am Seitenstreifen der Straße entlanglaufen, auf dem man tagsüber den Radfahrern ausweichen musste, jetzt aber wäre nur der Mond über ihr, ab und zu würde ein Auto vorbeifahren.

Und wenn sie im nächsten Dorf angekommen war, würde es vermutlich schon dämmern. Es wäre bald Zeit für den ersten Bus, Leute würden drin sitzen, die im Krankenhaus arbeiteten oder deren Nachtschicht vorbei war. Sie würde den kleinen roten Koffer neben sich stellen, und in den Morgen fahren, draußen, alleine, weit weg von hier.

# 15

Und dann waren sie zurück. Pünktlich wie angekündigt ging unten die Haustür auf, aber dann kam nur Andi, Evas hochgewachsener Mann mit den lustigen Augen, die Treppe hoch und zur Wohnungstür herein. »Na, Schwägerin?«, hatte er sie herzlich begrüßt und mit der freien Hand kurz an sich gezogen, »hat alles geklappt?« Dann war er zur Mutter ins Zimmer gegangen und hatte auch sie umarmt. Kati hatte ihre Sachen schon gepackt und fragte sich, ob Eva wohl unten im Auto wartete, um sie zur Bahn zu fahren? Wieso kam sie nicht hoch?

Andi hatte ihre Irritation bemerkt –, Eva sei noch zur Apotheke gefahren, und dann gleich weiter zum Einkaufen. »Aber du trinkst noch einen Tee mit uns, oder? Sie wird nicht lange brauchen.« In diesem Moment brach sie weg, die Kraft, die jetzt vier Tage lang verlässlich gehalten hatte. »Andi, ich muss zur Bahn. Ich hatte Eva die Abfahrtszeit geschrieben. In einer halben Stunde geht der Zug.«

Unmöglich zu sagen, ob er davon gewusst hatte oder nicht, er hatte sie betroffen angeschaut und war mit hängenden Armen im Raum stehengeblieben, als Kati ins Gästezimmer ging, um sich von der Mutter zu verabschieden. »Danke, Kätchen«, hatte die Mutter gesagt, ihrer Tochter scheu die Wange getätschelt, und dann rannte Kati auch schon zum Bahnhof.

Eva, verdammt, dachte sie, als sie im Zug saß und auf ihren Platz sank. Ich bin buchstäblich losgesprungen, als du mich gerufen hast. Jetzt erweist du mir nicht mal die Ehre deiner Gegenwart. Was vergiftet unsere Beziehung? Was lässt dich dermaßen auf Distanz gehen? Ist es wirklich so schwer, zu akzeptieren, dass ich genau diese eine Erwartung, diesen einen bestimmten Wunsch von dir nicht erfüllen kann?

Erst als sie vor dem Fenster die vielen Windräder in der Ebene sah, eine erste Vorhut von Berlin, konnte sie die Gedanken von Eva lösen.

Je mehr du dich entziehst, desto fester hältst du mich.

Mit diesem Gedanken erwachte sie am nächsten Morgen. Hatte das Telefon nicht vorhin geläutet? Sie war so müde gewesen, dass sie liegen geblieben war. Endlich wieder im eigenen Bett! Kati warf einen Blick auf die Uhr. Fünf Minuten noch, dann müsste sie aufstehen. Das Fenster stand weit offen, warme Luft floss herein.

Sie schloss die Augen noch einmal, atmete durch, schlug die Decke zurück. Als sie auf dem Weg ins Bad war, klingelte das Telefon erneut. Meerchen, aufgeregt. »Hallo Mama, bist du da? Micha und ich kommen zum Abendessen, ok?« Dann, leise: »Kommt Ellie auch?« Meerchens kleine Stimme. »Sie hat sich gar nicht mehr gemeldet. Ich hatte ihr von Papas Handy geschrieben…« »Meerchen, ich glaube, sie unternehmen gerade viel«, sagte Kati vorsichtig, »vielleicht schaut sie da nicht so oft aufs Handy?« Meerchen blieb still. »Freust du dich auf mich, Mama?« Nach Katis überschwänglichen Beteuerungen beendete Meerchen das Gespräch.

Sie verspürte Ärger auf Ellie. So abrupt zu gehen, so auf unbestimmte Zeit hinaus… Sie stand auf, stellte den Wasserkocher an, goss Tee auf, schlüpfte nochmal kurz ins Bett.

Kurz, Kati. Höchste Zeit, aufzustehen. Höchste Zeit, das Geschenk für ihre Mutter vorzubereiten.

Als Kind hatte sie mit Begeisterung Kalender verschenkt, hatte wochenlang Fotos und Gedichte rausgesucht, ausgeschnitten, gemalt, geklebt, für Eltern und Großeltern, einmal sogar für eine Lehrerin, von der sie sich besonders verstanden fühlte. Sie würde der Mutter zum Geburtstag in ein paar Wochen wieder einmal einen machen. Heute musste nicht mehr geklebt und geschnippelt werden, heute schob man zum Basteln Fotos am Bildschirm hin und her, aber nun fehlten noch Bilder aus Ellies Kleinkindzeit. Damals hatte sie noch keine digitale Kamera gehabt.

Die Mutter hatte tapfer ihre Enttäuschung darüber zurückgehalten, wie wenig sie in den letzten Jahren von den Enkelinnen gesehen hatte. Und so hatte Kati die Kiste mit den Fotos aus diesen Jahren gleich nach ihrer Rückkehr aus der Kammer geholt.

Ihre Mutter hatte sich Mühe gegeben, ihren Besuch dankbar anzunehmen; die Dinge so, wie sie waren. Hatte sie auch an dem einen Morgen nicht bedrängt, als Kati einsilbig gewesen war, völlig übermüdet, sich schlaflos und stundenlang im Bett gewälzt hatte. Kein einziger von den enttäuschten Sätzen war ihr über die Lippen gekommen. Wir haben uns damals so auf dich gefreut, zum Beispiel – wie es die Mutter in den letzten ratlosen Jahrzehnten oft zu ihr gesagt hatte, mit aufgebrachter Stimme, vorwurfsvoll. Du warst so willkommen, unser erstes Kind. Was haben wir auf dich gewartet ... und jetzt ... jetzt ... schon so lange...

Kati hatte das nie bezweifelt.

Was wollte sie darauf auch sagen, was entgegenhalten? Immer wieder war sie stumm geblieben. Aber was war denn Liebe, elterliche Liebe? Ein Paket, das Eltern einmal geschnürt und definiert hatten und unverrückbar weiter hinhielten, konnte das einen Anspruch begründen, ein Leben lang?

Ganz unten in der Kiste sah Kati ihre alte rote Plastikkladde, das Geschenk der Mutter, als sie dreizehn gewesen war. Sie hob sie heraus, wog sie, die durch eingelegte Briefe, Fotos, Schulhefte, durch Zettel, Listen, Gedichte auf den doppelten Umfang angeschwollen war. Das Geschenk ihrer Mutter, die liebevoll selbstgedichteten Verse auf der ersten Seite.

Liebe, da war sie wieder.

Musste nicht auch dies Paket Liebe ab und zu umgepackt werden? Musste sich Liebe nicht auch darauf einen Reim machen, wenn sich im Leben des größer werdenden Kindes die Dinge nicht mehr reimten, wenn es hakte und knarzte; wenn das, was gegeben und das, was zurückgespiegelt wurde, schief übereinanderlagen? Musste man nicht fragen, als Eltern, nach Ursachen suchen –, wenn ein Unglück, ein Symptom sich abzeichneten? Auch ganz in der Nähe suchen –, auch das in den Blick nehmen, was im toten Winkel eigener Befangenheit lag?

An wie vielem konnte – durfte – Liebe vorbeischauen –, und sich weiter Liebe nennen? Aber auch: Welche Ansprüche durfte man haben an seine Eltern, welche nicht? Welche Vorwürfe machen?

Sie hatte die vier Tage mit der Mutter überstanden, nein, falsch, sie hatten sie gemeinsam bestanden. Sie hatten wenig, aber freundlich miteinander gesprochen, viel Karten gespielt, und wann immer möglich hatte sich Kati über die eigenen Bücher gesetzt. Der kommende Jahrestag war kein Thema gewesen. Ab und zu hatte Kati vorsichtig, tastend, Fragen zur Familie des Vaters gestellt, und die Mutter hatte ihr erzählt, was sie wusste. Sogar die Adresse von Edith, dem Schimmelchen, der Schwester des Vaters, hatte sie herausgesucht. Nein, Edith lebte nicht mehr in Argentinien; war zurück in Deutschland, das wusste auch sie, aber ob sie noch lebte? Sie bezweifelte es. Sie müsste hoch in den Neunzigern sein. Bisher hatte Kati nur eine Mailadresse ihrer Cousine gehabt, Ediths Tochter; Annie hatte sie ihr einmal gegeben, und Kati hatte in großen Abständen vorsichtige Mails an diese unbekannte Cousine geschrieben, ohne je eine Antwort zu bekommen.

Und nun saß sie vor der offenen Schublade des Schreibtisches, Fotos und Notizblöcke stapelten sich, dazwischen kleine Büchertürme, der bekannte Zustand. Kati nahm die Zettelchen und Briefe ihrer Töchter, Ellies Gutscheine, Meerchens Bilder voller Herzen und Luftküsse, heraus, las in ihnen, sortierte. Wenn sie die rote Kladde öffnete, das wusste sie, dann würde sie sich festlesen.

Festlesen: an großen runden Schreibbuchstaben, die sich weit nach links hinüberlehnten: eine Kinderschrift, die ihre erste eigenständige Richtung probierte. Kati, das Pferdemädchen –, und da waren sie schon, die Hemden… Blauweiß kariert, stolzes Lächeln, der Blick gesenkt auf den Futtereimer, in dem ein Pferdekopf wühlte. Blau-rot-weiß kariertes Hemd unter der Latzhose, auf dem nächsten Bild, weiches rundes Mädchengesicht, gedankenverloren, daneben eingeklebte Kinokarten, gemalte Herzchen: »Manchmal wünschte ich, ich wäre achtzehn, damit ich tun und lassen könnte, was ich wollte: Ich werde nie, nie, nie heiraten. Dann ist man gebunden, und kann nichts unternehmen.« Kati lächelte. Das hatte sie wirklich schon so früh gewusst? Gedacht? »So steht das Leben mir offen. Ich will studieren und irgendeinen Beruf lernen, wo ich aber frei bin. Frei sein!!!!!!!!« Sieben Ausrufezeichen, Buchstaben, die oben und unten an die Linien stießen. »Und dann reise ich überallhin, nach Amerika, Australien, vielleicht bleibe ich in den USA wohnen. Und lerne alles kennen, alles, und reite, reite, reite!« Sie ritt schon lange nicht mehr. Aber der Rest – erstaunlich. Wenige Seiten später erzählte die Kinderschrift vom Besuch des amerikanischen Cousins, Mark, Tante Annies Sohn, er war zehn Jahre älter als Kati, besuchte die Familie seines Onkels, und Kati war voller Vorfreude gewesen. »Pappi ist schrecklich… Gestern sagte er: wenn der Mark kommt, dann darfst du ihm auf keinen Fall einen Kuss geben, da bist du langsam zu alt für.« Wütend hatte ihr vierzehnjähriges Ich dieses Verbot kommentiert. Spinnt der?

Ihr Blick fiel auf die Uhr.

Sie riss die Balkontür auf, atmete tief ein. Frische Luft für die Erinnerungen. Draußen war es kühl. Sie wickelte sich einen Schal um den Hals, setzte sich für fünf Minuten auf den Balkon und schaute dem Rauch einer Zigarette hinterher.

Und dann die Kladde schließen. Endlich tun, was sie vorgehabt hatte; die Fotoboxen mit den alten Bildern aus dem Karton nehmen, Fotos ihrer Kinder auf dem Teppich auslegen, in Reihen, nach Jahren geordnet. Ellie, die kleine Pocahontas. Ihre dunklen, beim Lachen langgezogenen Augen, schon als kleines Mädchen voll wildem Ernst, als hütete sie in sich einen Brunnen voller Geheimnisse. Ellie, braungebrannt, die Füße fest auf dem Boden, die schwarze Babypuppe mit beiden Armen an sich gepresst. Ellie, neunjährig, strahlend, ihre winzige Schwester auf dem Arm, beschützend, vorsichtig, stolz und glücklich. Meerchen. Ihr erster Schultag, lange blonde Haare, zur Feier des Tages offen, schiefes Lächeln, Schultüte in der einen Hand, die andere in Ellies Hand. Meerchen beim Schwimmen. Auf Inlinern. Ein dünner Wirbelwind, immer in Bewegung, immer zu schnell fürs Foto.

Meerchen.

Meerchen, die sofort begriffen hatte, dass Kati zu ihrer Mutter gemusst hatte, kein Einspruch, keine Klagen. Arme Oma!

Aber dass Kati Ende nächster Woche schon wieder verreisen würde; die lang vorbereitete Recherche in Danzig – zum Arbeiten – das würde ihr nicht gefallen. Es Meerchen zu sagen, schob sie immer noch vor sich her. Ob sie verschieben sollte? Aber nein, sie wollte fahren. Tomek würde sie an die Vaterplätze begleiten, Tomek, der beste Fremdenführer aller Zeiten, der über die Jahre ein Freund geworden war.

Hastig deckte sie den Tisch. Kochte Suppe, Meerchen liebte Gemüsesuppe; dafür war alles im Haus, sie musste nicht einkaufen gehen.
    Wenn nur Ellie da wäre. Sie griff zum Telefon. Ellie nahm sofort ab. »Hallo Mama, ist alles ok?« Sie klang fröhlich. Kati erzählte von den Tagen bei ihrer Mutter. Redete um den heißen Brei herum. »Ellie –, könntest du nach Hause kommen, bei Meerchen sein? Die sechs Tage, die ich in Danzig bin? Sie schläft bei Micha, aber was ist tagsüber? Er ist ja unterwegs, mit seiner Arbeitssuche und so, du verstehst, was ich meine?« Schweigen am anderen Ende.
    »Mama, weißt du was? Ich werde Papa fragen, ob sie herkommen kann, hier zu mir in den Grunewald!«
    »Ellie. Ich wollte wissen, ob du für die Woche nachhause kommen kannst?« »Mama, ich weiß, was du meintest. Aber verstehst du meine Idee nicht? Es wäre doch super, wenn ich Meerchen mit hierhernehmen würde! Sie könnte die ganze Zeit bei mir sein. Wir sind hier ganz nah bei den Seen, das ist so schön, hier im Wald zu laufen, ich geh jetzt immer joggen… Ich wette, das würde Meerchen super gefallen.« Kati holte tief Luft. »Ist das eine gute Idee? Ich weiß nicht … denkst du wirklich, das könnte klappen? Gibt es überhaupt genug Platz in der Wohnung?« Ellie war nicht zu bremsen. Sie würde ihren Vater fragen, sofort nachher, wenn er von der Arbeit käme. »Na dann viel Glück, Süße«, sagte Kati, »melde dich.«
    Sie griff noch einmal zur roten Kladde.

Als es klingelte, war Kati noch nicht mit Kochen fertig. Meerchen hielt sie lange umschlungen. »Na du Kleine«, sagte Kati, und hockte sich vor sie hin. »Lass dich anschauen. Etwa schon wieder gewachsen?«
    Aber Meerchen wollte nicht angeschaut werden. Sie legte den Kopf in Katis Halsbeuge und murmelte: »Nicht mehr weggehen, Mama…« Es war eine von Michas großartigen Eigenschaften, dass er solche Momen-

te nie ausnutzte. Weder war er beleidigt noch würde er ihr ein schlechtes Gewissen machen. Ihre Blicke trafen sich kurz, und Kati dachte, so schlecht machen wir das gar nicht.

Heute würde es nicht klappen, Meerchen nach dem Essen ins Bett zu schicken. Schläfrig lehnte sie sich an Kati. »Mama, ich hab Halsweh.« »Ok, ich mach dir Tee mit Honig und bring ihn dir ans Bett. Und dann ... ich hab eine Idee. Soll ich dir noch Fotos zeigen von mir als Kind, als ich immer auf dem Bauernhof bei den Pferden war?«

»Ich lass euch mal«, Micha stand auf, legte ihr die Hand auf die Schulter. »Micha, ich ruf dich morgen an, ja? Ellie hatte auch noch eine Idee.«

»Was für eine Idee?« Fragend schaute Meerchen zwischen ihren Eltern hin und her. Aber Micha wollte gehen. Das sollte Kati jetzt ruhig allein machen. Er hob Meerchen hoch und prustete ihr durch das lange lockige Haar. »Bis bald, ihr zwei«, und schon war er draußen.

Ich sag's ihr morgen früh, entschied Kati. Sollte das je klappen mit dem Grunewald, wird sowieso alles gut sein.

Sie schlug die rote Kladde noch einmal auf, zum letzten Mal für heute, und wunderte sich darüber, dass sie die Namen aller Pferde noch wusste.

# 16

»Warum schüttelst du den Kopf? Gefällt's dir hier nicht?« Das konnte nur ironisch gemeint sein. Tomek hatte die Schiebetür des Kombis aufgezogen und den Fuß auf das Trittbrett gestellt, als wäre er auf ein Wort von ihr sofort bereit, ans Steuer zu springen und abzufahren.

Kati hatte Tomek vor mehr als zehn Jahren kennengelernt, auf ihrer ersten Reise nach Danzig, für eine journalistische Recherche. Damals war ihr ein Dolmetscher bezahlt worden, und siehe da –, Tomek hatte vor ihr gestanden, schlaksig, Zigarette im Mundwinkel, Ironie und Witz in den Augen. Tomek, der nicht nur perfekt zweisprachig war, sondern eben auch perfekt lustig. Tomek, der sich über die Jahre nicht veränderte – gut, ein bisschen weniger Haare, ansonsten: »Tomek, du wirst überhaupt nicht älter«, hatte Kati gesagt, als er sie mit seinem roten Fiat am Bahnhof abgeholt hatte, und ihn umarmt.

Jetzt aber fror er. Zog an seiner Zigarette, blickte an ihr vorbei, und blies den Rauch weg vom Wageninneren, nach draußen in die feuchte Luft. Den Reißverschluss der dünnen Jacke hatte er demonstrativ hoch bis zum Hals gezogen.

Ob es ihr gefiel? Was für eine Frage.

Weit war die Landschaft, in die hinein Dietrich, der Junge, geboren worden war. Zugig, gewaltig, verloren. Wenn östliche Winde durch die Dörfer im Danziger Werder fegten –, fruchtbarer Boden, die Kornkammer des Landes –, zog man sich warm an. Hielt sich am besten fest an einem der solide gemauerten Ziegelhöfe, der Häuser mit runden Fensterfriesen, der in viele Gebäude sich verzweigenden Gutshöfe. Ging nicht so weit weg.

So könnte ein Roman beginnen, den man über die Geschichte des Jungen schreiben würde. Den sie schreiben würde? Natürlich nicht, sie schrieb keine Romane. Und der Junge war einer von Hunderttausenden, wieso über ihn schreiben?

Aber wenn doch –, mit was sonst sollte man beginnen als mit dem Wind, der über diese gähnende Weite fegte? Weite, die sich endloser, ununterbrochener hin zum Horizont dehnte als alle Ebenen, die Kati aus Amerika kannte, die sie überhaupt kannte, aber es war gar keine Weite, es war – Ödnis. Diese Landschaft machte, dass man sich ausgesetzt fühlte. Sie machte beklommen.

Auf der Fahrt hatten sie sich mehrmals verfahren. Katis Landkarte reichte nicht bis hierher, Tomeks Erinnerung an frühere Fahrten mit anderen Kunden auch nicht, und das Navi schickte sie auf eine Straße, die unmöglich stimmen konnte. Dörfer, oft winzig, aus einer Handvoll Häuser bestehend, hie und da vereinzelt Höfe, nichts schien die Gebäude zusammenzuhalten. Bäume standen in Gruppen, Misteln wie große luftig gehäkelte Nester im Geäst. Windräder zerteilten hie und da den Himmel. Eine einzige tapfere alte Windmühle hatte am Rande eines Dorfes gestanden –, Tomek, fahr langsamer, damit ich gucken kann – also langsam vorbei an Kirche und Friedhof, Hühner pickten im Straßengraben.

»Ich hatte den Weg viel kürzer in Erinnerung«, hatte Kati irgendwann entschuldigend gesagt. Eigentlich war es keine schwierige Übung, diese Fahrt von Danzig ins Werder, fast bis zur südlichen Spitze dessen, was einmal der Freistaat Danzig gewesen war, eingepasst zwischen Meer, »polnischen Korridor« im Westen und Deutsches Reich im Osten. Aber alle Hilfsmittel versagten, wie Pfadfinder sind wir unterwegs, dachte Kati, und zum Glück ist Tomek, wie er ist –, zählt nicht die Minuten, ist im Grunde seines Herzens immer vor allem neugierig. Wissbegierig und bereit, sein Wissen weiterzugeben. Er erzählte ihr von den Mennoniten, – Glaubensflüchtlingen aus den Niederlanden, die vor Jahrhunderten hierher ins Werder gekommen waren, kundig das Land bestellt hatten, Bewässerungskanäle eingezogen, seinen Ertrag verzehnfacht hatten. Da drüben, ein Wegweiser zu einem Mennonitenfriedhof, wollte sie den sehen?

»Sorry, ich bin so müde, Tomek«, hatte sie gemurmelt. Früh morgens war sie, selbst halbkrank, aus Berlin losgefahren. Hatte sich über die Kinder gebeugt, Meerchen musste nachts zu Ellie gelaufen sein und dort weitergeschlafen haben. Ellie hielt die kleine Schwester im Arm, schlug aber sofort die Augen auf, als Kati vorsichtig die Zimmertür öffnete. »Tschüss, Mama, gute Reise … mach dir keine Sorgen…« Hatte sich nach dem Abschiedskuss zur Wand gedreht und weitergeschlafen.

Noch waren die Kinder viel gegenwärtiger als Mennonitenfriedhöfe und Vorlaubenhäuser mit ihren prächtigen, vorgezogenen Giebeln aus Fachwerk, den mächtigen Balken. Ellie war so enttäuscht darüber gewesen, dass sie Meerchen nicht hatte zu Karl mitnehmen dürfen. »Mama, Papa hat gesagt, das würde jetzt ausarten, wenn er auch noch meine Halbschwester unterbringen müsste –, ausarten, so ein blödes Wort… Erst stünde ich unangemeldet auf der Matte, und ob ich vergessen hätte, dass er arbeiten müsste? Aber ich habe das doch gar nicht vergessen…« Mit hängendem Kopf hatte sie vor der Tür gestanden, und erst, als Meerchen ihr um den Hals geflogen war, kam das Lächeln in die Augen zurück. Meerchen hatte gestern Abend heftig gehustet, war es womöglich verrückt gewesen, trotzdem zu fahren?

Und jetzt diese – Tristesse. Nichts verband die Fotografie des Großelternhauses mit dieser Leere. Unmöglich, sich vorzustellen, dass hier mal ein großes Gut mit zwei weit ausgreifenden Seitenflügeln gestanden hatte, Ställen voller Pferde, Angestellten, vier Kindern, die hier aufgewachsen waren.

Seit sie unterwegs waren, fiel der Sprühregen, vor dem Tomek die Schultern hochzog und sich nur wegen der Zigarette nicht ganz ins Auto zurückzog. Und dann stapfte sie doch los, nicht die schmale asphaltierte Straße hoch, von der die meisten der zehn, zwölf Häuser so weit abgerückt waren, als wollten sie nichts mit ihr zu tun haben, nein, geradewegs aufs Feld, sie lief auf dem grasigen Boden hinüber zu einem kleinen gemauerten Gebäude, einem Rest von irgendetwas, dem längst das Dach fehlte, sofort klumpte die fast schwarze Erde unter den Schuhen, Gras und Bäume wuchsen zwischen den Mauern.

»Eine Adresse hast du nicht?« Kati seufzte. Er hatte recht. Hätte es nicht das Namensschild gegeben, das den Ortseingang bezeichnete, würde man nie auf die Idee kommen, das hier überhaupt Dorf zu nennen. Hatte es nie eine Kirche gegeben, eine Schule, einen Laden? Nichts.

Zuhause in Berlin, auf dem Fensterbrett, stand das Foto des einzigen Gebäudes dieser Straße, das vielleicht mal zum größeren Zusammenhang des Gutshofs gehört hatte; hübsch gemauert, tiefhängendes Dach, vorgezogener Wintergarten. Knapp zehn Jahre war es her, dass sie bei einer ersten Polenreise mit Diana auch diesen Umweg gemacht und das Haus geknipst hatten. Es jetzt deutlich verfallener zu sehen, machte sie traurig. Schon damals hatte sie auf dem umzäunten Gelände zwischen dem Haus und einem Stallgebäude Tiere gesehen. Der einzige Beweis, dass hier noch irgendwas lebt –, hatte sie schon da gedacht. Jetzt kamen sie ihr entgegengetrabt, zwei Ponys, die ihre Hälse lang machten, die Nüstern aneinanderrieben, die Nasen zu Kati hinüberstreckten. Der Hund, der wie wild angeschlagen hatte, ging unmittelbar zu heftigem Schwanzwedeln über –, als sei jedes Lebenszeichen von außen auch für ihn unbedingt begrüßenswert.

*Wo wohntet ihr, damals? Finde ich etwas von dir, hier?*

Diana und sie hatten damals, vor zehn Jahren, sogar noch eine direkte Spur in die Kindheit der Claassens auftun können. Sie waren über die Dörfer gefahren, und hatten Halt gemacht bei einem winzigen Lebensmittelladen in der näheren Umgebung; zwei Stufen, eine scheppernde Klingel über der Eingangstür –, ein Laden von der Art wie man ihn in Deutschland schon lange nicht mehr finden würde. Eine Ladentheke mit Bonbongläsern, dahinter die Regale bis unter die Decke voller Waren, und neben der Theke auf einem Hocker eine freundliche alte Frau, rund und gemütlich, die auf Katis zögernde Ansprache auf Deutsch antwortete.»Najo, Marjellchen, scheen, dass du bist vorbeijekommen…«, hatte sie gesagt, und auch Kati hatte gemeint, irgendetwas wiederzuerkennen in dieser Frau mit ihren zum Knoten zusammengesteckten weißen Haaren, den auf die Oberschenkel gestützten Händen, den geschwollenen Beinen unter der Kittelschürze. Die Füße in Pantoffeln. Und auch wenn ihr Sohn hinter der Ladentheke mit Argusaugen darüber gewacht hatte, dass seine Mutter nicht mit zu vielen Fragen in der fremden Sprache bestürmt wurde, hatte Kati doch erfahren, dass sie sich an die Familie Claassen sehr wohl erinnerte und auch an einen von ihnen, mit dem sie die evangelische Grundschule besucht hatte. »Wie der hieß? Nee, Marjellchen, ist verjangen zu viel Zeit…« Mit großen Gesten und rudernden Armen hatte sie, ungeachtet der besorgten Blicke ihres Sohnes, den Ort beschrieben, an dem die Schule noch stand –, und an dem das Gut der Claassens gestanden hatte. Ich war zu aufgeregt damals, dachte Kati, ich habe mir nicht mal die Adresse des Ladens gemerkt. Und selbst wenn. Schon damals war sie eine sehr alte Frau gewesen.

Kati schaute die Straße hinauf und herunter. Vielleicht sollte sie sich einfach abfinden mit der Menschenleere, dem Schweigen des Ortes? Nach all der Zeit. Sie hob den Kopf Tomek entgegen, der zu ihr herübergeschlendert kam. »Und?« Er schaute sie von unten an, blies Zigarettenrauch in den Nieselregen, trat von einem Fuß auf den anderen. Es war ein erstaunlich kühler Tag. »Meinst du«, fragte Kati zögernd, »man könnte noch jemanden finden, der oder die sich an die deutsche Zeit erinnert?« Tomek runzelte die Stirn. »Man kann fragen«, murmelte er, und drückte die Zigarette aus. »Vielleicht haben wir ja Glück.«

An der Kirche des größeren Nachbardorfes stieg Tomek aus und fragte im Pfarrhaus nach. Wenig später standen sie vor einem Häuschen an der Dorfstraße, dessen Haustür offenstand. Ein Mann, vielleicht Mitte fünfzig, kniete am Boden und verlegte Fliesen. Es war das Haus seiner Mutter und er renovierte es für sie, so erklärte es die Gemeindeschwester, die mit herübergekommen war. Es roch streng nach Urin, der Mann am Boden hob kaum den Kopf, in den riesigen braunen Augen im Gesicht der verhutzelten kleinen, nicht mehr wirklich ansprechbaren Greisin stand Angst, als Kati sie auf Deutsch begrüßte. Kein lächelndes Wiederanknüpfen an kindheitsvertraute Laute, eher das Gegenteil. Tomek hob entschuldigend die Hände und redete nun freundlich auf Polnisch mit ihr. Nur für einen Moment schien sie sich zu entspannen, aber da inzwischen auch ihr Sohn, der vor dem Haus mit der Gemeindeschwester redete, aus ihrem Blickfeld verschwunden war, rang sie immer aufgeregter mit den Händen. »Tomek, wir gehen«, sagte Kati, die sich für ihre unbedachte Neugier zu schämen begann. Hastig legte sie die Schokoladetafeln auf den Tisch, die sie mitgebracht hatte, verabschiedete sich von Mutter und Sohn auf Polnisch und ging zum Auto.

»Uff«, sagte sie und schaute Tomek an, »was war das denn?« »Ich habe dir ja gesagt, es ist unwahrscheinlich«, sagte er und ließ den Motor an. »Lass uns irgendwo was essen gehen.«

Wie konnte ich davon ausgehen, dass meine Sprache freundlich für sie klingen würde, nur weil ich (zufällig, hereingeschneit, dahergelaufen) freundlich zu ihr war?, fragte Kati sich, als sie aus dem Ort fuhren. Ich schneie herein, und vergesse das Gewicht der Geschichte. Vergesse die vielen schwerwiegenden, doch auf der Hand liegenden Erklärungen, warum für einen orientierungslos gewordenen Menschen, in dem das junge Mädchen der Kriegsjahre steckt, die deutsche Sprache eine Angstsprache sein musste. Sprache der Schrecken verbreitenden, gewalttätigen SA-Truppen (wie alt mochte sie gewesen sein, ein junges polnisches Mädchen?), es war die Sprache der Nazis, die den Krieg anzettelten, Zerstörung und Vernichtung brachten. Und sollte sie, was unwahrscheinlich war, zu den wenigen Deutschen gehört haben, die nach 1945 nicht von hier fortgegangen waren, dann war Deutsch die Sprache, die bei Strafe nicht mehr öffentlich gesprochen werden durfte.

Viele Möglichkeiten, und keine einzige glückliche darunter.

Dann saßen sie im kleinen Landgasthof an der Straße, aßen Piroggen und Tomek fragte Kati nach ihren Kindern, bevor er sich entschuldigte, um ein Telefonat zu führen.

Das war's, dachte Kati und schaute über die weite flache Landschaft der Felder und verstreuten Häuser. Ich bin oft genug hier gewesen, ich muss nicht wiederkommen. Wieso dachte ich, dass ich immer noch etwas Neues erfahren würde? Das Gegenteil ist wahr. Die Dorfstraße mit ihren fraglichen Spuren, die noch lebenden Menschen mit rätselhaften Hinweisen, all das entzieht sich jedes Mal mehr. Noch mehr Wind ist drübergegangen, noch mehr Gras gewachsen. Diese Landschaft hat ihren Dienst getan, sie kehrt zu sich selbst zurück.

Gras, das durch Ruinen sprießt.

Sie zahlte und folgte Tomek, der gerade sein Gespräch beendete und sich ins Auto setzte. »Danke, Tomek.«

»Zigarette?«

»Dir ist kalt, hmm?«

Tomek war im Sitz nach unten gerutscht, Schal um den Hals. »Nee, kein Problem. Und du, genug für heute? Oder noch zum Friedhof? Vielleicht findest du da ja etwas?«

Tomeks Frage holte sie zurück. Natürlich. Die Toten. Der Großvater. Wieso hatte sie nicht längst ans Nächstliegende gedacht? »Gut, Tomek – gerne.«

Großmontau, Mielenz... Bei jedem der Ortsschilder, das sie passierten, wusste Kati, wie die Orte in deutscher Zeit geheißen hatten. Tomek parkte an der Straße und sprang aus dem Wagen. »Ich geh mal zum Pfarrer und frage nach den Kirchenbüchern.«

Kati lief durch die Reihen. Keines der Gräber trug einen vertrauten Namen. Es ging lebhaft zu auf dem Friedhof, Frauen mit bunten Kopftüchern, in den Händen Harken und Gießkannen, knieten über die Gräber gebeugt, pflanzten, riefen sich etwas zu, lachten. Sätze flogen hin und her.

Tomek kam von der Kirche zurück. »Tut mir leid, Kati. Die evangelischen Gräber sind längst aufgehoben. Es gibt auch nur noch die katholischen Kirchenbücher.«

»Ich habe auch niemanden aus der Familie gefunden«, murmelte Kati. Und blieb dann plötzlich wie angewurzelt stehen. »Ach nein, der Lehrer Filzek!« Tomek stellte sich neben sie. »Ein Verwandter?« Kati ging in die Hocke, las die Daten auf dem Grabstein, schob Äste beiseite. Die Blumen auf dem sorgfältig geschmückten Grab. »Ich glaub das nicht, der Lehrer Filzek...« Sie schüttelte den Kopf, lächelte ungläubig. Tomek hockte sich neben sie. »Wer war das?« Er starrte sie neugierig an. »So hast du dich ja noch über gar nichts heute gefreut.« »Der Lehrer Filzek...« Kati lachte, »dem verdanke ich meine Kontaktlinsen.«

Tomek stand auf, seufzte. »Also, Marjellchen, ich geh bisschen auf dem Friedhof spazieren...«

»Nein, Tomek, hör zu –, er war der Grundschullehrer meines Vaters. Und als dieser kleine Junge, also mein Vater, zu ihm kam und eingeschult werden sollte, dieser kleine Pechvogel, der über jede Stufe stolperte und wie blind in die Gegend schaute und auch meist nicht hörte, wenn man ihn ansprach, als er diesen Jungen sah, sagte der Lehrer Filzek zu meiner Großmutter: Der braucht eine Brille.« »Und auf die Idee war niemand in der Familie gekommen?« »Ja, stell dir das mal vor!« Der Lehrer Filzek. »Und dann bekam er endlich eine?« »Dann wurde eine Testbrille gebracht, ein mordsschweres Ding, mit zehn Dioptrien oder so, damit lagen sie schon ziemlich richtig. Und als sie ihm die aufgesetzt haben, da sah er, na, da sah er im Grunde die Welt zum ersten Mal. Und dann testeten sie ihn und so weiter, und wollten ihm das Ding wieder abnehmen. Aber da hatten sie sich vertan, er hatte die Bügel gepackt und presste die Brille an seinen Kopf, unter gar keinen Umständen wollte er die mehr hergeben.« Tomek schüttelte den Kopf, »Sowas … da musste erst ein Lehrer kommen.« »Dann musste der Lehrer Filzek hoch und heilig versprechen, dass bald eine Brille geliefert würde, die ihm niemand mehr wegnehmen würde. Für meinen Vater war das eine Art Beziehung fürs Leben, glaube ich…«

»Marjellchen«, sagte Tomek. »Gute Geschichte.«

»Jetzt können wir zurück«, sagte Kati, als sie im Auto saßen. »Und was war das mit deinen Kontaktlinsen?« Kati lächelte immer noch, schaute zurück, aus dem Fenster, sah die Kirche kleiner werden. »Vergiss es, ist nicht wichtig. Aber ist es nicht seltsam, dass ich nun hier etwas gefunden habe, ohne Adresse, aber auch ohne Erwartung?

Tomek lachte. »Vielleicht gehören Suchen und Finden ja gar nicht immer zusammen.«

»Eine Zeit zum Suchen und eine zum Finden? Eine Zeit zum Zerstören und eine zum Aufbauen?«

Tomek wendete, lenkte den Wagen auf die Schnellstraße – zurück nach Danzig.

# 17

Der Handywecker klingelte. Wenn sie jetzt weiterschrieb, würde sie nicht mehr rechtzeitig zum Frühstück kommen, bevor Tomek unten mit seinem roten Fiat vor der Tür stand.

Schnell den Rucksack für den Tag gepackt und in den Frühstücksraum. Ellie hatte geschrieben. Liebe Mama, Micha musste heute ganz früh weg. Meerchen hat viel gehustet in der Nacht...

Das Auto rollte die vielspurige Straße stadtauswärts, die Grunwaldzka, die zu anderen Zeiten Hindenburg-Allee und danach Adolf-Hitler-Allee geheißen hatte. Auf dem Mittelstreifen links neben ihnen fuhr mit ordentlichem Tempo die Straßenbahn, auch sie aus der Altstadt hinaus, Richtung Sopot, aber mit Halt im alten Langfuhr. Langfuhr, heute Wrzeszcz –, inzwischen wusste sie, wie man es aussprach.

Tomek bog nach rechts ab, in die kurze Seitenstraße nahe der Straßenbahn, an der die Schule stand. Noch immer da stand –, unzerstört seit dem Jahr 1900, noch immer auf denselben deutschen Namen lautend. Kati legte den Kopf in den Nacken und bewunderte den hochaufragenden Backsteinbau, der elegant neugotisch mit Zinnen und Türmchen himmelwärts strebte, eine der renommierten Schulen des alten Preußen, des Deutschen Reichs, des Freistaats, dann, seit 1945, Polens. Aus dunkelrotem Backstein, im gleichen Stil, nur niedriger, schloss sich links neben dem Hauptgebäude das sogenannte Alumnat an, das Wohnheim oder Internat der Schüler, die einen zu weiten Schulweg hatten.

Ab 1935 also auch der Junge, Dietrich genannt nach einem der Hochmeister der Marienburg, der Junge vom anderen Ende des Freistaats, mit der dicken Brille, auch er wurde Schüler hier und Bewohner des Alumnats. Wie wird es ihm ergangen sein in der wild zusammengewürfelten, der unter hohen Idealen und strengem Regiment zusammengehaltenen Jungengemeinschaft?

Er wird sich Wege gesucht haben, zu kompensieren, wo er nicht mithalten konnte, denkt Kati bei sich, als sie nach einem Weg ums Gebäude herum zusammen mit Tomek die steinerne Treppe hochlief. Wenn die Jungs aus seiner Klasse im Sommer in der Ostsee vor Neufahrwasser nach Schiffswracks tauchten, wenn sie im Winter die beschneiten Hänge des Jäschkentaler Walder herunterrodelten – ob er da mit von der Partie war? Sie kann sich vorstellen, dass er ab und zu Dinge gewagt hat, tollkühn, verzweifelt, vermutlich beides zugleich. Ganz sicher zurückgehalten hat er sich, wenn sie sich auf dem Schulhof die Bälle um die Ohren fetzten. Wieviel Einsamkeit wird er mitgebracht haben vom Hof, auf dem die Mutter, nun verwitwet, mit der dreizehnjährigen Schwester und dem dreijährigen kleinen Bruder im Wohnhaus zurückgeblieben war. Die rätselhafte »gläserne Wand« –, was auch immer das meinte – die ihn von den Geschwistern trennte.

Der polnische Direktor begrüßte sie freundlich. Tomek war in Hochform, übersetzte in beide Richtungen, erklärte Katis Interesse an der Schule, die Verbindung zu ihrem Vater. Tatsächlich?, freute sich der Direktor. Ihnen sei die lange Tradition der Schule heilig. Ob sie noch Dokumente von ihrem Vater habe? Und wie könne er helfen?

Zu dritt liefen sie aus der Eingangshalle unter niedrigem Deckengewölbe die Treppe zum ersten Stock hoch, als die Pausenglocke zu schrillen begann. Türen flogen auf, Jungs in Schuluniform kamen ihnen entgegengestürmt in wildem Tempo – immer noch nur Jungs? Nein, da war ein Mädchen, ein einziges! Sie sprangen die Treppen herunter; Kati sah junge, offene Gesichter, sechzehnjährige, achtzehnjährige, es berührte sie seltsam –, genauso werden sie auch damals die Treppen heruntergestürmt sein, und sie sah im Geiste den Jungen, Dietrich, vor sich.

Er hatte sich hier am richtigen Platz gefühlt, das wusste sie. Hier wurde Wissen erworben und gehütet. Hier zählte Bücherlesen nicht nur etwas, hier kam es aufs Bücherlesen an, aufs Verstehen, aufs Wissenwollen; hier konnte man in Ruhe älter werden – zwölf, dreizehn, vierzehn Jahre alt – und, weit weg vom Gutshof, auch für sich selbst eine Zukunft erdenken. Der Junge lernte Gedichte auswendig und sagte sie sich vielleicht noch einmal auf, wenn er im Schlafsaal des Alumnats einschlief, nachdem er die dicke Brille auf den Nachttisch gelegt hatte.

Fast fünfzehn war Dietrich in diesem heißen Sommer 1939, als der Krieg begann. Was die Lehrer dachten, erfuhren sie als Schüler nicht, alle hielten sich bedeckt. So war es ja die ganze Zeit schon –, erklärt, besprochen, geschweige denn diskutiert wurde nicht im Unterricht. Manches konnte man sich zusammenreimen: Wieso die einen Lehrer in Uniform zum Unterricht kamen, andere nie? Man konnte Vermutungen anstellen darüber, warum der Musiklehrer beim Hitlergruß nicht mitmachte. Mathelehrer Dr. P., in Uniform, war aus dem Häuschen. Aber was wussten sie selbst, die vierzehn-, fünfzehn-, sechzehnjährigen, die knapp drei Wochen später, am 19. September 1939 gesammelt die kurze Krusestraße hinunterliefen, sich an der Ecke und am Bordstein der Adolf-Hitler-Allee eng aneinanderdrängten, um dem im offenen Wagen nach Danzig hineinfahrenden Hitler zuzujubeln?

Sie hatten keine Ahnung.

Aber stimmt das? Oder stimmt es nicht? Wer sind wir Nachgeborenen, um auch dies genau wissen zu wollen: wie viel oder wie wenig Ahnung jemand hatte? Um Schuld zu sprechen oder umgekehrt zu meinen, von Schuld frei sprechen zu können? Man kann sie sich vorstellen, eine aufgeregte, eng aneinander gedrängte Gruppe Halbwüchsiger, jubelnd an der Adolf-Hitler-Allee. Zwei Jahre noch, dann würde sich Dietrich freiwillig in den Krieg melden.

Freiwillig, murmelt Kati den Häusern zu, als sie später, nach dem Gespräch mit dem Direktor, nach Besichtigung der Schülermützen –, rot mit goldenem »C« –, allein durch die Stadt streift, an den schmalen schönen Häusern entlangschaut, deren Giebel sich wie ein filigraner Saum gegen den Abendhimmel absetzen.

Auch hier ist alles ganz anders als man meinen könnte, wenn man nur dem Augenschein traut. Kaum ein Stein hatte hier in der Danziger Innenstadt mehr auf dem anderen gelegen nach dem Bombenkrieg, und was die Polen in unfassbarer Mammutarbeit danach so sorgfältig, so täuschend echt wiederaufbauten, waren Fassaden mittelalterlicher Bürgerhäuser, hinter denen eher kleine Wohnungen im sozialistischen Einheitsstil steckten, das hatte ihr Tomek erzählt.

Die Fassaden waren zierlicher, eleganter als in der westdeutschen Stadt, in der Kati mit den Eltern und Eva in ihrer Jugend gelebt hatte, aber zweifellos ähnlich. Ob Dietrich, ihr Vater, an Danzig gedacht hatte, immer mal wieder, oder ob er womöglich jeden Tag neu an Danzig dachte, wenn er von seinem Büro zum Parkhaus ging, unter den Arkaden der Bürgerhäuser entlang?

Kindheitshäuser lagern tiefer im Gedächtnis als Gedanken. Kindheitshäuser sind eingebaut in die Topographie des eigenen Lebenswegs. Womöglich war er bei der Entscheidung für einen Wohnort tatsächlich zu den Giebeln zurückgekehrt? Kati sah ihn vor sich, mit seinem schnellen, zielgerichteten, durch sein leichtes Hinken dennoch schweren Schritt, durch die Stadt, die er liebte –, vielleicht ja stellvertretend liebte –, in der er feste Wege hatte und irgendwann auch ein eigenes Haus.

Manchmal hatte sie ihn abgeholt. Wenn sie nachmittags Schule hatte, und er sie mit dem Auto mit nachhause nehmen konnte.

Einmal, sie war noch nicht lange im Gymnasium, war sie nach dem Mittagessen zurück mit ihm in die Stadt gefahren, zum Optiker. In der Grundschule hatte sie die ungeliebte Brille getragen; er wusste, dass sie sie hasste. Und lief also an jenem Tag mit ihr unter den Arkaden entlang, zu dem Optikerladen, in dem er sich selbst seine dicken Brillen anfertigen ließ. Sie hatten sich hingesetzt und der nette Herr, der den Vater mit Namen und Handschlag begrüßte, hatte sie mit Spiegeln und aller Geduld der Welt mit den großen glibbrigen Dingern herumprobieren lassen, weichen Kontaktlinsen, die sich schmerzlos sofort ihrem Auge anpassten, die sofort und ohne Wenn und Aber und ohne Ansehen des Preises vom Vater auf die richtige Dioptriestärke hin in Auftrag gegeben worden waren.

Wie glücklich sie gewesen war! Wie dankbar, nun bald die Brille los zu sein, dies dumme Ding zwischen sich und der Welt. Sie war, daran erinnerte sie sich genau, den ganzen Weg vom Optikerladen zum Parkhaus neben ihm her gehüpft.

# 18

Beim Frühstück blinkte eine Nachricht auf: »Liebe Mama, es war echt schön im Zoo. Heute Abend lädt Micha uns zum Essen ein, thailändisch, glaube ich. Meerchen schickt Küsse und Grüße! Geht's dir gut?« Ein Foto von Meerchen vor dem Eisbärengelände war beigefügt.

Die Ferien wären in ein paar Tagen vorbei. Wie würde Ellie es machen, würde sie zurückgehen zu ihrem Vater? Seine Vertretung war verlängert worden. Verlangte sie Ellie zu viel ab, wenn sie erwartete, dass sie nun bald wieder nachhause käme?

Letztendlich war es unüberschaubar. Es war unendlich kompliziert. »Nur Mut!«, müsste man uns Eltern ständig zurufen, dachte Kati. Denn niemand wies den Weg, aber trotzdem musste man es mit seinem eigenen Kind richtig machen. Jetzt, da Ellie dabei war, sich ihren Reim auf die Dinge zu machen. Mittendrin steckte in der schwierigen Arbeit, das auseinanderzusortieren, was auf der langen Straße der Kindheit eins gewesen war, Abhängigkeit, Liebe.

In einer Viertelstunde käme Tomek, sie würden zusammen in das Dorf fahren, das einmal Neuteich geheißen hatte. Sie schwiegen auf der Fahrt, ab und zu gähnte Kati verstohlen vor sich hin. Tomek erzählte, was er wusste über den Ort, der heute Nowy Staw hieß und knapp fünftausend Seelen zählte.

Flaches Land. Sprühregen. Eine Allee führte hinein. Und Kati hatte eine Adresse.

Immer wieder hielt Tomek den Wagen an, studierte den alten deutschen Stadtplan, den er im Internet gefunden hatte. Sie kurvten um das Gelände einer alten Brauerei, ziegelrote, ineinander verschachtelte Gebäude. Vorbei an einer überdimensional großen Scheune am Ortsausgang. War es hier?

»Nein«, sagte Tomek, über den im Handydisplay maximal vergrößerten Stadtplan gebeugt. »Jetzt habe ich's kapiert. Wir fahren zurück zur Allee.« Wendete den Wagen, fuhr noch einmal durch den Ort. Hielt an: »Hier!« Hier, meinte er, hatte er gestanden, der zweite Gutshof der Großmutter. Das letzte bewohnte Grundstück, bevor die Allee, von Feldern gesäumt, in den nächsten Ort führte.

Kati blieb im Auto sitzen, schaute nach draußen. »Wirklich, Tomek? Hier?«

Sie stieg aus. Struppiges Gras. An der Straße ein winziges Häuschen, klapprig, wie aus einer Kleingartenkolonie übriggeblieben, zwei Eingänge, ärmlich. Weiter hinten, von der Straße zurückgesetzt, ein aus Ziegeln gemauerter Schuppen; letzter Rest einer alten Bebauung. Sie lief los. Auf der Wiese lagen Dinge herum – alte Schuhe, zerbrochenes Geschirr, ein kaputter Eimer. Restleben. Sie umkreiste den Schuppen. Was war das hier gewesen? Ein Stall? Eine Gerätekammer?

Dietrich hatte letztlich, mit fünfzehn, die Danziger Schule verlassen müssen. Es herrschte Krieg, die Mutter konnte auf dem weit von der Stadt gelegenen Gutshof nicht bleiben, hatte sich mit den Kindern auf das kleinere Gut hier in Neuteich zurückgezogen.

Es wäre wohl unfair, zu sagen, die Mutter hätte ihn zurückgepfiffen.

Nein, was ihn zurückrief aufs Dorf, war der Krieg selbst. Das Benzin wurde rationiert, die Mutter konnte nicht in dem abgelegenen Dorf bleiben, wo sie vom Auto abhängig war, also kamen sie hierher nach Neuteich. Vielleicht wurde auch das Schulgeld zu teuer? An Lesen und höherer Bildung war die Mutter nicht interessiert, für sie zählte anderes. Guter Schüler hin oder her, jetzt, da der Älteste im Krieg war und der jüngste erst acht Jahre alt, war Dietrich der Sohn im Haus, der irgendwie an ihrer Seite sein musste – jetzt, da die achtzehnjährige Schwester ein Kind erwartete. Edith, die große Schwester, die Schöne, das Schimmelchen, die Vertrauteste, die langjährige Verbündete auf gemeinsamen Schulwegen war – unfassbar – von einem Lehrer schwanger geworden.

Wie überhaupt wird die Mutter mit dieser Nachricht umgegangen sein, die, bedachte man die Umstände, bedachte man den sich zuspitzenden Krieg, nur eine Schreckensnachricht gewesen sein konnte?

Kati ließ den Blick schweifen. Am Rande des Grundstücks standen alte, halb verrostete Maschinen –, Mähdrescher, ein Traktor. Könnten sie noch ein Hinweis sein, nach all den Jahrzehnten? Wer könnte mir helfen, diese Spuren zu entziffern? Annie wäre die Einzige. Oder die Tante, das Schimmelchen, natürlich –, wenn sie denn hier wären, über neunzigjährige Frauen, alle beide. Alles höchst unwahrscheinlich.

Plötzlich fühlte sich Kati todmüde. Eva, dachte sie. Wenn du hier wärest. Mit dir zusammen auf der Wiese stehen, mit dir zusammen rätseln. Dir mal den Arm um die Schulter legen. Zusammen auf einen alten Backsteinschuppen zuzulaufen und wissen, unser Vater, unsere Onkel, unsere Tante, unsere Großmutter sind vor vielen Jahren über diese Wiese gelaufen, haben hier gelebt in Zeiten, von denen wir uns keinen Begriff machen können. Sie, unsere Verwandten, die wir nie kennengelernt haben. Wir würden gemeinsam grübeln, und ich würde dir zeigen, woher ich die Adresse habe; sie war hinterlegt, als unser Vater in den Krieg ging, und deshalb steht sie in den Unterlagen der Wehrmacht, aus denen ich erfahren konnte, wo er seine Grundausbildung gemacht hatte und wohin er danach versetzt worden war. Wohin er Feldpostbriefe adressiert hat, wenn er sie denn geschrieben hat. Ich würde dir die Kopie zeigen und – es wäre anders, über eine frühere Wiese unserer Großeltern zu laufen, wenn wir es zusammen täten, zusammen an unseren Vater dächten, zusammen den Kopf über all das schüttelten, was wir nie gewusst haben, zusammen uns fragten, warum wir die Tante, die Onkel nie kennengelernt haben. Du wärest für den Gang über die schlammige Wiese viel besser gerüstet als ich, weil du immer besser gerüstet bist; du hättest schicke Gummistiefel an, oder Wanderschuhe, die perfekt aussähen an deinen langen Beinen, Du hättest an alles gedacht – ja, ich sehe dich ganz genau vor mir. Vielleicht hättest du deine Hand auf den roten Ziegel gelegt und ruckzuck eine Phantasie entworfen, wie der Gutshof hier ausgesehen haben könnte? Du hättest es beschrieben, und ich hätte sofort an der Stelle des provisorischen Gartenhäuschens, das heute an der Straße steht, das Wohnhaus aus roten Ziegeln vor mir gesehen, an das die Ställe anschlossen, und du hättest eine Idee gehabt, wozu der Schuppen benutzt wurde. Als Kind hast du ja, wenn wir als Familie verreist waren, überall sofort ein Haus um uns herum gebaut und die Wohnung eingerichtet, weißt du noch? Wir kamen am Strand an, unsere Eltern und ich zogen unsere Bücher raus oder gingen ins Meer, und du warst längst dabei, die Umrisse von Zimmern um uns herum in den Sand zu ziehen –, »hier wäre das Wohnzimmer, da stände das Sofa und hier der Fernseher, und da drüben ginge es ins Schlafzimmer, da wären die Betten…« Du hast unaufhörlich geredet, völlig vertieft und glücklich vor dich hingeplappert, dann hast du überall die Striche für die Türen in den Sand gemalt, die einen offen, die anderen geschlossen, bist von Zimmer zu Zimmer gegangen und in die verschiedensten Rollen geschlüpft.

Wann hat das aufgehört? Ich habe es vermutlich nicht mitbekommen, weil ich dann schon ausgezogen war.

Als Kati den Blick hob, sah sie, dass Tomek an der Straße wartete, den Blick auf sie gerichtet.

»Und?«, fragte er, während er auf sie zugestapft kam. »Jetzt komm, das ist doch ein netter Ort! Im Vergleich… Und immerhin hast du hier die Adresse!« Er zwinkerte ihr zu. Kati lächelte schwach. Das Adressenthema. Wieviel bezeugte Wahrheit brauchte man, um zu glauben, dass man sich einer Wahrheit näherte? Tomek wollte aufmuntern, freundlich wie immer. Kati schwieg.

Das Grundstück, das Stück Erde, das Haus…

Sie ließen das Auto stehen, liefen die Allee entlang, zurück in den um Kirche und Marktplatz herum angelegten Ort. Er war hübsch, das stimmte. Vielleicht aber lag es auch nur daran, dass der Regen aufgehört hatte, der Himmel blau war? Nein, die Häuser selbst waren rosa und beige bemalt; die Schriftzüge »Apteka« und »Kawiernia« frisch und sorgfältig gezogen, es gab Menschen auf der Straße, der Parkplatz vor der Kirche war voll. »Der Ort floriert«, wusste Tomek, »Windenergie. Die leben hier davon.«

Da bist du also wieder, Wind des Werders. Kati nahm den Fotoapparat und lief durch die Gassen.

Irgendwo hier hatte Edith neunzehnjährig, ihr Kind zur Welt gebracht, mitten im Krieg. Es gab ein Foto – das einzige, das Kati je von dieser Tante zu Gesicht bekommen hatte, es zeigte ein junges Mädchen mit karierter Bluse und schwarzer Strickjacke, das lange Haar zu sehr ordentlichen Korkenzieherlocken gedreht, sie saß auf einem Stuhl und hielt im Arm ein winziges Babybündel. Vielleicht war es das Taufbild, das Kind hatte ein weißes Zipfelmützchen auf und hielt die kleinen Hände zu Fäusten geballt, auf dem dunklen Rock der Tante ging das weiße Kleidchen in das Ende eines hellen Tuches über, das die Tante umgelegt hatte –, fast, als hingen sie beide noch an derselben Nabelschnur. Das junge Mädchen hatte ein Lächeln aufgesetzt, eine Spur angestrengt, von unten schaute sie den Fotografen an, dringend bemüht, alles richtig zu machen. Ganz Mädchen, ganz und gar noch nicht Frau, sie konnte es in dem Moment noch nicht begriffen haben, dass dies ihr Kind war; eine Aufgabe, die ihre Jugend verschlucken würde.

Und wie hatte Dietrich, der Junge, auf seine große Schwester geschaut? Er war sechzehn, seit zwei Jahren herrschte Krieg, und er war Onkel geworden. Irgendwo hier würde das kleine Mädchen laufen gelernt haben, vorsichtig trippelnd auf der Kopfsteinpflasterlandschaft des Marktes, auf der Strecke zum Gutsgebäude, in dem die Großmutter mit ihren Söhnen wohnte, zwei Onkel im zarten Alter von sechzehn und neun Jahren. Es war getrippelt, getrottet an der Hand der Mutter, die gebückt gehen musste und sehr langsam.

Zurück aufs Dorf also, zurück in die Familie. Zurück in eine Rolle, die er nicht vermisst hatte. Wie wird er das gelöst haben? Wie löst man es, wenn man in Kleider gesteckt wird, aus denen man herausgewachsen ist?

»Ob man das überhaupt kann, sich vorstellen, wie es ihnen damals ging?«, fragte Kati leise, wie zu sich selbst, nachdem sie Tomek alles erzählt hatte, was sie wusste. »Sie sind ja völlig anders großgeworden.« Wie war es Dietrich, der ja längst unter die »Jugenddienstpflicht« fiel, in der Hitlerjugend gegangen? Nicht der HJ beizutreten, wurde mit Geld- oder Haftstrafen geahndet. Hätte er entkommen wollen? Oder war ganz im Gegenteil das Dazugehören wichtig? – bei den Nachtwanderungen, Lagerfeuern und Sonnwendfeiern. Beim Singen? Marschieren?

Auch für Martha Claassen wurde alles enger. Zwar waren sie draußen im Werder von den Märschen und Attacken der SA verschont, auch hier in Neuteich. Als die bereits erwartete Abordnung kam, um den Jüngsten zu den »Pimpfen« zu holen, hielt der sich im Stroh versteckt. »Los, versteck dich«, soll sie ihm gesagt haben. Woher solle sie wissen, wo der sich gerade rumtreibe, fuhr sie den ungebetenen Besuch an. Ob sie nicht sähen, dass sie genug zu tun hätte?

Auf dem Weg zurück nach Danzig sprachen Kati und Tomek nicht viel. Morgen würde sie zurückreisen.

Lange lag sie abends auf dem Bett. Eva.

Manchmal, Schwester, manchmal bin ich so – sauer? Wohl eher traurig. Dass du dich kein bisschen für diese Familienvergangenheit interessiert, dass du jedes Gespräch darüber kategorisch ablehnst... Lässt du mich da nicht auch mit etwas allein? Kati –, sagst du dann –, lass es doch, das ist Schnee von vorgestern, alles so gelaufen, wie es gelaufen ist, daran kann man nichts ändern und was hat das mit uns zu tun? Ich sehe deinen verständnislosen, manchmal genervten Blick vor mir –, als wäre es daneben, auf jeden Fall schräg, auf jeden Fall überflüssig, was ich da mache. Leben findet heute statt, Kati, sagst du, unsere Mutter wird älter, das ist die Wirklichkeit, um die es geht – aber jetzt gerade denke ich, verdammt, wie kannst du dir in diesen Belehrungen so sicher sein?

Wer war unser Vater im Krieg? Wer war er vorher, als Fünfzehn-, Sechzehnjähriger? Wie hatten die wahnsinnigen Verhältnisse ihn geprägt? Traf er eigene, innere Entscheidungen? Und auf welche Weise steckt das, was ihn geprägt hat, in uns?

Sie klappte ihr Notizbuch zu und schaltete das Licht aus.

# 19

Sechs Stunden Zugreise zurück.

Als sie die Haustür aufschloss, stieg ihr vom Rost vor der Tür kalte modrige Kellerluft in die Nase. Ein deutlicher Geruch, den Kati mochte, »dawne czasy«, dachte sie, alte Zeiten –, alte Zeiten auf Polnisch, immer wieder hatte Tomek das vor sich hingemurmelt auf ihren Wegen über die Dörfer, durch alte Gemäuer, über die Friedhöfe.

Die alten Berliner Zeiten rochen nach Erde und noch ein klein bisschen nach den letzten Kohlensäcken, die in manchen Kellern noch lagerten. Kati schleifte den Koffer nach oben, er war voller polnischer Süßigkeiten, schön gemusterter Hefte und Zeichenblöcke für Ellie, Stifte, ein Puppengeschirr für Meerchen. Als sie vor der Wohnungstür nach dem Schlüssel kramte, flog die Tür auf, »Mama!«, rief Meerchen und umhalste sie. »Wir haben für dich gekocht! Diana ist auch da.«

»Hallo Mama!« Ellie stand am Herd, wartete, bis ihre Mutter auf sie zukam. »Da guckst du. Ich hab ein bisschen umgeräumt.« Kati setzte sich an den ans Fenster gerückten Tisch, noch im Mantel, begrüßte Diana. »Wie schön, dass ihr alle da seid.«

»Na?« Diana umarmte sie, guckte forschend. »Weißt du's jetzt genauer?«

Die Kinder waren in der Schule, morgens nur schwer aus dem Bett gekommen, nachdem sie gestern Abend bis spät zusammengesessen und geredet hatten; haarklein hatte vor allem Meerchen ihrer Mama die Tage erzählen wollen, ganz im Glück, Ellie für sich gehabt zu haben. Ellie selbst hatte sich noch bedeckt gehalten, hatte wenig gesprochen, aber entspannt neben Meerchen gesessen.

Kati lächelte vor sich hin, als sie nun allein mit Tee und Zigarette auf dem Balkon saß, den flauschigen Schal um den Hals, und den Gedanken freien Lauf ließ. Noch schaffte sie ihn nicht, den Wiedereinstieg in ihre Arbeit.

Vielleicht noch einmal die rote Kladde vornehmen? Der Fünfzehn-, Sechzehnjährigen in sich selbst auf die Spur kommen? Wer war ich damals? Im Zug zurück hatte sie sich an diese Zeit zu erinnern versucht. Der Sommer, in dem sie fünfzehn geworden war, war der Sommer mit Peter gewesen. Oder –, so nannte sie ihn für sich – der Sommer der Lagerfeuer. Die seitdem (irgendwo tief drin) nie ganz ausgegangen waren. Lagerfeuer. Mein geheimes Symbol für Glück, mein Aufgehoben in Gemeinschaft, mein Zelt unter Sternen.

An diesen Sommer denken, hieß wieder an Eva denken.

Sie hatten zusammen mit den Nachbarskindern vom Bauernhof und denen von gegenüber auf der Apfelwiese gezeltet, einen Sommer lang –, zumindest ein paar Wochen, bis sie als Familie nach Amerika gereist waren. Es war der erste Sommer gewesen, in dem auch Eva bis abends dabei sein durfte, mit auf der Wiese voller knorriger Apfelbäume auf der anderen Straßenseite, einen Steinwurf und zugleich eine Welt von Zuhause entfernt. Sigrun von nebenan, ihre beste Freundin in diesen Jahren und ihre vielen Brüder, Daniela von gegenüber, und in diesem besonderen Sommer waren auch zwei fremde Jungs dabei gewesen, die Söhne von Freunden von Sigruns Familie, aus einer anderen Stadt.

Wie genau sie sich an diesen Sommer erinnern konnte.

Evi, die tagsüber bei ihnen war, mit großen Ohren bei den drei großen Mädchen im Zelt hockte. Über die Luftmatratzen hatten sie – Kati erinnerte sich genau – Seidenschals aus der Verkleidungskiste gebreitet, blauschwarz und schwarzgold gestreift, am Rand des Zeltes noch ein paar kleine Kissen drapiert, den großen weißen Plüschhasen mitgenommen, sie hatten es sich gemütlich gemacht. Da lagen sie dann, und wenn Daniela in ihr Zelt gegangen war, wenn Sigrun und Kati, mit den Gesichtern zueinander, flüsterten und Geheimnisse austauschten, versuchte es Evi noch eine Zeitlang mit Bitten und Maulen, aber Kati ignorierte sie, bis die Kleine wütend das Zelt verließ und draußen nachschaute, was die Jungen machten. Kati und Sigrun rollten sich dann auf den Bauch, lasen und aßen Schokolade. »Leute, Holz holen«, rief draußen Sigruns großer Bruder. Das Feuer vom Vortag war ganz heruntergebrannt, und so hatten sie sich die Räder geschnappt und waren in den etwas entfernten Wald geradelt, ausgeschwärmt, um Äste fürs Lagerfeuer zu suchen. Sie hatten Würstchen gegrillt, die Danielas Eltern spendiert hatten. Die Jungs hatten es geschafft, unter großem Hallo das Feuer in Gang zu bringen, und Kati hatte ihre kleine Schwester hastig an der Hand genommen, um sie unter Protest nachhause zu bringen. Aber Evi war empört, was, sie sollte kein Würstchen mitessen dürfen? Komm, lass sie doch da, hatte auch Sigrun gesagt, und so quetschte sich Evi triumphierend zwischen die Freundinnen und aß mit. Aber dann hörten sie auch schon ihre Mutter von der Straße her rufen, Evi war ihr entgegengerannt, und Kati war froh, kuschelte sich auf der Matte vor der Feuerstelle an Sigrun, und, Himmel, war das Leben schön.

An dem Abend schlüpfte auch Sigrun früh ins Zelt. Nur Peter, der fremde Junge, ein bisschen älter als sie, saß noch neben ihr vor dem Feuer. Sigruns jüngerer Bruder hatte noch ein dickes Scheit auf die Glut gelegt, »geh jetzt schlafen« vor sich hingemurmelt, ohne sie beide anzuschauen, und den Reißverschluss vom Zelt auf und hinter sich wieder zugezogen. Wie war ihr Kopf plötzlich auf Peters Knien gelandet? Nicht ganz und gar zufällig. Vielleicht würde er denken, sie sei einfach eingeschlafen? Seine Hand in ihren Haaren. Sein Mund auf ihrer Haut. Das Feuer hatte geknistert und alles hatte nach Feuer gerochen, seine Hand, ihre Haare, der Kapuzenpulli, in den sie wenig später im Zelt hineingetaucht war, um ganz allein zu sein mit diesem Geruch und dem überwältigenden Gefühl von Glück und Angst zugleich, Glück in Angst gewickelt, und von beidem zu viel, und so war sie aus der Umarmung herausgeschlüpft, ins Zelt neben die tief schlafende Sigrun, und wünschte sich, kaum dass sie lag, doch nichts mehr als immer noch draußen zu sitzen, und in dies, was da war, und was da kommen könnte, weiter hineinzusinken.

Die verlegenen nächsten Tage. Wenn sie morgens einer nach dem anderen, die Gesichter gerötet und noch wie zerknüllt von der in den Zelten gestauten Sonnenwärme, herausgekrochen kamen, frisch geschlüpfte Morgenmenschen, noch nicht mit den Schutzschichten des Tages versehen; wortlos, bestenfalls wortkarg, umeinander herumschlichen. Polyester-Trainingsanzüge in verschiedenen Farben, Sigruns war dunkelrot und der schönste, und sie gingen zusammen die paar Schritte bis zum Rand der Wiese, ein Kleiderbündel für den Tag an die Brust gepresst. Dort verlief ein dürftiger Bach, eher ein Rinnsal, entlang dem Stacheldraht, dahinter ein Feld, nebeneinander hockten sie sich hin und machten Katzenwäsche. Morgen, Morgen. Den Rest dann irgendwann später zuhause. »Ich habe dich gestern gar nicht mehr ins Zelt kommen hören«, murmelte Sigrun und guckte Kati schräg von der Seite fragend an. »Erzähl ich dir später«, flüsterte Kati zurück. Aber als sie später auf ihrem Lieblingsplatz auf dem Gatter des Feldes hockten, beide obendrauf, die Füße hinter den unteren Balken geklemmt, war es ihr schwergefallen, Worte zu finden, und wollte sie sie überhaupt finden? Oder es doch für sich behalten, es im Kopf wieder und wieder durchgehen, und sich schon auf den Abend freuen? Der Abend war gerade alles, was zählte. Zuhause fragte die Mutter, ob alles in Ordnung war und ob sie einen Kartoffelsalat für den Abend machen sollte; den Vater bekam sie gar nicht zu Gesicht, nur Evi kam sofort auf sie zu gerannt, freudestrahlend, und wollte gleich wieder mit; sie selbst wäre eigentlich am liebsten ungesehen hinein und wieder rausgelaufen, hätte kurz ein paar Brote geschmiert, wäre kurz aufs Klo gegangen, und gleich wieder weg.

Auf den Abend kam es an. Auf das, was am Feuer passierte. Einer von Sigruns Brüdern hatte die Gitarre aus dem Haus mitgebracht und sie Peter in die Hand gedrückt. Er klimperte, nein, spielte eigentlich ziemlich gut, hielt den Kopf mit den kurzen dunklen Haaren über das Instrument gebeugt, lauschend, hingegeben. Sang leise mit –, *hello darkness, my old friend / I've come to talk with you again…* Sie alle summten, sangen –, *in restless dreams I walked alone / narrow streets of cobblestone…*

Irgendwann stand Peter auf, legte die Gitarre ins Zelt und setzte sich neben sie, ganz dicht, ganz klar, als sollte gar kein Zweifel aufkommen an ihrer beider Nähe, legte er den Arm um sie. »Seid ihr jetzt zusammen?«, flüsterte Sigrun am Abend aufgeregt, als sie im Zelt lagen und nicht einschlafen konnten.

Und dann brach es ab. Es war klar gewesen, dass es abbrechen würde, denn sie fuhren in Familienurlaub nach Amerika. Und danach würden die Ferien vorbei und Peter längst abgereist sein.

Und hatte Peter es nicht abgebrochen, schon bevor es abbrach? So überaus locker, wie er in den Tagen danach mit Sigrun und auch mit Daniela gewesen war, kein bisschen anders als mit ihr selbst, hatte er sich nicht da schon rausgezogen, sein Abschied vor ihrem Abschied?

Widerstrebend hatte sie die Familienreise mitangetreten; einzig die Aussicht, Annie, die geliebte Tante zu sehen, hatte getröstet.

Annie in Vermont. Zwar war Mark, Annies Ältester, den Kati ebenfalls liebte, nicht da. Er hatte nicht weggekonnt vom College, sagte Annie, Kati hatte es bedauert, aber zu ihrer eigenen Überraschung nur flüchtig. Ihre Gedanken waren weit weg, bei Peter, sie hockten am Lagerfeuer in der »alten Welt«, wie Tante Annie immer sagte. Die alte Welt, das war für Annie das Deutschland, das sie als junge Frau nach dem Krieg verlassen hatte, und in das sie nur selten zurückkehrte. Sie und Herman, ihr amerikanischer Mann, liebten die neue Welt, liebten ihr großes Haus in Vermont, für das sie das alte, kleinere verkauft hatten – und Kati liebte es, dort zu Besuch zu sein.

»Du bist doch schon vierzehn«, hatte Tante Annie ihr im Jahr zuvor in ihr hemmungsloses Schluchzen gesagt, nachdem sie Kati vom Verkauf des Hauses erzählt hatte, und Kati hatte gewusst, dass sie damit nicht meinte: zu alt für eine Kindheitszuflucht, sondern alt genug, um bald auch mal allein ins Flugzeug zu steigen. »Kätchen, das neue Haus wird dir gefallen, du wirst sehen!«

Voller Stolz führten sie es ihnen nun vor, ein gutes Jahr später, strahlend weiß, mit geschwungenen Türklinken aus Messing und Sprossenfenstern, mit Veranda und Rasen vor den Fenstern und einem See in der Nähe.

»Ist dir nicht zu warm, Kind?«, fragte Tante Annie, als sie Kati in Shorts und ihrem orangenen Kapuzenpulli auf der Bank vor dem Haus hocken sah, die Knie an die Brust gezogen, zum See hinüberstarrend. »Den hab ich diesen Sommer immer an«, sagte Kati, und mochte es, dass sich die Tante dann dicht neben sie setzte, den Arm um sie legte und sie an sich zog. Annie hatte sich immer für sie interessiert, und der Abschied von ihr vor neun Jahren, als sie mit Vater und Mutter nach Deutschland gezogen war, war schlimm für sie beide gewesen; der Verkauf des Hauses im letzten Jahr ein bisschen wie eine Neuauflage dieses ersten Abschieds.

»Mhmm, der riecht ja, als hättest du am Feuer gesessen«, sagte Tante Annie, und Kati fing stockend an, ihr von Peter zu erzählen.

Aber dann war schon der nächste Abschied gekommen. Hört das denn gar nicht auf, hatte sie gedacht, als sie nur vier Tage später schon wieder auf einem Flughafen standen –, erst muss ich von Peter weg, jetzt von Annie, ich will nicht. Auch Evi weinte auf dem Schoß ihrer Mutter, als sie im Terminal saßen und auf die Maschine nach Los Angeles warteten; die Mutter war selbst müde, strich Evi gedankenverloren über den Rücken. An dem Tag war nur ihr Vater voller Kraft gewesen, er hatte sich so auf dies Stück amerikanische Weite gefreut, das auch er selbst noch nicht kannte; war in den vier Tagen bei seiner Cousine schon ungeduldig geworden, was man immer daran merkte, dass er auch im Haus mit schnellem Schritt unterwegs war, ruhelos, oder auf der Terrasse, die Hände in den Hosentaschen, den Blick nach unten, als sähe er das Meer nicht, die Blumen auf der Veranda.

Aber wie eng kann auch die Weite sein.

Los Angeles. Zu viert auf den Raum eines Wohnmobils beschränkt, draußen brüllende Hitze, und die sich zum Horizont hin durch die Wüste Arizonas schlängelnde Straße, die nie kürzer zu werden schien. Bei jedem Stopp das Gefühl, verdurstet zu sein seit dem letzten Stück Wassermelone, dem letzten Orangensaft. Und gleichzeitig war es großartig gewesen. Sie hatte eine komische Art von Stolz empfunden, in diesem Land geboren worden zu sein, ihre ersten Schritte getan zu haben. Und sie hatte auf dieser Reise einen ersten Begriff davon bekommen, wie viele Gesichter das Land hatte, wie wild und weit und unabsehbar es war.

An der Enge des Wohnmobils änderte das nichts. Die schmale Eingangstür. Die Unmöglichkeit, an ihm vorbeizukommen.

Einmal hatten sie eine amerikanische Familie kennengelernt, die Eltern jünger als ihre eigenen, beide blond und groß und attraktiv, und – so nett. Wie das gegangen war, dass sie tatsächlich in deren Haus gelandet waren – ob ihre Eltern eine Einladung wörtlich genommen hatten, die nur unverbindlich ausgesprochen worden war? Jedenfalls stand das Wohnmobil für zwei Tage still vor einem Holzhaus irgendwo zwischen

Arizona und Kalifornien, ihre Eltern waren ins Gästezimmer im Haus eingeladen worden, und Kati hatte nicht lang überredet werden müssen, in diesem heißen Sommer auf einer Luftmatratze im Garten zu übernachten. Der sternenklare weite Himmel, Evi auf ihrer einen Seite, auf der anderen die beiden kleinen Söhne der Familie, die wenig älter waren als Evi, vielleicht zehn? Zwölf? Und irgendwann, mitten in dieser sternenklaren, schönen Nacht griff einer der beiden Jungs – er war blond und braunäugig, mit Stoppelfrisur und braungebranntem Gesicht – unter der Bettdecke in Katis Unterhose. Sie hatte stockstarr und wach gelegen bis zum Morgen.

Kati schaute vom Buch auf. Über diese Erinnerung würde sie nichts in der roten Kladde finden. Warum eigentlich, fragte sie sich heute, habe ich ihm nicht einfach eine runtergehauen? Der war halb so groß wie ich.

Fünfzehn Jahre, und unfähig, sich selbst zu beschützen.


Es war also zu Ende gewesen –, das mit Peter, das kaum angefangen hatte. Aber die rote Kladde sagte – nein. Du hast etwas vergessen.

Wie hätte sie vergessen können, dass am Tag nach ihrer Rückkehr aus Amerika spät abends, sie war längst in ihrem Zimmer, der halb ausgepackte Koffer noch vor dem Bett, ein Stein gegen die Scheibe ihres Zimmers im ersten Stock geknallt war? Kati war erschrocken zum Fenster gerannt, hatte durch das gekippte Fenster gerufen: Wer ist da? Unten stand Sigruns kleiner Bruder. »Ich habe einen Brief für dich von Peter«, hatte er so laut geflüstert, wie man über ein Stockwerk flüstern kann, selbst ganz aufgeregt. Als sie zurück im Zimmer war, als sie atemlos den Umschlag zerriss, »Liebe Katka«, stand da –, »du machtest einen so traurigen und enttäuschten Eindruck bei unserem plötzlichen Abschied«. Stimmt, genauso war es, Peter, dachte sie erstaunt, als sie die alten Sätze wieder las. So war es, alles in mir war ins Rutschen gekommen. »Du musst durch mein Verhalten offenbar zu der Überzeugung gekommen sein, für mich sei nach den Sommerferien alles vorbeigewesen. Damit dieser Eindruck nicht wiederkehrt, schreibe ich dir diesen Brief.« Und dann das Schönste: dass er an sie denke, immer wieder. »Hoffentlich geht es dir auch so. Dein Peter.«

»Ich bin so froh!«, stand unter ihrer Abschrift des Briefes.

Ich bin so froh. Hatte sie Peter jemals geantwortet? Sie konnte sich nicht erinnern.

In der roten Kladde war dies der letzte Eintrag in der weit nach links hinübergelehnten, runden, sich aus der Kinderschrift freischreibenden ersten eigenen Schrift. Kati freute sich über diesen Eintrag, las ihn immer wieder.

Diese Freude, die hatte sie vergessen.

Vergessen aber auch, was unten auf der Seite stand, was die Seite beendete: ein dicker, durch heftiges vielfaches Hin- und Her-Kritzeln breit und markant gewordener schwarzer Strich. An die Seite gekritzelt, schon mit der neuen, ganz anderen, rechtslastigen Schrift: »Lächerlich... Wenn ich alles Vorherige nicht rausreiße, dann nur, weil ja auch eine Veränderung ihren Wert hat.«

In der neuen Schrift steckte eine neue Art zu denken –, streng, moralisch, abstrakt. Ein paar Seiten weiter erörterte sie in einer Art Essay die »Triebhaftigkeit des Menschen«. Sie schrieb Anne Frank einen Brief zu ihrem fünfzigsten Geburtstag: »Was wäre, wenn du jetzt noch lebtest. Ob du immer noch Anne Frank wärest? Auf deine Kosten bist du zu einem Geschenk für Millionen Menschen geworden. Wäre es dir gerechtfertigt erschienen, wenn du es gewusst hättest?«

Keine persönlichen Sätze mehr. Kein Satz zu Peter.

Aus der Hungerzeit auch keine Bilder. Das hatte niemand festhalten wollen. Ein Polaroidfoto war ihr mal später in die Hände gefallen, sie war erschrocken. Riesige Augen tief in den Höhlen, ein Mund, der aus Gewohnheit dem Fotografen ein Lächeln schenkte; das Gesicht, der Kopf überdimensioniert, zu groß für den zarten Körper.

Der schwarze Strich durch ihre Jugend: Es war fast eine Erleichterung, ihn hier dokumentiert zu sehen, schwarz auf weiß. Wenigstens im Rückblick hinter ihn zurückgehen zu können, und dort die ganz normale Jugendliche zu finden, die sich über ihre Eltern und Lehrer aufgeregt hatte, und die in einen Jungen namens Peter verliebt gewesen war.

Dein Peter. So zart und hingabebereit, so sechzehnjährig vertrauensvoll. Er tat weh, er tat gut, der Blick in ihr Leben vor dem schwarzen Strich. Aber weiter als bis dahin hatte sie wohl nicht gehen dürfen. Ein Knick im Leben mit fünfzehneinhalb.

# 20

Es rumorte an der Tür. »Mama? Kann ich Hausaufgaben bei dir machen? Ich bin so allein.« Mit hängenden Mundwinkeln stand Meerchen in der Tür. Kati stand auf. »Ich komme...«

Dann saßen sie zusammen an Meerchens Schreibtisch, und füllten Begriffe in leerstehende Kästchen. Aber als ob die Gegenwart ihrer Mutter ihr nun erst recht erlaubte, nicht an die Schule zu denken, wippte Meerchen unruhig auf dem Stuhl vor und zurück, gähnte, und schaute im Zimmer umher. In solchen Stimmungen ging es selten gut. Es war lediglich eine Frage der Zeit. »Meerchen! Jetzt sag doch mal – was machen die Kinder alles in den Ferien auf dem Bauernhof? Komm, schau ins Heft!«

Auch sie war erleichtert, als das Telefon klingelte. Meerchen war mit einem Hechtsprung dran, und quasselte so lebhaft in den Hörer, als hätte sie nicht gerade vor sich hin gegähnt. »Nur noch Mama fragen«, rief sie aufgeregt ins Telefon. Also musste es Sophie sein, Meerchens Freundin, die eine Straße weiter wohnte. »Mama, ist das ok?« Ehe Kati auch nur überlegen konnte, stand Meerchen schon in der Wohnungstür. »Meerchen, stopp! Wenn du jetzt spielen gehst, dann müssen wir nachher weitermachen. Und zwar ohne rauszögern, sobald du zurück bist, klar?« Jaja, Mama.

Zurück in ihrem Zimmer, ordnete das Material aus Danzig, und dachte über Meerchen nach. Lesen, Rechnen, nichts davon ging leicht. Es machte ihr auch keinen Spaß. Meerchens Augen leuchteten, wenn es in den Reitstall ging. Oder wenn sie im Zimmer ihrer großen Schwester auf dem Bett hockte und Ellie bei allem zuschaute, was sie tat. Wenn. Vielleicht war es ja vor allem das. Ellie hatte schon wieder ihre Sachen gepackt und war auf dem Sprung zu ihrem Vater. Sie meinte es ernst. Wieso wurde diese verflixte Vertretung denn auch ständig verlängert. Immer nochmal zwei Monate.

Die Danzig-Aufzeichnungen. Notizhefte, Bücher, ein Katalog, Fotos, seit einer Woche schob sie die Dinge auf dem Schreibtisch hin und her, wohin waren die Dinge zu schieben, die sie in Danzig erlebt hatte? Wohin in diese ganzen Zusammenhänge um Nazizeit und Krieg, um Vertreibung und Flucht sollte sie nun ihren Vater schieben, einsortieren? Wohin gehörte er?

An welche Stelle gehörte er? Wo hinein in die prägnanten, oft markerschütternden Sätze und Analysen der Kriegsüberlebenden? Es gab ja nichts Schriftliches, in dem sie ihn hätte dingfest machen können –, ihn, den jungen Soldaten mit dem Trauma im Rucksack. Sie hatte weder Feldpostbriefe noch Tagebuchaufzeichnungen von ihm; es lebten keine Zeugen seiner jungen Jahre mehr, seine Stimme war fort, verweht. Die Spuren, die er hinterlassen hatte, waren von anderer Art.

Und doch – auch wenn sie ihn herausdachte aus ihrem Buch, konnte sie den Krieg nicht herausdenken aus ihm. Der steckte fest, eine Kugel, die an prekärer Stelle im Körper geblieben ist, inoperabel. Mit der man leben musste. Deren Metallgeschmack im Blut zirkulierte, für mehr als ein einziges Leben, erblich.

Es war nicht viel gewesen, was er vom Krieg erzählt hatte. Er hatte sich, die Mutter wusste es noch, freiwillig gemeldet zur Offiziersausbildung, um so nicht nur den Moment, in dem er an der Front eingesetzt würde, hinauszuzögern, sondern auch die Gefahr, als Infanterist an gefährlichster Stelle dem Krieg ausgesetzt zu sein.

Freiwillig. Kati strich das Schreiben von der Wehrmachtsauskunftsstelle glatt, auch hier waren die Informationen enttäuschend dürftig gewesen. Zur Ausbildung zunächst nach Dänemark. Später war er an die Ostfront gekommen. Ab wann genau? Sowjetische Kriegsgefangenschaft. Wo, wie lang? Das karge Schreiben gab keine Antwort. Von ihm selbst wusste sie, dass Dänemark bedeutet hatte: Bunker bauen. Dass das noch harmlos gewesen sei, fast schon beschämend, wie die Chefs seien sie behandelt und bedient worden, klar, sie waren ja die Besatzer. Später an der Ostfront der Versuch, seelisch zu überleben, indem er sich – beim Wachestehen, beim Einschlafen, bei der vielen toten Zeit alle Gedichte aufsagte, die er kannte. Nachts die Hose ordentlich unter sich legte, damit sie am Morgen scharfe Bügelfalten hatte. Er hatte auch erzählt, dass er morgens früher als die anderen um sich herum aufgestanden war und aus den Dachrinnen Tau gesammelt hatte, um sich damit zu waschen. Sich nicht aufgeben, hatte er es genannt. Immer wieder Versuche, Krankheit zu simulieren, um dem Wahnsinn zu entkommen. Kein mutiger Mann war es, der Kati vor Augen stand. Eher ein Überlebenskämpfer, der alles tat, um den Todeszonen zu entgehen. Ein wild Entschlossener, der um jeden Preis heil aus der Sache rauskommen wollte. Ein Einzelgänger, der schon als Grundschüler allein, und also nur für sich allein gekämpft hatte, schon da gegen beachtliche Übermacht. Einer, der sich dann schlau anstellte, wenn man mit Köpfchen eine Chance hatte. Der aber, wenn es auf anderes ankam –, gute Augen und Ohren, schnelles Reaktionsvermögen, eine realistische Einschätzung der Dinge – grotesk scheitern konnte; der Junge eben, der sich einem durchgehenden Pferd in den Weg gestellt hatte.

Einmal war er beim Zug seiner Kompanie durch die Dörfer nicht mit den anderen nach draußen gerannt, als sie russische Stimmen hörten, sondern war im Haus zurückgeblieben, weil das Hühnchen, das sie sich in die Pfanne geworfen hatten, noch nicht gar war. Wie wahnsinnig war das! Und wer war es, der da handelte –, der Brille zum Trotz das halbblinde, trotzig vereinsamte Kind? Wie hatte er glauben können, dass das gut gehen könnte? Einer der russischen Soldaten, die das Haus stürmten, stellte ihn an die Wand und hob das Gewehr.

Es war die einzige tiefernste Geschichte, die er aus dem Krieg erzählte. Dieser Moment, in dem alles ganz schnell hätte vorbei sein können.

Der russische Soldat, der die Tränen des Neunzehnjährigen sah –, eine Träne, so erzählte er, die unter seiner dicken Brille heruntergelaufen war. Da hatte der Soldat das Gewehr gesenkt, dem Kerl fluchend einen Tritt gegeben und ihn am Leben gelassen.

Es waren die erzählbaren Geschichten. Das, worum der Erzählbogen einer Geschichte gespannt, was in Worte gefasst, zur Sprache gebracht werden konnte. Verschwindend wenig also, lächerlich wenig, gemessen an zweieinhalb Jahren, die er im Krieg verbracht hatte, Lebensjahren im Ausnahmezustand.

Wiedergefunden hatte sich die Familie in einem Flüchtlingslager in der Lüneburger Heide. Die Mutter, die ihre Höfe hinter sich gelassen, sich auf den Weg gemacht hatte mit dem dreizehnjährigen Sohn, der dreiundzwanzigjährigen Tochter und dem vierjährigen Enkelkind; die hier ihre beiden Söhne wiederfand, Soldaten, die überlebt hatten.

Mit was im Gepäck? Was hatte sie, Martha Claassen, mitnehmen können, wollen? War die Urne mit der Asche ihres Mannes mit auf die Flucht gegangen?

Soviel scheint sicher: dass dies keine Zeit zum Erzählen war, keine zum Fragen. Eine Zeit zum Überlebthaben und zum weiter Überleben. Das Jahr war 1945, die Alliierten befreiten die KZs. Die Baracken von Bergen-Belsen, nicht weit vom Flüchtlingslager, in dem sich die Familie Claassen wiederfand, gingen in Flammen auf. Dietrich war zwanzig und gerade entlassen aus sowjetischer Kriegsgefangenschaft. Seine Mutter ernähren: darum ging es jetzt, das war das oberste Gebot, so hatte er es später seiner Frau erzählt; er hätte Kartoffeln und Kohlen geklaut, sei von fahrenden Zügen gesprungen, er hatte sich etwas einfallen lassen, und irgendwann sei sie wieder schön rund gewesen.

Es ging »allen gleich« –, so hatte Kati es immer gehört, jeder hatte was verloren und dies zu verkraften, und wer noch sein Leben hatte, war in erster Linie dankbar, hatte dankbar zu sein. Das Gesetz des Krieges. Aber natürlich war es keineswegs allen gleich gegangen. Die Claassens hatten Glück, Bekannte in einem süddeutschen Dorf, dort kam man für eine Weile unter, hatte ein Dach über dem Kopf – sie würden nach vorne denken und nicht zurück.

Was hatte er überhaupt je erzählt? Und hatte jemand gefragt?

Manches erzählte er später seiner Frau, die zu Kriegszeiten ein Kind gewesen war. Erzählte ihr von Edith, dem Schimmelchen, das nach dem Krieg mit seinem Kind nach Argentinien ausgewandert war. Von den Bunkern in Dänemark. Dem Trick, rohe Kartoffeln zu essen, um mit unsäglichem Durchfall in die Krankenstation eingewiesen zu werden. Dies und das.

Aber wie hatte er sich selbst erfasst, der ja, achtzehnjährig, noch kaum losgegangen war ins eigene Leben; wieviel von dem, was er nun selbst zu verantworten hatte?

Das viele Unerzählte war geblieben, wo es war. Blieb stecken. Wurde nicht sortiert, nicht ausgespuckt, nicht abgelegt. Schien unerzählbar, war es ja vielleicht auch. Nicht in Worte übersetzbar. An dieser Stelle leichter zu werden, Platz im Rucksack zu schaffen –, wie hätte ihm das gelingen können? Hätte es? Nicht zuletzt, um Spielraum zu gewinnen, um irgendwann auch das so viel größere Kriegsleid anderer in den Blick zu nehmen.

Den Holocaust.

Blockierter Innenraum, gebrochene Kraft.

Sie, Kati, hatte ihn nicht gefragt.

Es ist viel zu spät, aber das Fragen hört nicht auf.

Es war spät, und Kati schrak auf, als das Telefon klingelte.

Diesmal rief ihre Mutter selbst an. »Kati, bist du es? Ich muss dir etwas sagen.« Sie habe nachgedacht, in diesen Wochen bei Eva. Und nach der Rückkehr in ihr Haus. »Es ist mir alles zu viel ... ich habe die Kraft nicht mehr.« Sie würde umziehen, das Haus verkaufen. Das wollte sie ihr doch selbst gesagt haben.

# 21

Kati packte. Zog den kleinen Koffer aus der Kammer, legte Kleider für zwei Tage hinein, Schuhe, Bücher. Zögerlich. Sie war endlich mal wieder ein paar Wochen am Stück zuhause gewesen, endlich wieder, aber war das lang genug für eine Achtjährige? Lang genug für Meerchen? Sie hatte Peter Mühl gegoogelt, hatte es nicht lassen können.

Peter Mühl, beim ersten Klick sofort auffindbar im Netz: Er war Schuldirektor geworden. Lehrer in Berlin. Kati starrte in den Computer und dachte: Ich fass es nicht.

Ihm schreiben? Hallo, ich schreibe dir, weil du mir vor fast vierzig Jahren einen außergewöhnlich schönen Brief geschrieben hast?

Sie schaute die Fotos an, die ihn inmitten seines Kollegiums zeigten; im Portrait auf der Website der Schule als Schulleiter vorstellten. Er, Peter, unverkennbar. Besonders aus dem einen Bild sah sie den Sechzehnjährigen von vor Jahrzehnten herausschauen: das etwas eckige Gesicht, die wachen blauen Augen. Kein eitler Typ. Ein Fleißiger wahrscheinlich.

Ihm eine Postkarte schreiben? Warum sollte sie?

Sie hatte sich mit Meerchen hingesetzt zu den Hausaufgaben in diesen Herbstwochen, danach hatten sie Hand in Hand das Haus verlassen, in Katis Rucksack steckten Ellies alte Inliner, die Meerchen etwas zu groß waren, aber mit dicken Socken passten.

Genau dieser Rhythmus schien optimal für sie – nach der Schule fix die Hausaufgaben erledigen, mit der Aussicht auf etwas, das ihr Spaß machte, auf Bewegung, auf Weite, auf Kunststücke, die sie ihrer Mutter vorführen konnte. Wenn wir das nur beibehalten könnten, dachte Kati, und rief Diana an –, »Hast du Lust, mit uns übers Feld zu laufen?«

Sie trafen Diana am Eingang Tempelhofer Damm, und kaum hatten sie sich begrüßt, stand Meerchen schon in voller Montur vor ihnen.

»Mama, fang mich auf, ich komme!« Sie fuhr vor ihnen her, schaute sich um, rollte zu ihnen zurück. »Wir laufen auf die andere Seite, ok? Dort wo der Boden glatter ist und die Leute Kunststücke machen, ja?«

Diana schritt schnell aus wie immer, erzählte vom Abschied ihrer Chefin in der Bibliothek, von Veränderungen dort, womöglich würde der ganze Standort verlegt werden zur Bibliothek am Halleschen Tor. Kati hörte zu und behielt Meerchen im Blick, die ihre Runden immer weiter hinaus dehnte; es war wenig los auf der alten Startbahn, wenige Radler in beide Richtungen, genau richtig für ein Kind, das nicht genug kriegen konnte vom Austoben. »Und ihr?«, fragte nun Diana und fing Meerchen auf, die auf sie zusteuerte. Kati sah ihr entgegen. »Ellie ist seit einer Woche wieder zurück. Gott sei Dank. Ich bin echt froh.« »Na also«, griff Diana nach Katis Arm und hakte sich ein.

»Du hast es gewusst, du hast es vorausgesagt, ich weiß«, sagte Kati etwas verlegen und verdrehte die Augen.

Sie erzählte von den zurückliegenden Wochen, in denen sie beide sehnsüchtig auf Ellie gewartet hatten, die nun, nach fast sechs Monaten endlich zurück war, rechtzeitig vor Meerchens Geburtstag, ganz und gar, mit Sack und Pack, und kaum einen Schritt ohne ihre kleine Schwester im Schlepptau gehen konnte. Nachdenklich sei sie, berichtete Kati, aber auch fröhlich. »Als hätte sie eine Mission erfolgreich beendet«, sagte Kati, »zufrieden –, ja, sie wirkt zufrieden.« Sie machte eine Pause, ließ den Blick über das Feld schweifen – das große Halbrund des alten Flughafengebäudes, der Radarturm mit der weißen Kugel, der Schuppen, die heißgeliebten Biergärten mit den grünen und roten Schirmen, die jetzt nur noch bei warmem Wetter geöffnet waren.

»Ist nur etwas blöd, dass ich schon wieder auf dem Sprung bin«, sagte sie schließlich. »Und dann auch noch Freiburg, da sitze ich nächste Woche fast den ganzen Tag im Zug.«

Diana klang überrascht. »Stimmt, du bist grad ziemlich viel unterwegs.« Und nach einer kleinen Pause. »Muss man sich da Sorgen machen – um Meerchen, meine ich?«

Kati konterte sofort. »Ich reise doch immer viel, sie ist das gewöhnt… Das mit meiner Mutter war ja nicht vorhersehbar. Und jetzt in Freiburg, der Vortrag ist endlich mal richtig gut bezahlt, sowas kann ich nicht ausschlagen.« Natürlich habe ich ein schlechtes Gewissen, dachte sie grimmig. Muss ich daran erinnert werden? »Wieso Sorgen?«, hakte sie nochmal nach. »Meinst du wegen Danzig? Ich bin fixiert auf diese Recherche, und …«  –, sie suchte nach Worten, »sowas kann man doch nicht halb machen, da stecke ich eben jetzt drin…«

»Klar«, beeilte Diana sich zu sagen, »sicher, das ist dann eine eigene Dynamik.« Eine Weile liefen sie schweigend nebeneinander. Diana zögerte. »Und –, kommst du weiter? Mit deinem Vater?« Kati schaute sie irritiert an, die Falte auf der Stirn steil.

»Kati, du weißt, was ich meine, er ist doch trotzdem der Vater, der – Wieso widmest du ihm diese ganze Zeit, und auch – so viel Verständnis?«

Kati schaute starr geradeaus. Sie hatte keine Antwort. Manchmal fragte sie es sich selbst –, was genau suchte sie? Was hoffte sie zu finden? Und was hatte es auf sich mit diesem vielen Reisen? Reisen als Modus, in den sie so mühelos schlüpfte wie andere in ein paar neue Schuhe… Steckte darin auch eine Fluchtbewegung? Und was, bezogen auf Danzig, war an dem dran, was Diana andeutete? Täuschte sie, Kati, sich, wenn sie sich selbst als klarsichtig empfand – hatte sie einen blinden Fleck bei ihrer Suche nach dem väterlichen Leben?

Sie würde Sonntagabend zurück sein. Am Freitag war der Vortrag in Freiburg; übers Wochenende hatte sie sich in einem Hotel eingemietet, ungestörte Schreibzeit, die Micha ihr ermöglichte. Dass Freiburg in der Nähe des kleinen Städtchens im Schwarzwald lag, in dem Edith, die Tante, ihre letzte Adresse hatte, schob sie schnell weg. Nicht darüber nachdenken.

Den Rückweg vom Feld legten sie eilig zurück. Meerchen, die sich völlig verausgabt hatte, fror, und wollte nur noch nachhause.

Im Zug nach Freiburg schlief sie. Wachte auf, ließ das Notizbuch ungeöffnet, schaute aus dem Fenster, genoss die Ausblicke über Felder und Orte, wo sie nicht von Lärmschutzwänden verstellt waren. Schrieb ins Tagebuch. Erst am Nachmittag fand sie zu jener Ruhe, die sie zum Schreiben oder Übersetzen brauchte. Ein paar konzentrierte Stunden, und dann war sie fast überrascht, als Freiburg als nächster Halt angesagt wurde.

Sie checkte im Hotel ein, ihr Zimmer ging zum Hof, sie fühlte sich eingeengt. Ich muss nochmal raus, dachte sie, zog die Jacke an, lief die Treppe im schmalen Treppenhaus hinunter und freute sich draußen am kühlen Wind, der ihr unter die Mütze fuhr. Sie lief durch die abendliche Stadt, grüßte die dunkel und machtvoll gegen den dämmernden Himmel sich erhebende Münsterkirche. Hier hatten vor langen Jahren ihre Eltern sich kennengelernt. Sie sah einen Zug von Laternenkindern über den Münsterplatz ziehen, ein kleiner, von aufgeregten Erwachsenen begleiteter Trupp, in dem nun hie und da die Lichter ausgingen. Wütend schüttelte eines der Kinder das buntbeklebte Ding hin und her, warf es auf den Boden. Schnell bückte sich eine Frau, zündete die Laterne wieder an, und der kleine Zug setzte sich erneut in Bewegung.

Allein aufwachen, zum Schlag der Turmuhr. Nicht gleich wissen, wo man ist. Zurücksinken ins Kissen, erleichtert den erfolgreich verlaufenen Abend noch einmal vorbeiziehen lassen. Und nun noch einen ganzen Tag für sich allein haben. »Gönn dir die Zeit, stört mich echt nicht, die beiden noch eine Nacht bei mir zu haben. Wir haben's schön«, hatte Micha am Telefon gesagt. Er gab sich ordentlich Mühe gerade.

Liegenbleiben? Es sich gemütlich machen? Oder doch im Handy nachgucken, wann ein Zug gehen würde?

Sie setzte sich auf. Der nächste Zug würde in einer halben Stunde fahren. Der danach erst wieder in zweieinhalb Stunden. Also doch. Sie sprang aus dem Bett, stopfte ihre Sachen in den kleinen Koffer –, jetzt musste alles schnell gehen. Musste? Erst als sie im Zug saß, als Freiburg hinter ihr zurückblieb, fragte sie sich: Was muss denn hier? Dianas Frage hallte nach.

Sie hatte nichts weiter als Ediths Namen, verheiratete Holtmann. Geburtsjahr 1922. Was ist es, dem ich folge? Ein Plan jedenfalls nicht.

Das Schwarzwaldstädtchen war malerisch, hübsch. Die Häuser aneinandergelehnt, mittelalterschief, ein altes Stadttor. Jetzt am Mittag gab es sich italienisch, die engen Kopfsteinpflastergassen waren nahezu leergefegt, ein einziger Mann saß gähnend in einer Schaufensternische. Die Luft heute wieder erstaunlich warm. Siestastimmung, eine südliche Stadt im Mittagsschlaf. Gelbe Säcke vor Häusern mit Rundbogen und offenen Fenstern gestapelt; alles so übersichtlich und hübsch wie eine Theaterkulisse, dachte Kati, noch sind die Akteure unsichtbar. Sie schaute zu einem offenen Fenster hoch, hinter dem ein lautes Streitgespräch zwischen einem Mann und einer Frau zu hören war. Wenige Schritte weiter klaffte eine breite Lücke, als hätte ein Riese ein Stück aus dem einheitlich unversehrten Stadtganzen herausgebissen. Da hatte es wohl gebrannt. Kleine Hinterhöfe, in die vorher vermutlich nie ein Sonnenstrahl gefallen war; ein Treppenaufgang, um den herum das Haus fehlte; freigelegtes Fachwerk, nun alles dem Auge des Zuschauers ausgesetzt, grell ausgeleuchtet von der Sonne.

Das Bürgeramt lag an einem zentralen Platz, ein schön renoviertes Fachwerkhaus. Sie hatte es gefunden, ohne noch einmal nachzufragen. Die Übersichtlichkeit des Ortes schien sie geradezu dorthin zu schieben. Keine Schlange am Schalter –, »Ja bitte?«, fragte eine Dame mit kurzem blondem Haar und nahm ihren Blick vom Computer.

Kati räusperte sich. »Meine Tante, geborene Claassen, verheiratete Holtmann – ich glaube –, sie wohnt hier in der Stadt... 1922 ist sie geboren.« Die Frau schaute in den Computer, tippte, Kati hielt den Atem an, »Sie heißt wieder Claassen«, sagte sie, »Tatsächlich?«, fragte Kati zurück, überrascht, seltsam berührt.

»Vier Euro«, sagte sie dann, schob Kati ein ausgedrucktes Blatt mit dem vollständigen Namen und der Adresse herüber.

Vier Euro, um ein verlorenes Stück Familie wiederzufinden. Kati lachte in sich hinein.

Die Busfahrt führte hinaus aus dem Mittelalteridyll, in ein Neubaugebiet. Hochhäuser dicht aneinander.

Kati lief Stufen, hinauf, wieder hinunter, hielt Ausschau nach der Hausnummer, dann stand sie davor. »E. Claassen« am messingnen Klingelschild. Sie läutete. Wartete. Nichts.

Was habe ich geglaubt? Dass eine zweiundneunzigjährige alte Dame einfach so die Tür aufmacht? Auch durch die Sprechanlage –, nichts. Sie klingelt noch einmal, kürzer. Ihr Blick glitt über die Namensschilder.

Was hatte sie erwartet –, so planlos, so unangekündigt. Aber wie hätte sie sich auch ankündigen sollen? Sicher zwei Jahre war es her, dass sie zwei-, vielleicht dreimal eine Mail geschrieben hat an Ediths Tochter, deren Mailadresse Annie ihr gegeben hatte. Zuletzt schon fast automatisch, denn wenn jemand zweimal nicht antwortet, wieso sollte sie es dann beim dritten Mal tun?

Umdrehen also, zurückfahren. Umdrehen? Sie zögerte. Tomek, denkt sie, was ist das hier? Eine Zeit zum Bleiben oder eine Zeit zum Gehen? Und dann muss sie an den Moment, damals, vor dem Elternhaus denken.

# 22

Beim Blick auf die Tafel mit den Klingelschildern stutzt sie. Claassen, da steht es noch einmal –, Claassen-Rosenfeld. Die Cousine! Kati hatte gewusst, dass sie in der Nähe der Tante lebte, aber im selben Haus? Von hinten schiebt sich ein Mann mit Kinderwagen an ihr vorbei, murmelt etwas, schließt die Tür auf.

Die Cousine.

Kati schlüpft hinter ihm ins Haus.

Sie sieht das Bild mit dem Baby im Taufkleidchen vor ihrem geistigen Auge. Auch die Cousine müsste schon fast eine alte Frau sein; neunzehn Jahre jünger nur als Edith, Mitte Siebzig!

Sie würde nicht Aufzug fahren. Langsam läuft Kati die Stufen hoch, immer noch zögernd, sie will Zeit gewinnen. Dritter Stock, sie hält inne, da ist die Tür von E. Claassen. Sie wartet, klingelt nicht noch einmal, läuft weiter, drei weitere Etagen höher durch ein nüchternes, gelb gestrichenes Treppenhaus. Es riecht nach Putzmittel.

Claassen-Rosenfeld.

Kati zögert, klingelt.

Ein einziges Bild hat sie von dieser Cousine gesehen: eine junge Frau im weiten weißen Rock, ganz Fünfzigerjahre, die sich um eine Fahnenstange schwang, übermütig, fröhlich. Im Hintergrund war eine Berglandschaft gewesen; andere junge Leute, die Kati nicht zuordnen konnte, nicht ihren Vater, der hatte vermutlich das Foto gemacht. Der Rock der Cousine hatte auf dem Foto um ihre Beine geflattert, die halblangen Haare wehten.

Nichts. Einmal noch wird sie klingeln, dann – »Ja?«, kommt eine Stimme von drinnen, leise, misstrauisch.

Katis Herz, laut. »Hallo … hier ist Claassen.«

»Wie –, Claassen?«

129

»Kati Claassen, Ihre Cousine.«

»Katinka?«

Der schwebende Moment. Und dann geht die Tür schwungvoll auf. »Du bist doch …«, sagt eine energische Stimme. Vor ihr steht eine zierliche Frau, kleiner als sie selbst, mit langem grauen Haar und forschem Blick, »… ein Dickkopf!« Die Frau zieht Katis Kopf mit Schwung herunter zu ihrem, küsst sie auf die Wange. »Du bist mir ja eine Hartnäckige…«

Immer wieder würde Kati später diese eineinhalb Stunden im Kopf durchgehen, alles aufschreiben, einsammeln. Nichts dürfte verloren gehen. Diese Cousine –, die, überrumpelt, zugleich auf vollkommen rätselhafte Art gefasst war.

Gefasst worauf?

Ist das so in Familien wie der unseren –, zerbrochenen, auseinandergefallenen – dass durch die Jahrzehnte hindurch ein Warten bleibt, das nicht vergeht, und auf dem Boden dieses Wartens ein Erwarten? Irgendwann steht eine am Gartentor, irgendwann klingelt es an der Tür, und obwohl man sie noch nie im Leben gesehen hat, liegt der Person, die öffnet, der Name der Besucherin ganz vorne auf der Zunge, als wollte sie sagen: Da bist du ja endlich!

Große, leuchtend blaue Augen. Dichtes Haar über pastellfarbenem Morgenmantel. Kopfschüttelnd war sie Kati vorausgegangen in einen langgezogenen, ordentlich aufgeräumten Wohnraum. Sofagarnitur an der Wand, in der Mitte des Raumes der Fernseher, dahinter ein großer Tisch mit Stühlen vor dunklen Regalen an der Wand. Die Jalousien waren halb heruntergelassen, sperrten den weiten Blick, den man von hier oben haben musste, aus. Der Fernseher lief, auf leise gestellt. »So macht man das in Argentinien, mittags geht man zur Ruhe«, sagte sie über die Schulter zu Kati, es war ein hingeworfener Satz, streng im Ton, vielleicht eine Spur vorwurfsvoll? .

Tiefe Stimme. Rau, denkt Kati, schön. Sie setzt sich an den großen Esstisch, an dem die Cousine einen Stuhl für sie nach vorne gezogen hat.

»Was kann ich dir bringen?« Den Rücken sehr gerade, läuft sie in die angrenzende Küche, kommt zurück, stellt ein Glas Wasser vor Kati hin. »Du siehst aus wie dein Vater«. Auch das kurz hingeworfen, beiläufig, zugleich entschieden. Wie mein Vater? Ich doch nicht, denkt Kati, das hat noch nie jemand gesagt. Wobei, die Cousine, hat sein junges Gesicht gekannt, nicht ich.

»Ich hätte dir längst antworten sollen, ich weiß«, sagt die Cousine und blickt zu den Fenstern hin, den halbgeschlossenen Jalousien. »Aber es tut so weh, die alten Sachen. Ist so lange her.« Auch das in sachlichem Ton. Sie steht mit dem Rücken zu ihr, schaut Kati nicht mehr an, setzt sich schließlich ebenfalls, an die Stirnseite des langen Tisches.

»In letzter Zeit habe ich immer geträumt, er käme her, der Dietrich, und würde mich besuchen. Als ob er in der Nähe wäre.« Die Cousine schweigt, wirft Kati einen schnellen Blick zu.

»Die beiden waren anders, meine Mutter und dein Vater. Die waren die Abenteurer der Familie, die wollten weg, was erleben.« Er sei ihr Lieblingsonkel gewesen. »Wusstest du das? So einen wollte ich später heiraten.« Die Cousine lacht leise. »Er hat uns griechische – wie heißt das nochmal auf Deutsch? – griechische Sagen hat er uns vorgelesen. Ich war – neun, glaube ich, es muss 1950 gewesen sein. Wir mussten nach Deutschland zurück; meine Mutter brauchte eine medizinische Behandlung, sie sollte sich operieren lassen, und dein Vater wollte, dass sie das in Deutschland machte. Er regelte alles für sie, den ganzen Behördenkram, er ließ uns zuerst bei sich wohnen, besorgte uns dann ein Zimmer. Und dann war er unterwegs mit uns. Ich habe Kirchen mit ihm angeschaut, sowas kannte ich nicht. Er hat mir – wie sagt man das – spirituelle Dinge gezeigt.« Die Cousine steht auf, läuft durchs Zimmer, guckt aus dem Fenster. Sie hat das graue Haar jetzt zusammengebunden, steht sehr aufrecht. Über siebzigjährig und eine schöne Frau, denkt Kati, gebieterische Schönheit, so könnte man das nennen. Schön wie ihre Mutter? Schön sei Edith gewesen, hatte der Vater immer erzählt. So schön, das Schimmelchen.

Kati schluckt.

Fragen müsste ich jetzt. Die richtigen Fragen stellen, die richtigen Dinge sagen. Was denkt sie von mir?

»Dietrich war unser Lieblingsonkel. Die Mama und er, die haben sich geliebt, waren sich ganz nahe. Die mussten raus in die Welt...«

Kati denkt an die Neunzehnjährige mit dem Baby im Arm.

Und fragt nun doch, schüchtern. »Erinnerst du dich an Deutschland in deiner Kindheit, an das Dorf im Danziger Werder? Hast du Erinnerungen daran?«

Die Cousine schüttelt den Kopf. Sie war doch erst vier gewesen, als sich die Familie im Flüchtlingslager wieder fand; als die Onkel, die im Krieg gewesen waren, zu ihnen stießen aus Kriegsgefangenschaft. Von dort aus war sie selbst mit der Mutter nach Dänemark weitergereist, dann nach Argentinien.

Warum eigentlich Argentinien? Kati fragt es nicht.

»Dein Vater studierte ja bald nach dem Krieg, und als wir dann wegen der Operation zurück nach Deutschland kamen, und er uns das Zimmer besorgte, kam er immer zu uns geradelt, mit kurzer Lederhose und diesen langen Beinen.« Die Cousine lacht wieder in sich hinein. »Ja, und dann hat er sich um uns gekümmert. Er sorgte immer für Abenteuer.« Sie lächelte. »Der Verrückte, der bringt dich noch um, sagte Oma Martha, wenn ich von einem Ausflug mit ihm zurückgekommen bin. Einmal sind wir eine Böschung heruntergerollt, nein, ich glaube nicht aus Versehen, eher aus Spaß, aber unsere Kleider waren zerrissen. Hab ich's nicht gesagt, der ist verrückt, sagte die Oma, aber wir hatten soviel Spaß gehabt. Er war ganz anders als andere Leute.«

Kenne ich ihn, fragt Kati sich im Zuhören –, kenne ich diesen fröhlichen jungen Mann voller Energie, offensichtlich erfüllt mit Zukunft, mit Freude, randvoll mit dem Bewusstsein, rein zufällig den Krieg überlebt zu haben? Glücklich, das studieren zu können, was er immer wollte; vielleicht im Glauben, dass jetzt endlich alles gut würde? Der alles dazu tun wollte, es auch für die Schwester und ihr Kind schön zu machen, der glücklich war, sie in seiner Nähe zu haben?

Kati sieht ihn vor sich, und denkt es zum ersten Mal: Vielleicht war der Verlust des alten Lebens für ihn ja weniger Unglück als Glück? Denn hatte er nicht auch etwas anderes verloren, die Rolle des vereinsamten, aus der Gemeinschaft ausgeschlossenen Kindes? Einen Ort, durch Krieg und Flucht nun wundersam gelöscht von der Familienlandkarte, nicht mehr erreichbar? Stattdessen lagen nun neue Orte vor ihm; eine Landkarte voller Welt und voller Verheißungen für einen, der zwanzig war bei Kriegsende und ein Entdeckermensch. Jetzt waren da Routen, die man wählen, Weichen, die man selbst stellen würde. Zwanzig, fünfundzwanzig, und voller Lebenskraft, und er gab davon ab, seiner Schwester, seiner Nichte –, nein, diesen Mann kenne ich nicht. Nicht, dass er fremd wäre, und doch kenne ich ihn nicht.

»Verbittert«, hört Kati ihre Cousine plötzlich sagen, mit anderer, harter Stimme. »Enttäuscht.«

Von wem redet sie?

»Der war völlig verbittert, verkalkt…« Sie hätten sich wiedergesehen, Dietrich und sie, zehn Jahre später ungefähr, in den frühen sechziger Jahren. Sie war damals eine junge Frau, kam zu Besuch nach Europa. Sie hatte ihn getroffen, ja, sie hatten etwas zusammen unternommen, einen Ausflug gemacht in die Berge, auch seine spätere Frau sei dabei gewesen. Die Cousine sagt nicht: deine Mutter.

Dann hätten sie sich lange nicht mehr gesehen, sagt sie nun, und wieder verändert sich die Stimme, klingt einfach müde.

»Und irgendwann schrieb er meiner Mutter, er wolle keinen Kontakt mehr zu ihr haben, überhaupt keinen.«

»Wann war das?«, fragt Kati erschrocken. »Und was war passiert?«

»Ich weiß es nicht.« Würde sie es sagen, wenn sie es wüsste? »Meine Mutter war sehr, sehr traurig«, sagt sie noch, sie sagt es betont und langsam: »sehr, sehr traurig.« Sie ist aufgestanden, durch den Raum gelaufen, steht nun in der Nähe der Tür.

»Ich sollte gehen«, sagt Kati hastig. »Danke, dass du mir geöffnet hast.«

Die Cousine hat sich schon abgewandt. Kati holt Luft.

»Kann ich deine Mutter, ich meine – kann ich meine Tante sehen?«

# 23

Winzig. Zerbrechlich. War sie ihr Leben lang so eine zarte Erscheinung gewesen? So klein?

Ein Pfleger, jung, schüchtern, hatte Kati hereingelassen und ins Wohnzimmer geführt. Es war das gleiche Wohnzimmer wie bei der Cousine, der gleiche Grundriss, drei Etagen tiefer, alle Jalousien waren hochgezogen, nichts bremste hier das Licht dieses Herbstnachmittags. Mitten im Raum stand eine größere Sofagarnitur, und da saß sie nun, Tante Edith, die Schwester ihres Vaters. Fragil, in Strickjacke und weicher Hose auf einem Sofa, das weiße, leicht wellige Haar ein bisschen wirr vom Kopf abstehend, vielleicht hatte sie gerade geschlafen. Nun aber aufrecht, das Gesicht schräg nach oben gedreht, Kati entgegen.

Blau die Augen, das eine, das zu sehen schien, auch wenn Kati sofort merkte: Die Tante war blind.

»Komm her, gib mir dein Gesicht«, sagt die Tante – und Kati erschrickt, so klar und fest ist ihre Stimme. Nicht brüchig, nicht leise. Deutlich. Die schmalen Finger ertasten die Umrisse von Katis Gesicht.

Fürs erste, vermutlich letzte Mal im Leben. Ich hätte sie auch als Kind kennenlernen können, so wie ich Annie kennenlernte, als sie noch jung war. Wieso sind wir überallhin geflogen in den Ferien, aber nie nach Argentinien? Jetzt ist die Haut der Tante papiern über den immer noch langen Fingern, fein gefältelt über den Wangenknochen.

Kati setzt sich auf die freie Seite des übereck stehenden Sofas, auf dem auch die Tante sitzt, die Beine hochgelegt.

»Du musst mir Fragen stellen, hörst du?«, sagt Edith. Kati schaut die Tante an, versucht, das Gesicht zu lesen. Kein Lächeln, keine Emotion. Die wie selbstverständliche Bereitschaft, Auskunft zu geben.

»Ich freue mich, dich kennenzulernen«, sagt Kati zögernd, denkt,

Tante Edith, auch du sitzt hier, als wundertest du dich nicht. Auch du sitzt hier, als hättest du gewartet.

Fragen.

»Kannst du mir von meinem Vater erzählen? Von eurer Kindheit?« Dietrich, ihr Bruder, der, wenn er noch lebte, jetzt auch alt wäre, drei Jahre jünger als sie, wie würde er heute aussehen, wenn er noch leben würde?

»Der Dietrich war mein Lieblingsbruder. Der Dietrich war – alles für mich.«

Alles? Ihr winziges, fremdes Gesicht. Über dem einen Auge fiel das Lid schlaff herunter, das andere war groß und leuchtend blau, nach oben gewandt, intensiv. Die Tante schien jetzt mehr zu sich selbst zu sprechen als zu Kati.

»Wir waren reiche Leute, wir hatten alles… Der Dietrich hatte eine Amme, die lebte mit ihm in einem kleinen Häuschen mit Badezimmer. Die Mama hatte ja nie Zeit. Sie hat diese Amme gemietet…«

»Gemietet? Wie meinst du das?« »Der Dietrich, der fiel ja immer hin. Und der große Bruder, der war eifersüchtig. Der hat die Mutter beherrscht.« War das die gläserne Wand? Ein eigener Wohntrakt, die völlige Trennung von den Geschwistern? Als hätte die Tante ihre Gedanken gelesen, setzte sie hinzu: »Die Amme nahm ihn am Wochenende auch oft mit zu sich, er war dann gar nicht bei uns.« Sie schwieg.

»Der Dietrich war ja sehr intelligent – aber er war halbblind, und er konnte auch nicht gut hören. Wir hatten so viele Diener und Angestellte. Ein Hektar groß allein der Hof, dahinter die ganzen Ställe. Das Gutshaus war früher ein Schloss gewesen. In diesem Gutshaus bin ich geboren.«

»Und der Dietrich, der wohnte dann gar nicht bei euch?« Edith antwortete nicht. »Der Dietrich hat sehr gelitten. Die Amme hat ihn getröstet. Er war gequält, dieser arme Junge.«

Wenn ich jetzt sehen könnte, was sie sieht. Der junge Pfleger, der an der Wand gelehnt hatte, setzte sich zu ihnen an den Tisch. Er sprach gebrochen Deutsch, scheu gingen seine Augen zwischen Kati und ihrer Tante hin und her. »Wollen frische Luft?«, fragte er leise in Richtung der Tante, und diese nickte heftig, »ja, machen Sie die Tür auf«, und erst als ein frischer Luftzug hereinwehte, merkte Kati, wie stickig die Luft im Raum war.

»Die Mutter hat gefehlt. Ihm fehlte die Mutterliebe.« Das war deutlich gesagt. »Und dir selbst? Fehlte sie dir nicht?« Die Tante hob die Stimme. »Ich hatte eine schöne Kindheit. Wir waren reiche Leute. Ich hatte einen amerikanischen Hauslehrer. Wir hatten alles.« Pause. Wie oft im Leben hatte sie ihn schon gesagt, diesen Satz? Sie, die dreiundzwanzig gewesen war, als aller Reichtum verloren war und sie mit einem kleinen Kind ans andere Ende der Welt auswanderte.

»Aber nein, keine Mutter, keine Heimat. Die Liebe reichte ja nicht mal für sie selber.« Sie strich mit den Fingern die Fransen der Decke entlang, die neben ihr lag, strich über die Fransen, ordnete sie, wieder und wieder.

Kati schaute aus dem Fenster. Von hier oben aus konnte man das Schwarzwaldstädtchen überblicken, rote Dächer zwischen grünen Baumwipfeln.

»Der Vater kam schwer krank vom Krieg zurück. Er konnte zuerst noch gehen, aber dann nicht mehr. Das war schwer für meine Mutter. Sie konnte sich nicht kümmern. Sie hatte allein sechzig Pferde, weit über hundert andere Tiere... Ich hatte ein Zimmer neben meinem Vater, ich kann mich entsinnen, da habe ich ihn schreien hören vor Schmerzen. Er war zehn Jahre krank. Rheuma. Er kam krank aus dem Krieg, dann auch ins Krankenhaus, nach Marienburg.« Der Pfleger war aufgestanden und zu ihr hinübergegangen, faltete die Decke auseinander und legte sie ihr über die Knie.

Die Tante lächelt. »In Marienburg gab es ein Kino, in dem sahen wir ›Die drei von der Tankstelle‹, der muss damals gerade ins Kino gekommen sein. Wir haben den Papa im Krankenhaus besucht. Dort ist er gestorben.«

Kati versucht sie sich vorzustellen, die drei Kinder vom Gutshof, im Kino nebeneinander.

Die Tante war nun ganz in sich selbst versunken. Sie hat mir gesagt, ich soll ihr Fragen stellen, denkt Kati, aber sie braucht keine. Ich brauche auch keine. »Das ist alles so schwer zu verstehen. Ich liebte meinen Vater über alles«.

»Und dann hieß es zum großen Bruder: Pass auf die Mama auf und auf die Geschwister … und unsere Mutter blieb allein mit ihrem großen Grundstück. Und er wollte immer die Macht haben. Wir hatten alles – da kann man machen, was man will.«

Immer wieder »alles«, denkt Kati. Sie zögert.

»Hast du dich später danach zurückgesehnt?«

»Was kann ich sagen? Sehnsucht nach der Freiheit von damals? Wir hatten einen sehr guten Namen – wir waren hoch geboren. Die Mutter hat den Dietrich ja in Danzig auf eine teure Schule geschickt. Sie hat Geld ausgegeben, dass alle Kinder auf gute Schulen gehen konnten. Sie war selbst eine intelligente Frau. Dann irgendwann waren die Großen im Krieg. Die Mutter hatte nur noch den Kleinen, mit dem lebte sie in einer kleinen Hütte.«

Ich verstehe immer weniger, denkt Kati. Wieso kleine Hütte? Kati schaut zu dem jungen Pfleger hinüber, der die Tante anstarrt, ihrem stockenden Erzählen folgt wie einer Musik. »Auf dem Hof blieb ein Inspektor, den haben die Russen später verjagt. Die Polen haben ihn dann totgeschlagen, weil er so schlimm zu ihnen gewesen war.«

»Und du, Tante, wo wohntest du?«

»Ich hatte am Kriegsende eine gemietete Wohnung in Neuteich. Da war ich allein.« Allein mit dem Kind.

»Hat deine Mutter dich weggeschickt?«

»Nein, nein…« Ihre Hand wedelte durch die Luft, schob das Wort weg. »Die Mutter hatte mich in Danzig zu einem guten Arzt geschickt. Sie waren alles arme Menschen. Auch der Dietrich und der große Bruder, die waren ja noch in Gefangenschaft. Die konnten auch nicht für mich sorgen. Alles arme Menschen.«

Da sitzt diese Frau, ihre Tante, zweiundneunzigjährig, geschrumpft auf Kindergröße, und nimmt mit aller Kraft ihre Mutter in Schutz. Martha Claassen, die Gutsfrau, die ihr einen Arzt besorgte – »einen guten Arzt aus Danzig!« – und eine Wohnung mietete, ein paar hundert Meter weiter, damit die Neunzehnjährige mit ihrem Neugeborenen nicht bei ihnen wohnte. Martha Claassen, denkt Kati, die zu denjenigen ihrer Kinder auf Distanz ging, die in Schwierigkeiten waren; die Abstand schuf, gläserne Wände hochzog. Wer war diese Frau gewesen?

»Aber deine Mutter«, Kati räuspert sich, spricht lauter. »Ich meine …
du warst doch noch sehr jung, als du dein Kind bekamst.«

»Meine Mutter hat sich nie mit mir beschäftigt. Sie war eine gebrochene Frau.« Die Tante schwieg. »Ich war eifersüchtig auf den Bruder.«
Welchen, wollte Kati fragen, die Tante sprach weiter, »die Mutter hat
den Vater sehr geliebt. Sie blieb alleine.«

»Wir wurden alle getrennt durch den Krieg«, sagt die Tante. »Das
Rote Kreuz hat uns genommen und nach Argentinien geschickt. Dreißigtausend Flüchtlinge, wir wurden nicht gefragt...« Kati stellt sich die
Dreiundzwanzigjährige vor, ein vierjähriges Kind an der Hand. »Es hat
uns keiner gefragt«, wiederholt die Tante und schaut sie an mit ihren
blicklosen Augen.

Wie hatte sie als jüngere Frau ausgesehen?

Wenn man jemanden mit zweiundneunzig zum ersten Mal sah, gab es
keinen Anhaltspunkt, um den Weg zu ermessen, den dieser Körper zurückgelegt hatte. War das liebe Mädchen vom Foto, die Neunzehnjährige mit dem Kind im Arm, in Argentinien zu einer selbstbewussten Frau
geworden, hatte sie die Möglichkeit dazu gehabt? Oder war sie vorzeitig
geschrumpft und gebeugt, heruntergezogen von der Aufgabe, fast selbst
noch ein Kind, ein Kind groß zu ziehen (allein), mit ihm, dann am anderen Ende der Welt ein Leben aufzubauen?

»Wir sind mit dem Schiff nach Argentinien. Ich wusste nicht wohin,
die konnten mir nicht zu essen geben. Der Dietrich hat geweint, der
wollte nicht, dass ich weggehe. Der Große hat die Geldsachen geregelt.«

»Was hast du später gemacht, in Argentinien?« »Ich habe studiert, Philosophie und Sprachen. Ich habe fünfundzwanzig Jahre bei einer Firma
gearbeitet, mit Auszeichnung. Dann war ich alt, und bin zurück nach
Deutschland gekommen. Ich hatte gespart, habe diese Wohnung gekauft, ich war fleißig...«

Wer war sie, diese Tante? Ich habe keine Ahnung, denkt Kati, ein
mir nah verwandter Mensch, aber die Wahrheit ist, ich habe keine Ahnung. Annie hatte nicht freundlich über sie gesprochen: Kalt sei die
Cousine, nur auf den eigenen Vorteil bedacht. Ich werde nie wissen, ob
das stimmt, und –, Annie, fragt sie in Gedanken, hast du dich, hat sich

überhaupt je jemand aus der Familie hineinversetzt in die Situation dieser Neunzehnjährigen? Deren ganzes Erwachsensein aus einer Situation von Verlassenheit hervorging? Ich habe nie jemanden auch nur ein Wort über den Vater dieses Kindes sagen hören.

»Warum? Ich meine, warum bist du zurückgekommen? Du hast doch sicher Enkel in Argentinien, Freunde —«

Die Tante schweigt.

»Ich wollte zurück zu meinen Brüdern. Ich hatte ja niemanden mehr. Der Dietrich hatte ein Haus ... da habe ich ihn besucht, wir sind Essen gegangen ... aber dann wollte er nicht mehr.«

Es gab eine lange Pause. Ich muss jetzt gehen, dachte Kati. Der Dietrich wollte nicht mehr. Warum? Sie strengt sich zu sehr an.

»Er hat sich, weißt du, immer sehr gequält als Kind, er konnte ja nicht gut sehen und hören. Er hat trotzdem sehr gute Examen gemacht. Er war ein guter Mensch. Er war immer mein liebster... Warum? Na, weil ich ihn geliebt habe. Als ich einmal zurück nach Deutschland kam, mit meinem Kind, da war ich noch jung, da hat er für uns gesorgt. Er hatte ein Zimmer bei einem Professor, und hat auch für uns eines gemietet ... aber dann, später, dann wollte er nicht mehr.«

»Danke, Tante«, sagte Kati und steht auf, tritt ans Sofa. Die Tante streckte den dünnen Arm aus und tastete noch einmal nach Katis Gesicht.

»Danke«, sagte Edith, und schaute mit blinden Augen in Katis Richtung. Auch der Pfleger war aufgestanden. Licht flutete den Raum. Die Tante horchte in die Stille. »Danke, dass du dich um mein Brüderchen gekümmert hast.«

Im Zug, und die Räder ratterten.

Lieblings, sagte es in ihr während der ganzen Fahrt zurück nach Berlin. Auch er war mal ein Lieblingsmensch gewesen. Lieblingsbruder. Lieblingsonkel. War sie, Kati, deshalb zu ihnen gereist –, sie, der Dickkopf, dem am Ende einer hartnäckigen Suche urplötzlich die Tür geöffnet, ein Kuss auf die Stirn gedrückt, überraschende Erinnerungen geschenkt wurden?

Kati hielt ihren Kopf in die Hände gestützt, nah an der Fensterscheibe, niemand sollte sie ablenken vom Versuch, alles, alles noch einmal vorbeiziehen zu lassen.

Um mein Brüderchen gekümmert. Sie ist einundvierzig Jahre älter als ich, dachte Kati. Und könnte es nicht trotzdem ein wahrer Satz sein? Ein Satz, so verschoben, wie die Dinge eben sind. Ein Satz, seltsam wahr und leuchtend in dieser durch und durch verschobenen Geschichte.

Unter ihr rollten die Räder.

Ich werde euch nicht wiedersehen, dachte Kati. So etwas gibt es nicht zweimal. Aber ich werde immer diesen Moment gehabt haben. Einen Moment, in dem du, Tante, für mich mit deinen blinden Augen in etwas hineingeschaut hast, das ich ohne dich nie hätte sehen können.

Federleichte Finger im Gesicht, sie fühlte sie noch. Wie gesegnet werden war das, von weit her.

# 24

Zurück in Berlin, zurück am Schreibtisch. Zurück – mit neuen Puzzlestücken in der Hand.

Kurz, fast schon widerstrebend, hatte sie Eva von dem Besuch berichtet. Eine knappe Mail, bei jedem Satz von der Frage eingeholt –, warum schreibe ich ihr das? Warum überhaupt noch?

Sie ließen sich nicht mehr zurückdrängen, die trotzigen Gedanken, abends beim Einschlafen: Dann lassen wir es eben. Wir wissen ja, wie es geht, dies sich Anschweigen durch die Jahre. Das nie beschlossene, sich aus sich selbst heraus verstärkende Schweigen; ein Stoff, der durch die Jahre fest und kompakt wird. Der Versuch, dies vor sich selbst zu Gleichgültigkeit zu erklären. Zu Schicksal, zu Pech. Man kriegt eben im Leben nicht alles, was man sich wünscht.

Dass wir es überhaupt geschafft haben, das noch einmal aufzubrechen – wir wollten es noch einmal wissen, beide. Wer die andere war. Nach allem, was uns trennte, dann: was uns verbindet. Und das war viel gewesen; keineswegs nur die Kinder, die sich beide mit Begeisterung auf die Tante gestürzt hatten, nein, ein eigenes Schwesterleben, ein Leben zwischen Schwestern.

Aber stimmte das? Oder stimmte es nur für sie selbst?

Immer wieder nahm sie das Foto vor. Die Cousine hatte es ihr, mit einem kleinen Zögern, aber dann doch, in die Hand gedrückt. »Hast du alte Bilder von deinem Vater?«, hatte sie im Abschiednehmen gefragt, und Kati hatte geantwortet: »Nicht aus der Zeit, als er jung war, nein … nicht, bevor meine Eltern sich kennengelernt haben«, und da hatte die Cousine sich umgedreht, war ans Regal herangetreten, ein Blick, ein Griff, und ihr zwei Fotos gegeben.

Zur Fotoleiste unter der Schreibtischlampe waren also zwei Bilder hinzugekommen: Kati nahm es noch einmal herunter, das Bild mit den vier Claassens drauf, in dem süddeutschen Dorf, in dem sie nach der Flucht aus dem Werder angekommen und geblieben waren.

1947. Vier Menschen, nebeneinander, schwarzweiß, und ein großer gewundener Kranz an einem Fenster hinter ihnen. Festlich sah das aus. Festlich wie auch die schwarzen Anzüge der Jungs mit den daraus hervorschauenden weißen Hemdkrägen. Gefeiert hatte man an diesem Tag, meinte die Cousine, wohl die Konfirmation des jüngsten. Die Mutter vornedran, Martha Claassen, die drei Söhne hinter ihr wie Orgelpfeifen. Dass sie vor ihnen steht, scheint nicht zufällig, sie steht ihnen ganz buchstäblich vor, eine Kämpferin durch den Dschungel von Krieg und Verlusten, die es bis hierhin geschafft hat. Stolz und Trauer gehen von ihr aus: »Das ist, was mir geblieben ist«, scheint sie zu sagen, »meine Mannschaft.« Mehr nicht – aber auch nicht weniger. Zwei Söhne im Feld gewesen, beide sind zurückgekommen. Sie sind zurückgekommen; mehr: sie sind körperlich unversehrt zurückgekommen. Was für ein unglaubliches Glück im Unglück. Aber sind sie heimgekehrt?

Dennoch, Glück im Unglück, sie waren beieinander, damit nicht genug, sie standen vor einem Haus, als würden sie wieder irgendwohin gehören; es ist noch nicht ihr eigenes, das weiß Kati, aber die Mauer hinter ihnen steht stabil wie ein Stellvertreter, der auf das, was kommen wird, vorausweist. Dem Haus im Geiste wird ein Haus aus Stein folgen.

Angekommen also. Angekommen, trotz allem – so könnte man den Blick von Mutter Claassen auch lesen. Zunächst nichts als eine Behauptung, der Nachkriegsverlorenheit entgegengesetzt; unter den zwölf Millionen Vertriebenen gehörten sie zu den Glücklichen, die nicht mehr unterwegs waren auf den Straßen Europas. Viele heimatlos Gewordene würden auf Jahre hinaus unbehaust sein. Viele würden nie mehr irgendwo ankommen.

Hier also: Selbstbehauptung. Kati denkt an das Bild von Martha Claassen als junge Verlobte; er schimmert noch durch, der unerschrockene Blick der damals zweiundzwanzigjährigen, die an der Seite ihres zukünftigen Mannes gelassen selbstbewusst in die Zukunft geschaut hatte, man erkennt ihn wieder, dreißig Jahre danach. Jetzt, kurz nach dem Krieg, sind ihre Haare weiß, das Gesicht schmaler, und der Blick geht nicht mehr aus dem Bild heraus in den Horizont einer gemeinsamen Zukunft. Niemand steht neben ihr, schon lange nicht mehr, frontal schaut die Zweiundfünfzigjährige dem Fotografen ins Gesicht, herausfordernd, da ist nichts Träumerisches mehr, nichts Versonnenes, ins Gesicht geschrieben einzig der weite Weg, den es bis hierher zurückzulegen galt. Glück? Unglück? Wie sortierte sie das in sich, gab es überhaupt Gefühle dazu? Es gab Haltung.

Haltung zeigt auch der Älteste, links außen im Bild, aber im Gegensatz zur Mutter wirkt seine Haltung steif, angespannt, der ganze junge Mann wie ins Bild hineinmontiert. Alt aussehend dafür, dass er erst 27 ist; wie bei der Mutter noch die junge Frau durchscheint, meint man, in ihm schon den späteren älteren Herrn sehen zu können, korrekt, der hier mit starrem Lächeln aus dem Bild herausschaut, entschieden heraus aus dem Zusammenhang dieser Familie. Der Familie, auf die er aufpassen sollte nach dem letzten Willen des Vaters. Ganz anders der Fünfzehnjährige neben ihm, der geradewegs in die Kamera blickt, noch ganz Junge, er will die Fotoprozedur schnell hinter sich bringen und ist gedanklich irgendwo, bei der Technik des Fotografierens? Den Geschenken, sofern es welche gab?

Nur Dietrich, der Junge rechts außen, mit zweiundzwanzig nicht mehr wirklich ein Junge, schickt ein Lächeln direkt in die Kamera, liebenswürdig, scheu, ein bisschen streberhaft, aber vielleicht liegt das auch nur an den dicken runden Brillengläsern.

Es ist das einzige Bild der Familie, das Kati kennt. Wobei: Familie? »Mutter und Söhne«, würde man das Bild nennen. Nicht: »Geschwister«. Nicht: »Brüder«.

Die Lücke springt Kati ins Auge, jetzt, wo sie mehr weiß. Wo hätte sie, Edith, gestanden, wenn sie noch da gewesen wäre, in Deutschland, bei ihnen? Hätte es Platz für sie gegeben in der Mannschaft? Wäre die Wirkung des Bildes eine andere gewesen, wenn, sagen wir, Dietrich neben Edith gestanden und vielleicht den Arm um sie gelegt hätte? Hätten sie dann alle weniger einzeln ausgesehen? Verbundener? Und wie wird Edith selbst das Bild angeschaut haben, als sie es vielleicht per Post in Argentinien erhielt und die Gesichter ihrer Brüder und der Mutter studierte, zwei Jahre älter als sie sie kannte?

Eine Restfamilie, das sind sie; Verschobene, Vertriebene, Auseinandergesprengte; allesamt älter als sie sind, haben Dinge gesehen, vielleicht getan, die schlecht dazu passen, dass sie ja erst am Anfang ihres selbst gewählten Lebens stehen.

Glück im Unglück, sagt das Bild. Glück im Unglück, denkt Kati. Sie hatten weder untertauchen müssen noch waren sie in Waggons gesteckt worden, nicht in Lagern gequält, nicht an Rampen auseinandersortiert, nicht von SS-Männern misshandelt, nicht in den Tod geschickt. Und auch jetzt, im Niemandsland der ungeordneten Jahre unmittelbar nach dem Krieg, in denen noch Lager und Baracken auf Jahre hinaus Menschen als Bleibe dienen werden, stehen sie, wie wacklig auch immer, zusammen.

Zusammen?

Das Wort will nicht zum Bild passen. Was Kati zu sehen meint, ist ein montierter Zusammenhang, ein behaupteter. »Zusammen« hatte im Moment des Fotografierens wohl einfach geheißen, von hier aus würde es weiter gehen, für jeden von ihnen woanders hin. Sie hatten überlebt. Und sie waren entschlossen, sich nicht noch einmal vertreiben lassen.

»Die Einsamkeit danach war eine gründliche.« Auch so könnte das Bild heißen.

Kati schob die Bücher zusammen.

Peter Mühl hatte nicht geantwortet. Was solls, dachte sie, egal.

# 25

Die Mutter machte ernst.

Ein Umzug im Winter. Kati fror schon bei dem Gedanken. Den Bestand eines großen Hauses zum Bestand einer kleinen Wohnung schrumpfen. Musste das wirklich im Winter sein? All die Wege zu Antiquariaten und Recyclinghöfen, die zu tun wären, zu Müllstationen und Ebay-Käufern, denen man vielleicht das Klavier oder die guten Lampen würde verkaufen können, all diese Wege in der Kälte des Winters? Andererseits würde es der Mutter vielleicht auch leichter fallen, ihr Haus zu verlassen, wenn nicht die Rosen blühten und die Bäume grün waren. Vielleicht passte Abschied ja besser zum Winter als zum Frühling oder Sommer?

So oder so, es gab natürlich keine Wahl, sondern eine schlichte Deadline. Die Vormieter der netten kleinen Wohnung, von der die Mutter durch Zufall erfahren und für die sie sich schnell und spontan entschieden hatte, würden Anfang Februar die Wohnung verlassen, und dann wollte sie möglichst rasch einziehen.

Kati seufzte und sah, wie das Zugfenster beschlug. Ungemütliches Wetter draußen, Winter eben, und noch stand der Umzug ganz am Anfang. Noch ging es darum, in die Untiefen von Schränken vorzudringen, Schachteln mit weggeräumten Fotos und Dokumenten durchzusehen, Bücherwände durchzuforsten und sich zu überlegen, wo man Abnehmer für was finden könnte. Zwei Tage würde sie bleiben, eine Nacht dazwischen, und der Mutter sichten helfen. Nicht zuletzt gab es noch eine gar nicht so kleine Ecke im Keller, in der noch Studienunterlagen von ihr selbst standen, Kartons voller Bücher, Ordner und weiß Gott was noch.

Ihr Blick fiel aufs Handy. Wenn sie von dieser Reise zurück wäre, dann müsste erstmal Schluss mit den häufigen Reisen sein. Oder sie müsste Meerchen mitnehmen. »Vermisst du mich gar nicht, Mama?«, hatte ihre kleine Tochter sie kürzlich beim ins Bett bringen gefragt. »Oder warum nimmst du mich nie mit?«

Im Bus merkte sie, dass sie zu früh dran war. Gut so. Dann eben am Marktplatz nochmal aussteigen, einen Kaffee trinken. Anlauf nehmen. Es war lange her, dass sie im Elternhaus gewesen war. Bei den wenigen kurzen Besuchen in der Stadt hatte sie sich mit der Mutter zu Spaziergängen verabredet, sich mit ihr zum Essen getroffen. Besuche im Haus hatte sie vermieden. Aber nun hatte die Mutter ein Ende dieser Zeit herbeigeführt.

Gut so? Vielleicht.

Es war kein weiter Weg von der Bushaltestelle, altvertrautes Gelände. Am Weg, der früher an zwei Bauernhöfen und der Pferdekoppel ihrer Jugend entlanggeführt hatte, standen nun Einfamilienhäuser. Noch dichter, so schien ihr, als letztes Mal. Aber das letzte Mal war auch schon ein paar Jahre her. Der Weg war immer noch nicht gepflastert, immer noch umstanden niedrige Bäume und Büsche den nun umzäunten kleinen Teich. Früher hatte es hier nach Jauche gerochen und nach Pferdeäpfeln, und natürlich nach den Pferden selbst, ein Geruch, den sie damals nur zu gern auch in den Kleidern mit nachhause getragen hatte. Die Apfelwiese von damals, der Lagerfeuerplatz aus dem Sommer mit Peter: Alles war längst verschwunden, überbaut, unter ausladenden Einfamilienhäusern begraben.

Dann das Elternhaus. Groß und elegant stand es da, mit seinem asymmetrisch zu einer Seite langgezogenen Dach, eingewachsen in einen Garten mit alten Bäumen und Rosenbeeten. Als hätte, dachte sie plötzlich, der Vater seine ganze Sehnsucht nach Weite eingebaut in diesen Hauskörper, dessen zentrale Räume riesig und hoch waren, eine ganze verglaste Front hin zum Garten. Schlafzimmer und Kinderzimmer waren klein, in den Randzonen des Hauses untergebracht.

Kati stutzte. Vor dem Haus stand Evas Auto. Wieso das? Hatte die Mutter nicht gesagt, dass Eva allenfalls morgens kurz käme, dass sie nachmittags verplant sei? Aber bevor sie hätte umdrehen können, noch eine Runde drehen, öffnete sich die Haustür, und da war sie, entdeckte sie sofort – Schwester, blondes Haar, Auge in Auge.

Eva freute sich nicht, das war für Kati über die Entfernung von Straße zur Haustür hinweg am altbekannten, unruhigen Zucken der Mundwinkel zu erkennen. Wir sehen uns nach Monaten wieder und wir freuen uns nicht –, verdammt, dachte Kati, waren wir da nicht drüber hinaus? Eva kam langsam zu ihr herüber. Zögernd. Widerstrebend. Die Schultern gestrafft, der Rücken kerzengerade, sportliche weite Hose, enge Steppjacke, das lange Haar hochgesteckt. Lächelte nicht. »Hallo Kati. Wir wollten längst weg sein. Sind spät dran, müssen gleich weiter...«

In der offenen Haustür sah Kati jetzt Andis hochgewachsene Gestalt, von hinten, noch war er im Gespräch mit der Mutter. »Hallo Eva«, sagte Kati langsam. Für einen kurzen Moment schwiegen beide. »Wie geht's Meerchen? Ellie natürlich auch, wie geht es den beiden?« Eva kann das so gut, freundlich und unbeteiligt Konversation machen, sogar mit mir. »Es geht ihnen gut, sie – vermissen dich.« Eva ließ sich nichts anmerken. Kati zögerte, setzte nach: »Warum antwortest du nicht? Ich habe dir ein paar Mal gemailt.« Eva warf ihr einen kurzen scharfen Blick zu, war das schon wieder, immer noch Wut? Sie antwortete nicht. Wie kannst du, Eva, mir etwas so übel nehmen, das doch gar nicht zu uns gehört? Das ganz woanders hingehört.

Andi kam auf sie zu, »Hey Kati, schön, dich zu sehen«, er lächelte und drückte sie kurz an sich. Er wenigstens freut sich, dachte Kati, das tut gut. Andis Blick ging zwischen ihnen beiden hin und her –, »Komm, Evi, dann gehen wir nochmal kurz rein, Mutter hatte ja sowieso noch Kaffee angeboten, oder?« Ein lieber Mensch. Ganz sicher ist er im Bilde über Evas Ärger auf mich, aber genauso sicher weiß er eben auch, dass es unter dem Ärger noch etwas anderes gibt. Er weiß um das alles, um Evas Verbindung zu den Kindern. Er will die Dinge wieder in Ordnung haben. So leicht bringt man sie aber nicht wieder in Ordnung, sagte nun Evas verärgerter Blick in seine Richtung –, ok, sie hat recht, dachte Kati, das ist jetzt eine Sache zwischen ihr und ihm, und Kaffeetrinken allein hat noch nie einen Konflikt gelöst.

»Ich geh dann mal rein zu Mutter«, sagte sie, »schnell Händewaschen und Hallo sagen«. Die Mutter stand in der Haustür –, auch ihr stehen die gemischten Gefühle ins Gesicht geschrieben, dachte Kati. Aber ihre Kraft scheint zurückgekehrt zu sein.

»Mutter – gut siehst du aus!« Der blond-graue Haarknoten saß wieder am gewohnten Platz, die Augen gingen unruhig zwischen den Töchtern hin und her, sie stand fest auf ihren Beinen. Kati ging auf sie zu, sie umarmten einander vorsichtig. »Kommen sie nochmal rein?«, fragte ihre Mutter unsicher und Kati sagte, »Keine Ahnung, ich weiß es nicht. Ich geh mir mal die Hände waschen.«

Sie blieb länger in der Toilette, als man normalerweise zum Händewaschen braucht. Und sah dann die Mutter an der Autotür stehen, Eva und Andi saßen schon, grüßten noch einmal heraus: »Wir müssen das hier noch wegbringen«, sagte Andi entschuldigend und wies mit dem Daumen nach hinten, und erst jetzt sah Kati, dass der Kofferraum einen Spalt offen stand und sich allerhand Sperrmüll und vollgepackte Umzugskisten darin stapelten. »Und dann sind wir zuhause mit Freunden verabredet.« »Oh wow, dann habt ihr schon angefangen, im Keller Platz zu schaffen«, murmelte Kati, bückte sich und hob die Hand zu Eva, »na dann auf bald!«

»Sie hatten sich für den Vormittag angemeldet«, sagte die Mutter, als sie die Kaffeetassen hereintrug, »naja, es kommt halt immer anders. Und wie geht es dir, hattest du eine gute Reise?«


Sein Arbeitszimmer. Die Regalwand bis unter die Decke voller Bücher. Auf dem Schreibtisch die elektrische Schreibmaschine. Er war gestorben, bevor das Computerzeitalter begann.

Kati schaute an den Büchern entlang, alte Zeiten. Böll, Kempowski, Fallada, die Tagebücher von Alfred Speer: uraltbekannte Buchrücken. Tapeten, mit denen die inneren Zimmer der Kindheit ausgeschlagen gewesen waren. Die jetzt also abgenommen würden, auseinandergeschnitten, entfernt. Unten in der Küche hörte sie ihre Mutter räumen, das Geschirr in den Schränken durchsehen. »Was sich da alles in vierzig Jahren ansammelt«, hatte sie gemurmelt, »schau es dir nachher an ... vielleicht magst du ja was mitnehmen.«

Weiter hinten in den Schränken lagerten Kartons, die Kati noch nie gesehen hatte. Vorsichtig zog sie einen zu sich her, nahm einen Stapel Schreibhefte heraus. Alt müssen die sein, dachte sie und strich über die brüchigen Oberflächen. Ein kleines Schulheft in verblasstem Blau, mehrere große, braun marmorierte Hefte. Innen waren die Blätter rau, sie

strich über die Holzfasern. Vorne drauf, mit Füller und der unverkenn-
baren kantigen, weit nach rechts gelegten Handschrift ihres Vaters, der
Schriftzug »Zitate«. »Zitate II« ein weiteres Heft. »Zitate III«.

Zitate? Kati blätterte durch die Seiten, in denen manchmal mit dünnem Bleistiftstrich Jahreszahlen vermerkt waren, 1947, 1948. »Als ich
dich kaum geseh'n / Musst es mein Herz gesteh'n / Ich könnt'dir nim-
mermehr / Vorübergehn...« Theodor Storm. Kati blätterte. Heine. De-
mokritos. Goethe, Shakespeare. Einzelne Sätze oder längere Passagen,
mit der entschiedenen schrägen Füllerschrift ihres Vaters eingetragen,
eins am anderen. Eine literarische Fundgrube –, aber wozu? Was war
das, was er hier zusammengetragen hatte, Heft nach Heft, und warum?
Er hatte doch andere Dinge studiert.

Kati blätterte schneller, las, Seite für Seite eng beschriftet. Hier war
Weltliteratur versammelt, ein weiter Raum tat sich auf.

Himmelszelt, dachte sie. Horizont.

Ein Raum, in dem sich die Menschheitsthemen bewegen, berühren
und verbinden, Liebe und Tod, Jugend, Vergänglichkeit. Sehnsucht. Me-
lancholie. Angst. Sie alle gespiegelt in gelbem Laub oder verhangenem
Himmel, in Baumwipfeln, Blüten, in der Dämmerung eines sich zurück-
ziehenden Tages. »Wandern« das Wort zog sich durch; da war ein ganzes
Heft voll mit Auszügen aus Wilhelm Meisters Lehr- und Wanderjahren,
das Motiv von Bewegung und Unterwegssein, das alles verbindet.

Sie stellte ihn sich vor, den Studenten der Architektur, wie er zwischen
seinen Vorlesungen in der Bibliothek bei Goethe und Shakespeare saß
und eine Seite nach der anderen abschrieb. Die Schneise des durch die
Bücher wandernden Lesers.

Kati blätterte vor und zurück. Wie offen er damals gewesen war! Sich
in alle Richtungen bewegt hatte. Alles war wichtig –, das schienen diese Hefte ihr zu sagen. Alles stand in Beziehung miteinander. Ein Zettel,
hineingelegt, mit Füllerschrift: »Auf einem Grabstein gefunden: Nicht
alles ist tot, was den Hügel erhebt / Wir lieben, und das Geliebte, das
lebt.« Darunter eine Bleistiftzeichnung, auf der die »schönen Plätze auf
dem Friedhof« eingezeichnet sind. Auf der Rückseite des Zettels der
lateinische Name einer Flechte –, »siedelt sich an Baumstümpfen und
kranken Bäumen an« – deren Symptome er sich merken wollte.

Der, den sie als Tochter erlebt hatte, war immer aufgestanden, wenn es im Fernsehen um Tod ging, um Sterben, um Krieg. Fröhlich und heiter sollte es zugehen, im Fernsehen, im Leben, in der Familie, das war mehr als ein Wunsch, fast schon ein Gebot, und Kati hatte sich davon als Kind schon bedrängt und genötigt gefühlt. Nein, der Vater, den sie kannte, hatte nichts mehr wissen wollen von schweren Themen. Er hatte davon genug gehabt, das verstand sie – aber wie hatte er glauben können, dass ihn aufgesetzte Fröhlichkeit, erzwungener Frieden trösten würden? Retten?

Falsch, hatte Kati schon als Kind empfunden, empfand sie heute immer noch. Und so war es ja auch. Es hatte ihn nicht getröstet. Nicht gerettet. Ich, die ich dich von innen kannte – so wie Kinder das tun –, ich habe es immer gespürt, dies Ungetröstet, in einem inneren Zimmer allein.

Kati schüttelte den Kopf, blätterte weiter. »Spruch, den ich am 7.12.48 bei einem Spaziergang entdeckte: Ergründe, ergrabe, ergreife das Glück / Entflogen, entflohen kehrt's nie mehr zurück.« Glück, Kati lächelte. Goethe. Das erkannte sie wieder. Auch dies hier hatte sie ihn öfter sagen hören: »Das ist der Weisheit letzter Schluss: / Nur der verdient sich Freiheit wie das Leben / der täglich sie erobern muss.«

Sie nahm ein weiteres Heft vor, es war »Lieder, Volkslieder« überschrieben. Eine Postkarte: »O Schwarzwald, o Heimat, wie bist du so schön!«, lag neben der Abschrift vom »Westpreußenlied: Westpreußen, mein lieb Heimatland, / Wie bist du wunderschön! Mein ganzes Herz dir zugewandt, soll preisend dich erhöh'n…«

Heimat, dieses seltsame, längst anrüchig gewordene Wort. Das dennoch etwas enthält, das man nicht so leicht abschüttelt; auf das man gern eine (wie auch immer geartete) Antwort hätte. Meine Frau ist meine Heimat, hatte sie einmal, in einem Interview, einen Schriftsteller sagen hören.

Heimat –, diese Frage, die für uns Kinder von Geflüchteten komplizierter ist als für euch Geflüchtete selbst, unbeantwortbarer. Ihr wusstet ja, wo einmal eure Heimat gewesen war –, während wir vielfach Umgezogenen, mehrfach Verpflanzten ohne Bezugspunkt vor dieser Frage stehen, heimatunsicher, heimatflüchtig.

Sie schob sie zusammen, die Hefte.

# 26

»Kati«, rief die Mutter von unten, »ich mach Kaffee, möchtest du auch einen?«

Dann saßen sie vor ihren Tassen, Kati überlegte, zeigte der Mutter die Hefte. »Hast du davon gewusst, von diesen Zitatheften?«, fragte sie. Die Mutter stutzte, blätterte, überlegte. »Nicht wirklich ... aber gelesen hat er ja immer viel, oder?« Sie schwieg, rührte in der Tasse. »Er war ja immer fleißig«, murmelte sie. »Man hätte ihn während des Studiums zu jeder beliebigen Nachtzeit wecken können, hat er immer gesagt, er hätte ihn sofort parat gehabt, den Stoff.« Kati nickte. Fleißig war er gewesen. Kein Angeber. Auf schwierige Art menschenscheu.

Die Mutter hielt ihm die Treue. Sie würden nicht weiter über ihn sprechen.

»Danke für den Kaffee... Ich mach mal weiter...«

Manchmal fühlte er sich seltsam an, dieser höfliche Abstand zwischen ihnen beiden, über den Graben hinweg, der nun einmal bestand. Den er gegraben hatte. In den sie, die Mutter, aber auch nicht schauen, den sie nie hatte ermessen wollen.

»Kommst du weiter oben?«, fragte sie. Kati bejahte. »Zwei Regalreihen noch. Ich beeile mich.« Sie trank den Kaffee aus. Sie würde die Zitathefte einpacken, mit nachhause nehmen. Sich nicht weiter darin festlesen.

»Seine Familie hat sich ja für all das nicht interessiert«, schob die Mutter noch hinterher, als Kati schon in der Tür stand. »Am Morgen seines Examens hat er sich in seiner Studentenbude die Hose selbst gebügelt; niemand hatte daran gedacht, ihm zur Seite zu stehen ... oder später danach zu fragen.«

»Stimmt, das hast du schon mal erzählt«, murmelte Kati. »Kommt mir bekannt vor.«

Sie hatte ihrer Mutter vom Besuch bei Tante Edith erzählt. Aber die Mutter hatte nicht nachgefragt, nur kurz bestätigt – ja, das war so gewesen, er hatte sie gemieden, seine Geschwister. Katis Interesse an den verschlungenen Wegen der Familiengeschichte teilte sie nicht.

Kati lief die Treppe hoch und stellte ihn sich vor, in einer Studentenbude mit Dachschräge; wie er eine Decke auf den Tisch gelegt, und darauf die einzig gute Hose gebügelt hatte. Vielleicht waren die Zitate in den Heften ja auch eine Art Handwerkszeug? Material, das sortieren helfen sollte in einem Leben, um das er kämpfte? Ein Leben, das anders sein sollte als das seiner Mutter und Brüder. Für das er auf keinerlei Unterstützung rechnen konnte. Eine Ausrüstung, die er nicht nur dem entgegensetzen wollte, was endlich vorbei war – der Krieg, die desolate Kindheit –, sondern als Ausstattung, um seine eigene Straße zu bewältigen.

*Zitathefte statt Tagebücher, Dietrich? Vielleicht erfüllten sie für dich ja denselben Zweck? Etwas, das man nur für sich selbst tut: Ordnen, festhalten, erinnern. Sich an Worten festhalten, und sei es, an fremden. Dein inneres Gespräch mit den Dichtern. Die dir helfen sollten, eine Zeit – endlich – zu deiner Zeit zu machen? Deine Spur weg vom Überleben ins Leben? Dein Lebensmoment?*

Irgendwann brachen die Aufzeichnungen ab, es blieben gelbliche leere Seiten, Nachkriegspapier, bräunlich, mit Holzspuren. Hefte über Hefte, – wieviel Zeit er damit zugebracht haben musste.

Und dann war da doch noch ein Gedicht, unter dem kein Dichtername stand, sondern sein eigener, Dietrich Claassen. »Meiner lieben Mutti zum Geburtstag: Worte an den jungen Menschen, der in die Welt hinausgeht…« Kati stutzte, las noch einmal. Ein Gedicht für die Mutter, aber an »den jungen Menschen« gerichtet? Ihr also in den Mund gelegt? »Menschenliebe, Menschenleid / hält für dich die Welt bereit. / Mutterliebe nur einmal / glänzt als Stern im Erdental.«

Junge, Junge, da hast du ja ganz schön um die Ecke gedichtet, dachte Kati kopfschüttelnd, da legst du deiner aller Bücherweisheit abgeneigten Mutter eine etwas holprige Poesie vor, die sich aber eigentlich an dich selbst richtet? Widmest ihr eine Haltung, die du eigentlich gern von ihr als Geschenk gehabt hättest? Ein Wink mit dem Zaunpfahl, dass dieser junge Mensch –, du selbst – nun vor hat, anders als die Brüder »in die Welt hinaus« zu gehen und sie sich darauf schon mal einstellen soll? Kati nahm das zweite Foto vor, das die Cousine ihr geschenkt hatte, ein kleines Bild, in Passfotogröße, das sie, ohne nachzudenken, in ihre Handtasche gesteckt hatte und nun bei sich trug. Es war datiert auf einen Frühsommertag 1950, »Semesterschluß im Gasthaus am Wald« stand in seiner Handschrift hintendrauf, Dietrich war fünfundzwanzig auf diesem Schnappschuss, der sein Gesicht in Nahaufnahme zeigte: so strahlend und glücklich, wie Kati ihn im Leben nie gesehen hatte. Vollkommen unbeschwert. Eine tiefe Freude, in der all das stecken könnte, was sie in den Heften fand, Überlebensglück. Daseinsfreude, vielleicht inzwischen auch Entlastung von der Pflicht, für seine Mutter zu sorgen – nun, da erste staatliche Hilfen für die Vertriebenen in Sicht waren? Der »Lastenausgleich« stand in Aussicht, die Mutter würde ihr Haus aus Stein bauen und sich – soweit mit Mitte fünfzig noch möglich – noch einmal neu verankern können.

Auf dem Foto war hinter Dietrichs Kopf ein Tisch mit Sekt- oder Weinflaschen sichtbar, über seiner rechten Schulter lag die lange Haarsträhne eines Mädchens, sie selbst war nicht mit im Bild. Sein kurzes Haar war schwungvoll zurückgekämmt, der oberste Hemdknopf stand offen, gut sah er da aus, alles lachte, Mund, Augen. Kati staunte immer wieder über das Foto, weil alles Verhaltene, alles Beschwerte, das sie mit ihrem Vater verband, auf diesem Bild nicht vorkam. Für einen kurzen Moment weggewischt war? Für eine Lebensphase vergessen? Es musste eine glückliche Zeit gewesen sein –, erfüllt von Liebe, von Studieninhalten, eine Zeit innerer Offenheit. 1950, dachte Kati, das war, als Edith kurz wieder in Deutschland war, mit ihrem neunjährigen Mädchen, vielleicht hatte er ja am Tag vor dem Semestertreffen noch einen Ausflug mit ihnen gemacht; waren sie eine Böschung heruntergekugelt und mit zerrissenen Kleidern zurückgekehrt?

Es war ja, wie sie aus den Büchern wusste, vielen von ihnen so gegangen: vielen, die damals jung waren. Wer tief genug im Krieg drin gewesen war, um zu wissen, was er bedeutete; wer ihn mit heilen Gliedern überlebt hatte, konnte nun – zerstörte Städte und Hungerwinter hin oder her –, eine irre Lebensfreude verspüren. Vitalität pur. Das Glück, noch da zu sein, weitermachen zu dürfen. Neu anzufangen.

Die Mutter war zu einem Arzttermin gefahren.

Kati wanderte allein durchs Haus, die Zitathefte lagen gestapelt, zum Mitnehmen bereit. Daneben die Kisten voller Aussortiertem.

Seltsames Wort, ein Haus auflösen. Einen Haushalt wohl eher. Das Haus würde stehen bleiben, andere würden darin wohnen. Und das innere Haus der Vergangenheit würde in denen, die hier gewohnt hatten, bestehen bleiben.

Sie ging von Raum zu Raum. Auf diesem Hocker hatte sie Klavier gespielt. Dort stand der Lehnstuhl, in dem der Vater gesessen und zugehört hatte, den Arm lang auf der Lehne ausgestreckt. Lieder, alte Zeiten. Drüben die Küche, aus der die Mutter gekommen war, immer liebevoll Katis Spiel gelobt hatte. Die hohen breiten Fensterfronten, die für sie, Kati, niemals ins Weite gegangen waren.

Universum, schenk mir Bilder, dachte Kati. Zeig mir, wie ich meinen Weg aus diesem verdammten Haus nehmen kann.

Sie schaute nach draußen, sah sich im spiegelnden Glas, sah sich draußen auf dem Gras sitzen, ein Kind, den dunklen Pony über aufgerissenen Augen, ein merkwürdig engelhaftes Kleid, das sich über den an den Körper gepressten Knien bauscht. Zuviel Schaden, Mutter, denkt sie, wie könnte man das verzeihen. Zu lang, zu gründlich.

Das hinterste Zimmer, das dunkelste, es hatte sich in diesem Haus befunden, unsichtbar. Der Ort, an dem die Dinge verdreht wurden. Die Reihenfolgen für immer vertauscht. Die Welt auf den Kopf gestellt.

Der Ort, an dem der Vater nicht mehr Vater war, sondern ein Tier, das schaurige Geräusche macht. Das dich verfolgt, und niemand außer dir scheint es zu merken.

Zuviel Schaden.

Unversöhnlichkeit die Antwort darauf. Unversöhnlichkeit, an dich habe ich mich all die Jahre gehalten, geklammert –, du warst ein guter Halt.

Sie lief die Treppe nach oben, in ihr altes Mädchenzimmer. In seiner ursprünglichen Form war es nicht mehr erkennbar, die Eltern hatten die Wand durchbrochen zu Evas Zimmer, auch das war Jahrzehnte her, aus zwei sehr kleinen war ein schöner großer Raum geworden. In dem dann Eva wohnte, danach. Als sie, Kati, nicht mehr zu Besuch kam.

Eva, und schon wieder fehlst du so sehr. Sie ließ sich nieder, hockte sich auf den Boden, lehnte sich an die Wand, starrte durchs Fenster; ihr altes Fenster –, das, an das vor vielen Jahren der Stein geflogen war, der Peters Brief ankündigte. So sind wir also wieder vereinzelt, Eva. Ist das die Wahrheit, die sich durchsetzt, durch alle Bemühungen hindurch – sind wir Einzelkämpferinnen, jede für sich, unfähig, die innerste Logik aus dem Leben unseres Vaters weiter zu entwickeln auf etwas Gemeinsameres hin? Und ich hatte gedacht, wir hätten das überwunden. Hinter uns gelassen.

Das tiefe Wasser zwischen uns. War es eine Illusion, zu meinen, wir kämen da durch, zueinander?

Im Grunde wusste sie nicht einmal, ob Eva ihr glaubte. Damals geglaubt hatte. Ein einziges Mal hatten sie vor sechs Jahren darüber gesprochen, hastig, kurz, atemlos, erschöpft –, so, wie wenn man zu lange im Wasser gewesen war, und es nur abschütteln und wieder festen Boden unter den Füßen haben will. Sie hatten sich beide auf den festen Boden Gegenwart gestürzt mit seinen klaren Umrissen, mit Kindern, mit Ferien, mit Andi, der Kati mit offenen Armen aufgenommen hatte, mit langen Telefonaten. Und waren nun doch wieder durchgestürzt auf den Boden Vergangenheit, die Gegenwart hatte doppelte Böden, war ganz und gar nicht stabil, je früher man das verstand, desto besser.

Nichts im Zimmer erinnerte mehr an die Kinder- und Jugendjahre –, aber klar, sie war ja auch selten heimgekommen, vom Studium, nicht mehr greifbar für Schwester und Eltern, und da war ein großes Zimmer für Eva eine plausible Weise, damit umzugehen.

Ihre Zimmer als Studentin ein paar hundert Kilometer weiter waren dann passenderweise noch kleiner gewesen als ihr altes, Mansardenräume mit Dachschrägen, gleich zwei hintereinander, mit absurd grell geblümten Tapeten. Von da aus war sie morgens in die Uni geradelt, wo die Studenten auf den Tischen, den Fensterbänken, dem Fußboden hockten. Es gab zu viele von uns Babyboomern, dachte Kati, als sie in

Gedanken zurückging in die ungeliebten Zimmer, die schrecklichen Seminarräume. Kaputt die Tische, mit Filzstift und Tinte bekritzelt die dunkelgrünen Flächen; rausgebrochene Späne, raue Kanten, an denen man sich seine Strümpfe zerriss. Alles, so kam es ihr in der Erinnerung vor, hatte Gleichgültigkeit geatmet. Stoisch hatten die Professoren irgendwo dazwischen die Stellung gehalten, als wäre das studentische Chaos um sie herum unsichtbar; hatten monoton doziert –, wo auch immer ihr jetzt hockt, irgendwie müsst ihr euren Weg raus aus dieser Masse finden, schienen sie zu sagen, entweder ihr schafft das oder auch nicht... Der Masse, durch die sie sich, erleichtert, so war es ihr immer vorgekommen, nach Ende des Seminars eine Gasse bahnten und den Raum verließen.

Sie sah sich selbst vor sich, wie sie damals gewesen war –, eine Studentin, sehr mädchenhaft, mit braunem lockigen Haar; sie hätte hübsch sein können –, wenn, ja was? Unspektakulär gekleidet, eher altmodisch, eine abgetragene Cordhose, ein Pulli, sie war fleißig im Seminar, schrieb immer alles mit, bis zu jenem Moment, wenn sie, Blick am Boden, um den Block der Universität herumschlich, zum Bäcker. Vor der Tür dann der Biss in die noch warme Käsetasche, als tauge dieser kurze Genuss zum Fluchtort, als sei er das Wichtigste auf der Welt, und schmeckte doch unabänderlich nach nichts so sehr wie nach Scham –, immer wieder, Scham.

Es war die Zeit, als sie mit Bauchschmerzen auf dem Bett lag, und abends nirgendwohin konnte, an keinen der Orte, an den sie gern gegangen wäre, stattdessen gebeugt über unverständliche Bauchschmerzen, unlesbar für sich selbst.

Es war die Zeit, als weder Eva noch sie sich beieinander meldeten.

Kati ging die Treppe hinunter ins Wohnzimmer. Gleich würde die Mutter zurückkommen. Sie schaute durch die riesigen Glasfenster in den Garten und fühlte es noch einmal, dies lähmende Gefangen- und Festgehalten, dies unbegreifliche Hoffnungslos, mit dem sie als Jugendliche hier gestanden und in den Garten, in die Weite der Felder dahinter geschaut hatte: Als würde es niemals einen Weg hinaus für sie geben, hinein in die Welt. Verstörend war das gewesen und vollkommen unverständlich: Denn ging es ihr nicht gut? Waren es nicht liebe Eltern, großzügig, engagiert, wohlmeinend? Eltern, mit denen man auf Reisen ging und über Bücher sprach; die sich interessierten für das, was man in der Schule erlebte?

Aber etwas in ihr hatte sich nicht beruhigen lassen.

Etwas geschah in aller Heimlichkeit.

Es war ein Haus, nur scheinbar aus Weite gebaut. Abends tranken sie Tee miteinander, schweigsam, jede in eigenen Gedanken. Es wird für sie nicht leicht sein, wegzugehen von diesem Ort, dachte Kati, nach all der Zeit.

Als die Mutter sie am nächsten Tag zum Bus fuhr, drehte Kati sich noch einmal um.

Da lag es, das Elternhaus, ein freundliches Tier; das Fenster unter der asymmetrischen langen Dachschräge ein schläfriges Auge unter der halb heruntergelassenen Jalousie. Das Haus freisprechen, schoss es ihr in den Kopf. Was kann das Haus dafür? Ein Haus, das aufgelöst wird. Etwas Festes verflüssigt sich? Etwas Starres bricht?

Ein freundliches Tier, erinnerte Kati sich, das habe ich damals immer gedacht, als es gebaut wurde –, damals, als ich ein Kind war.

Jetzt, Haus, kann ich dir wieder ins Auge schauen.

Sie nickte ihm zu, dem freundlichen Tier, dann lehnte sie sich im Sitz zurück und schaute nach vorne.

# 27

Vielleicht würde es Meerchen gefallen?

Es hatte im Keller gestanden, zwischen den Kartons mit Studienunterlagen und Büchern –, himmelblau, mit bunten Blumen bemalt, klein. Reichte ihr nicht mal bis zur Hüfte. Die Miniaturversion eines Bauernschrankes. Als Kind hatte Kati ihre Puppenkleider darin aufbewahrt. Später ein Puppengeschirr. Und nun hatte es im Keller des Elternhauses gestanden – lang vergessen –und ihr entgegengestarrt. Es sieht verärgert aus, hatte Kati gedacht, belustigt. Sie hatte sich hingekniet, über die Kante gestrichen, an der Lack abgeplatzt war. Na sowas. Du noch hier. Die Türen öffneten sich quietschend, der eine Knopf war abgebrochen.

Was, wieso ich nach all den Jahren mal wieder vorbeischaue? Ist das nicht immer so? Irgendwann kommt man zurück.

Ein kräftiges Himmelblau, kein bisschen verblasst, vertraut, geradewegs aus der Kindheit ins Heute gefallen, aus dem Stillstand von Jahrzehnten rausgekramt, Kratzer und Schrammen, ein bisschen Farbe abgeschlagen, sonst völlig intakt.

Kati trug ihn die drei Stockwerke hoch, er war leicht wie ein Baby. »Hallo hallo … hallo Kinder. Mama ist wieder da.«

»Och nee«, sagte Ellie, die ihr aus dem Flur entgegenschaute. »Was schleppst du denn da schon wieder an?«

»Hallo meine Süße«, sagte Kati und lächelte sie an. »Komm her, lass dich anschauen. Du Hübsche.«

Ellie verzog den Mund, ließ sich in den Arm nehmen, umarmte sie für eine schnelle Sekunde, ließ los. Beäugte kritisch das Schränkchen, das Kati abgestellt hatte, um nach Meerchen zu suchen. »Jetzt guck nicht so … würde doch gut ins Bad passen, was meinst du? In die Ecke um den Schornstein herum, wo nix anderes Platz hat?«

»Ohhh Mama, war das deiner, als du klein warst? Ist der für Weih-

nachten? Kann ich den haben?« Meerchen kam aus ihrem Zimmer geschossen, umarmte Kati, die endlich den Schrank abstellte und die Arme öffnete. »Bitte Mama, können wir ihn in mein Zimmer stellen?« »Na
dann viel Spaß beim nächsten Umzug...« Ellie verzog sich in ihr Zimmer, als Kati das Schränkchen zu Meerchen brachte.

Kati ging in ihr Zimmer, legte den Koffer aufs Bett, atmete durch.
»Jetzt sei mal ganz still«, kam Meerchens Stimme durch die offene Tür,
»nicht immer vordrängeln, Jana. Wir kriegen deine Kleider auch noch
rein.«

Hinter Ellies verschlossener Tür spielte Musik. Jana, die Puppe, antwortete nicht. Kati ließ die Arme sinken, sie sind da, alle beide.

Später gab es Hamburger. Schnelle Küche.

Nach dem Essen, die Mädchen waren in ihren Zimmern, saß Kati auf
ihrem roten Sofa, konnte nicht widerstehen, ging die Fotos durch, die
sie eingepackt hatte, hielt Negative gegen das Licht. Es war wenig zu erkennen. Sie würde Abzüge machen lassen.

Was für eine Schlepperei. Gut, dass Koffer heutzutage Rollen hatten.
So schnell die Zitathefte in den Rucksack gesteckt waren, so leicht der
Umschlag mit Fotos wog: Die Diakästen aus den fünfziger Jahren wa-
ren aus Metall, buchstäblich bleischwer.

Zuoberst auf dem Fotostapel lag ein Schwarzweißbild vom Häuschen der Großmutter –, klein und kompakt hatte sie es gebaut, mit
tief heruntergezogenem Satteldach. Martha Claassen hatte es vom Las-
tenausgleichsgeld bezahlt, auf ein Grundstück zwischen weiten Feldern
gesetzt, mit viel Land drumherum. Fünfundfünfzig Jahre alt war sie gewesen, als es stand. Glück im Unglück hatte sie auch hier gehabt: Der
Älteste hatte mit einem Mädchen vom Dorf angebandelt; sie hatten geheiratet, sich niedergelassen. In diesem Dorf nun stand auch ihr Haus.
Hier würde sie nicht mehr weggehen, hier würde sie noch einmal Wurzeln schlagen, soweit das ging, an Entschlossenheit fehlte es nicht.

Wurzeln. Land. Darum scheint es ihr mehr als um alles andere gegangen zu sein –, und da stand sie selbst, Martha Claassen, im gepunkteten Schürzenkleid, die weißen Haare nachlässig hochgebunden, und
schenkte dem Fotografen einen knappen Blick. Gerade noch hatten die

Hände in der Erde gesteckt, gleich würden sie es wieder tun. Der Erde hier, so ganz anders zusammengesetzt als die fruchtbare Erde des Danziger Werder –, aber auch dieser Erde würde sie Gemüse entlocken von selten gesehener Pracht. Sie schaffte es, Spargel darin wachsen zu lassen. Sie zog – legendär – aus einem Pfirsichkern einen Pfirsichbaum. An diese Geschichten über die Großmutter erinnerte sich Kati.

Ihr Gesicht auf den Fotos war abweisend, fast mürrisch. Nichts verriet die Freude an der Arbeit mit der Erde. Aber vielleicht war das ja so bei ihr –, Freude war heimliche Freude, innere, die sie für sich behielt? Freude, die auf dem Gesicht, das sie nach draußen trug, nicht zu lesen wäre. Vielleicht war sie eine, der man, um sie zu lesen, nicht ins Gesicht, sondern auf die Hände schauen musste; auf das, was darin war, was sie vom Garten ins Haus brachte?

Dietrich hatte davon erzählt, mit Stolz. Von diesem besonderen Talent seiner Mutter, das im Gegensatz zu seinen eigenen Talenten stand.

Ihr die Erde des Werders –, ihm die Weite, der Wind.

Ihr das Bleiben –, ihm das Gehen.

Ihr das Haus –, ihm die Welt. Seine Chance in der Welt. Seine Zeit!

Und er selbst? »Oktober 1954« hatte er mit kantiger Handschrift auf dem orangeroten Papierumschlag notiert, in dem die Negativstreifen aufbewahrt waren. Der Krieg lag bald zehn Jahre zurück. Er war fertiger Architekt, mit Doktortitel, er hatte es tatsächlich geschafft, sein Traumfach studiert. Ein Beruf der Stunde: Ums Aufbauen ging es ja. Er würde erste Anstellungen gehabt haben. »Büro Heidelberg« sagte die Beschriftung eines Fotos. Vor allem aber waren da, ein Streifen nach dem anderen, Bilder von Reisen. Starnberger See, Tutzing, Waldegg, Burgen, Rimini, Matera … alles sorgsam beschriftet, Landschaft nach Landschaft, nur ausnahmsweise er selbst im Bild.

Wie war in dieser Zeit die Verbindung zu seiner Mutter gewesen? Hatte er – der junge Mensch, der »in die Welt hinaus« strebte – ihr von überall her Postkarten geschickt? Ihr vom Meer erzählt und der Ruderbootsfahrt über einen See, den Burgen am Rhein, von der Welt außerhalb des Dorfes, zehn Jahre nach dem Krieg?

Kati sank ein in die Bilder. Stand selbst dort, in den schwarzweißen Landschaften, neben den altmodischen Autos mit den geschwungenen

Kühlern, in den weiten Mänteln der Frauen. Stand drin in der Entdeckerfreude, dem Eifer. Hier hatte einer einen unbändigen Hunger auf die Welt gehabt; darauf, sie sich anzueignen. Endlich wählen zu dürfen, wohin man ging und was man dort tat.

Die Tür ging langsam auf, knarrte. »Meerchen, alles ok? Hast du den Schrank fertig eingeräumt?« »Ja, Mama ... aber Mama«, Meerchen schaute zu Boden, bohrte die Schuhspitze in den Teppich. Kati stutzte. »Meerchen? Was ist los? War was in der Schule? Komm mal her.« Kraftlos fühlte die Kleine sich an, dünn. »Meerchen, Süße. Wirst du krank?« »Nein, Mama!« Sie machte sich los, stellte sich direkt vor ihre Mutter, die blauen Augen dunkel, der Blick geladen. »Was ist mit Eva? Warum kommt sie nicht mehr zu Besuch? Warum ruft sie nicht mehr an? Mag sie uns nicht mehr?« Kati schluckte. Schaute ihre kleine Tochter an, die gerunzelte Stirn unter den Locken, Meerchens Blick zwischen Ängstlichkeit und Wut. »Mama! Sag, was ist! Habt ihr gestritten? Warum vertragt ihr euch nicht? Mama...«

»Sollen wir sie mal anrufen?«, fragt Kati. »Sie würde sich bestimmt freuen, dich zu hören.« Meerchen schüttelt den Kopf. »Wieso ich? Aber Mama, sie kommt vor Weihnachten, oder? Vielleicht überrascht sie uns ja?« Ein kurzer Blitz in den Augen. »Hat sie dir was gesagt?«

»Sie meldet sich ganz sicher, Meerchen, du bist doch ihr Schatz!« Kati beugte sich vor, dem Kind entgegen.

Aber Meerchen wollte nicht, trat einen deutlichen Schritt zurück. »Wie, meldet sich, was meinst du damit? Dass sie anruft oder was? Ein Päckchen schickt? Kommen soll sie! In echt! Ich will nicht, dass sie weg ist!« Die Zögerlichkeit ihrer Mutter war Antwort genug gewesen; enthielt mehr, als sie wissen wollte. Die Tränen liefen, sie rannte aus dem Zimmer.

Kati schloss die Augen. Voll erwischt. Das hätte ich anders machen müssen.

Sie stand auf, folgte ihr, drückte die Klinke zu Meerchens Zimmer herunter. »Lass mich«, Meerchens Stimme von drinnen.

Genug, denkt Kati, zurück in ihrem Zimmer, es ist genug.

Sie sitzt auf ihrem Stuhl am Fenster und sieht die Schwester vor sich, den kühlen Blick, als sie vor dem Elternhaus aufeinander getroffen waren; sie sieht ihre eigenen Versuche der Kontaktaufnahme aufgereiht wie Zinnsoldaten, und sie sieht die Barriere, an die ihre Versuche prallen, und denkt es noch einmal –, genug. Sie würde nicht mehr schreiben. Sie würde nicht mehr an die Barriere knallen. Sie würde das, was sie wusste – ihr eigenes Kati-Wissen –, sie würde das nicht mehr dort teilen, wo es nicht willkommen war. Vielleicht ist es ja sogar mehr als nur mein eigenes privates Wissen, denkt sie, vielleicht ist es größer, vielleicht ist es ein Trauma-Wissen, das nicht nur für mich gilt, das auch anderen nützt, aber ganz offensichtlich ist es in meiner Familie am vollkommen falschen Ort.

Meiner alten Familie, korrigiert sie sich.

# 28

Sie kehrte zurück zu den Fotostreifen. Schaute, sortierte, warf unzählige Bilder von namenlosen Wäldern und Seen weg, hielt die wenigen, auf denen ihr junger Vater zu sehen war, lange gegen die Lampe. Horchte immer wieder zum Zimmer ihrer jüngeren Tochter hin, aus dem irgendwann die murmelnde Stimme von einer CD ertönte.

Wieviel er unterwegs gewesen war! Zuerst in Europa, und dann, ab 1956 in Amerika. Dem Land seiner Sehnsucht. Kati nahm ein Bild auf, stutzte. Stand auf, ging zu Ellie hinüber, deren Zimmertür nur angelehnt war. »Ellie, kann ich dir was zeigen? Schau mal…«

Ellie neben ihr, kniff die Augen zusammen.

»Erinnert dich das an was?« Ellie schaute auf die Straße, die sich im Bogen aus dem Bild herauswand, sich verlor zwischen rot- und gelbgefärbten Herbstbäumen, neben der Straße ein Fluss. Auf dem Streifen zwischen Fluss und Straße hatte ein altmodischer grüner Ford geparkt.

»Sieht aus wie die Straße vom Sturm…« Die Stimme plötzlich aufgeregt. »In Vermont? Echt, Mama?«

»Sie könnte es sein, oder? … Mein Vater hat ja damals in Brattleboro gearbeitet. Und in der Richtung waren wir ja auch unterwegs. Verrückt, oder?«

»Oh wow, in Farbe … hat die alle Opa gemacht? Bevor er Familie hatte?« Sie griff nach zwei Fotos, die offensichtlich auf der Schiffsüberfahrt entstanden waren. Meer, Horizont, Himmel, auf Deck zwei junge Frauen mit Kopftüchern, die Augen geschlossen, die Gesichter in die Sonne haltend. Auf dem anderen eine blonde junge Frau, die Hände erhoben, rechts und links vom Gesicht, im nächsten Moment würde sie die vom Wind verwehten Haare zusammenraffen.

»Lauter Frauen … meinst du, er kannte die alle? Megaschöne Kleider haben die. Guck mal hier, die beiden!« Auf dem Bild zwei junge Frauen, untergehakt, nahe beieinander, die eine im weißen Spitzenkleid, die andere mit weiter Bluse und schmalem Rock. Eingefangen ein Augenblick intimen Gesprächs.

»Ist er selbst auch mal irgendwo drauf?« Bild nach Bild nahm Ellie in die Hand, studierte die Gesichter, staunte, schüttelte den Kopf. »Aber Mama, was machst du denn damit? Du hast doch keine Ahnung, wer das alles ist? Was er da genau gemacht hat und so…«

»Denkst du! Schau ihn doch an, auf ein paar Fotos sieht man ihn, da zum Beispiel … das ist in Deutschland. Er sitzt mit drei Kindern, vielleicht von Freunden, auf dem Sofa unter einer Häkeldecke, ganz zerdetscht und zusammengerutscht. Die dicke Brille, diese langen dünnen Glieder –, er weiß überhaupt nicht, wohin mit sich, wenn man ihn auf so ein Sofa setzt an irgendeinem netten Familiennachmittag!« Kati lächelte Ellie an.

»Und dann, schau hier! Es ist unfassbar kitschig, ich weiß, eine Barbiepuppe ist nichts dagegen…« Ellie brach in Lachen aus über das Bild der jungen Frau mit den hochtoupierten blonden Haaren, die feierlich aus ihrem rosa Ballkleid herausschaute, als würde sie Kaiserzeit spielen. »Sie sieht aus wie eine Torten-Deko!« Rüschen, Tüll und Korkenzieherlocken, majestätisch an den Reifrock gelegte Hände –, und hinter ihr, halb versteckt, hinter der nackten Schulter erkennbar, Dietrich, sein gebräuntes Gesicht, ein verlegenes Lächeln. »Sitzt sie auf seinem Knie?« »Sieht so aus, nicht? Er ist glücklich! In Amerika! 1956, er ist einunddreißig Jahre alt und kann sein Glück nicht glauben. Er ist weit weg von allem – von zerbombten Häusern, von der Schufterei seiner Mutter, von hässlichen Häkeldecken. Er hat den verdammten Krieg hinter sich, hat beide Arme und Beine; er hat gelernt, wie man Häuser anders bauen kann.« Ellie starrte ihre Mutter an. Auf leisen Sohlen, den Kopf gesenkt, war Meerchen aus ihrem Zimmer gekommen. Stand neben Ellie, lehnte sich an die Schwester. »Auf den Geschmack vom Reisen war er schon vorher gekommen, er war rauf und runter durch Europa gereist, euer Opa, in Spanien war seine Freundin bei ihm, nennen wir sie – Marlene. Hier seht ihr die beiden, sie rudern über einen See, wie er sie im Arm hält, wie sie sich zu ihm hinüberlehnt, ihre Hand auf seine gelegt hat! Sie lacht den Fotografen an, er guckt wieder nur nach unten durch seine dicke Brille, verlegen… Er fühlt sich soviel besser, wenn er selbst hinter der Kamera steht! Aber man sieht, wie verbunden die beiden sind. Sie sind also zusammen durch Spanien gereist, weil, sie ist Amerikanerin und auf Europatour, und es ist noch eine Tante von ihr dabei, die hat wahrscheinlich dies Foto gemacht. Und irgendwann auf der Reise hatte sie zu ihm gesagt: Komm mit mir nach Amerika! Dann reisen wir dort herum. Amerika – könnt ihr euch vorstellen, was das damals bedeutet hat? Seit der Krieg zu Ende ist, sieht er sie überall, die amerikanischen Soldaten, ihre Lässigkeit, diese coole Entspanntheit, das ist ihm neu –, und nicht nur ihm – so kann man sein? Mit ihnen fängt es an, dass ihm eine neue Welt aufgeht. Er liest Hemingway, Joseph Conrad, findet das toll, diese irgendwie andere lässige Männlichkeit. Und sie – sie macht ihm vielleicht Mut, und außerdem ist ihm eh längst klar, dass er es nicht machen wird wie sein großer Bruder, der ein Mädchen aus dem Dorf geheiratet und sich nun dort fest niedergelassen hat; aber wie gut natürlich, dass der Bruder das gemacht hat, so muss er sich um die Mutter keine Sorgen machen.«

Kati hielt inne. Ellie starrte sie an, verblüfft. Ihre Mutter war in Fahrt. »Alle wissen das, dass er anders ist… Ihn hat es ja schon im Studium weggezogen von Mutter und Brüdern, er hat sich ein eigenes Zimmer geleistet, obwohl er auch aus dem Dorf in die Stadt hätte pendeln können. Er wollte weg, versteht ihr? Sowas von weg. Und nun ist diese junge Frau da, und mit ihr Amerika, und dann findet er als junger Architekt auch noch ein Stipendium und sie kennt ein Büro in New York, und die haben auch freundlich geantwortet, er wird also auch arbeiten können drüben. Sie buchen also die Überfahrt. Und ihm ist ganz schwindlig vor Glück, es kommt ihm vor, als ob er überall nur Schönheit sieht, er hält einfach drauf, mit der Kamera, hält alles fest. Das Erste, was er drüben tut: Er kauft sich ein Auto, er fährt nach ein paar Monaten von New York aus nach Vermont, wo er eine feste Stelle haben könnte. Diesmal ist Marlene nicht bei ihm, er fühlt sich frei, frei wie ein Vogel. Hier – seht ihr – ist er durch eine typische Kleinstadt gefahren, ihr seht die Backsteinkästen, die Neonschilder dran, siehst du? Du erkennst das wieder, Ellie, nicht? ›Drugs‹ steht hier vor einem Geschäft, das bedeutet nicht Drogen, nein. Es ist eine Drogerie. Daneben ein Sandwich Shop. National Bank. Schaut, diese uralt aussehenden Autos, die hinter den Mädchen mit ihren Instrumenten herfahren, ›Hillbilly Homecoming‹ steht oben drüber auf dem Transparent, und überall Frauen mit den weiten schwingenden Röcken. Das hat ihm gefallen. Er hält an und steigt aus, fotografiert den Umzug durch den Ort, die Mädchen in Shorts und Turnschuhen, die Klarinette vor sich, Strohhüte auf dem Kopf. Vorne dran die Cheerleader. Er findet sie wunderschön, diese Mädchen – er findet sowieso alles zum Niederknien. Und weil man denkt, er gehört dazu, er ist der Fotograf, lädt man ihn zum Empfang ins City Center, und er fotografiert weiter, obwohl er gar nicht weiß, wer diese Rüschenprinzessin auf der Bühne ist, inzwischen sogar mit einem Krönchen auf dem Kopf. Aber natürlich ist sie schön, und so fotografiert er auch sie; er fotografiert Leute im Saal, die tanzen, und irgendwann ist die Ballprinzessin bei ihm, weil sie neugierig ist, sie hat ja schnell gemerkt, dass er irgendwie anders ist als die anderen, und sein Englisch reicht schon aus, dass sie sich unterhalten, und dann findet sie das aufregend, dass er Deutscher ist, und Architekt, und also tanzen sie den ganzen Abend miteinander und dann sagt sie zu ihm: Hi, ich heiße Mary Jane, und ich will ein Bild mit dir, und sie nimmt ihm die Kamera aus der Hand und gibt sie jemand anderem, setzt sich in Position…«

»Mama, du spinnst doch…« Ellie schüttelte den Kopf, amüsiert. »Das denkst du dir doch alles aus! Du solltest einen Roman schreiben und nicht ein Sachbuch… Und meinst du wirklich, die sind so freundlich zu ihm gewesen in Amerika, so kurz nach dem Krieg, obwohl er Deutscher war?«

»Ellie, das habe ich mich tatsächlich auch schon gefragt. Wenn es so war, dann hat er das nicht erzählt. Für ihn war dies Amerika himmlisch. Seit er reist, geht ihm die Welt auf. Erst Europa, jetzt Amerika. Er hat das Gefühl, dass nichts ihn aufhalten kann, niemand. Er darf das, zum ersten Mal im Leben: sich von nichts und niemandem aufhalten lassen.«

»Und wer ist das?« Ellie wies auf schwarzweiße Bilder von einer alten weißhaarigen Frau. »Das? Das ist eure Uroma. Die Mutter von eurem Opa. Martha Claassen. Die Bilder hat er von ihr gemacht, bevor er nach Amerika gegangen ist.« Ellie setzte sich, griff nach den Bildern.

»Echt? Hast du sie gekannt?« »Martha Claassen im Dorf: Ihre kompakte Gestalt von hinten, einen Feldweg entlang, in der Ferne die sanften Hügel, schwarze Strickjacke über der gepunkteten Schürze, unter der die Schürzenbänder runterbaumeln, oben drüber ihr weißer Haarbusch, mit Klammern zurückgebunden.»Nein, nicht wirklich. Ich war ganz klein, als sie starb.« Ein Schnappschuss: Sie, beim Betreten eines Schuppens, mit entschlossenem Schritt, das Gesicht fast grimmig.»Wow. Sieht ganz schön hart aus, die Frau.«»Hart?«»Na, hart eben«, zuckte Ellie mit den Schultern,»harte Arbeit, hart im Nehmen. She gives you a hard time. Lacht sie auch mal?«

Auf einem Bild war ihr Gesicht größer zu sehen, zentral, unscharf, abgeschnitten am unteren Bildrand, es zeigte sie am Ortseingang, es hatte geregnet, hinten war das Ortsschild vor ein paar Zäunen und kahlen Bäumen zu erkennen, sie selbst irgendwohin unterwegs. Ellie legte den Kopf schief:»Irgendwie weiß sie nicht richtig, was der Fotograf von ihr will. Und was für ein Gesicht sie machen soll. Sie versucht, zumindest nicht böse zu gucken... Na, und hier ist sie ja nur cool ... wow!« Kati guckt hin, sagt:»Ja, das ist mein Lieblingsbild von ihr«. Ellie nimmt es hoch, beäugt es, legt es vor sie hin.

Martha Claassen, vor sanft ansteigenden Wiesen stehend. Das Licht perfekt, scharf die Kontraste, scharf gestellt die Linse, man sah noch das letzte Pünktchen auf ihrer Schürze. Aus den Haaren hatten sich Klammern gelöst, der Wind ging hindurch, sie hatte die Augen zusammengekniffen und schaute ihm direkt in die Augen, diesem Sohn, der so anders war als die anderen. Der sie nun auch noch ständig fotografieren wollte. Die rechte Hand in der Schürzentasche, in der linken hielt sie die Zigarette, gerade hatte sie die Asche auf den Boden geschnippt. Äußerst lässig. Näher als so, dachte Kati, konnte man dieser Frau vermutlich nicht kommen. Aber so nah wie es ging, hat er es versucht. Er hat's versucht.

»Coole Frau«, sagte Ellie,»echt. Ich geh dann mal wieder. Und übrigens, Mama, wenn ich das hier alles so sehe ... « – sie schaute ihre Mutter vielsagend an, machte die Augen schmal:»Väter sind schon wichtig, oder? Wollte ich nur mal gesagt haben.« Sie schaute auf den Boden. »Absolut, Ellie«, sagte Kati nachdenklich,»Väter sind ganz schön wichtig. Sogar dann, wenn sie lange tot sind. Und sogar, wenn man sie zum Teufel gewünscht hat.«

Er muss zu allen Jahreszeiten durch die malerischen Landschaften Vermonts gefahren sein, dachte Kati, als sie wieder allein im Zimmer war. Die goldenen Bäume, Indian Summer rauf und runter, alte Höfe; manche Häuser schneeweiß, Kolonialstil, die würdigen Collegebauten, spitzgiebeliger Backstein, mit Turm, den alten europäischen Städten nachempfunden. Straßen, immer wieder Straßen –, als müsste die Weite immer wieder neu bezeugt werden. Die Bilder illustrierten nicht zuletzt ihre eigene Kindheitslandschaft. Die Kindheitsgefühle. Und dann die ganzen Frauen; diese seine Privatheit, die würde verschlossen bleiben für sie, gut so.

Erkennen konnte sie in alldem einen jungen Mann Mitte dreißig, deutlich sichtbare zehn Jahre älter als der brave Sohn mit dem scheuen Lächeln, der im süddeutschen Dorf schräg hinter der Mutter stramm gestanden und verdruckst in die Kamera gelächelt hatte.

Irgendwann stand Ellie in der Tür. »Mama, jetzt mal eine Frage: Gibt's heute auch nochmal was zu essen?«

Es wurde ein langer Abend. Irgendwann schoben sie die Teller beiseite, und Kati erzählte ihren Töchtern, was sie wusste von Oma Claassen. Davon, wie sie nach dem Tod ihres Mannes zurückgeblieben war als Witwe mit vier Kindern, wie sie den Betrieb auf drei Gutshöfen zusammenhalten musste in diesen Jahren, als die Nazis Deutschland übernahmen. Sie erzählt ihnen von Dietrich, »eurem Opa, Kinder« – der achtzehnjährig in den Krieg musste, von seinem Überlebensglück, von seinen glücklichen Welterkundungen als junger Mann. »Er wollte sein Leben in Amerika verbringen...« – »bei den Hillbillies?«, unterbricht Ellie mit einem Grinsen – »und deshalb bin ich ja auch in Amerika geboren. Er wollte so sehr dort leben...« – »und warum sind wir dann nicht immer noch da, Mama?«, unterbrach nun Meerchen zum ersten Mal.

Kati zögerte, Ellie warf ihr einen Blick zu. Ihr hatte sie es vor drei Jahren in Amerika erzählt, aber da war Ellie auch schon zwölf gewesen. Sie schaute Meerchen in die Augen. »Weil dann alles ganz anders kam, als sie sich das gedacht hatten. Es hat nicht geklappt mit dem

Auswandern... Aber das erzähle ich ein anderes Mal. Ich kam ja damals in Amerika noch in die Schule, aber wir zogen schon zurück nach Deutschland, bevor das erste Schuljahr vorbei war. Und dann wurde bald Eva geboren.«

Und Kati beschrieb ihren Kindern, wie unterschiedlich ihrer beider Kindheit, Evas und ihre, gewesen waren. Eva, für die Amerika ein Reiseland gewesen war, das sie ab und zu besucht hatten, aber nicht, wie für sie selbst, der Ort der ersten Erinnerungen. Sie erzählte, wie lange sie selbst sich noch nach dem See und dem dunklen Wald dahinter in Vermont gesehnt hatte. Nach dem Blockhaus von Tante Annie und nach Annie selbst. Nach der weiten Natur, von der es zunächst nichts mehr zu geben schien in der deutschen Großstadt, in der der Vater dann ein Architekturbüro eröffnet hatte. »Habt ihr deshalb gestritten, Eva und du, Mama?«, fragte Meerchen leise.

Kati überlegte.

»Ja, irgendwie schon. Wir sehen manche Dinge so anders, dass wir es nicht schaffen, uns das gegenseitig gut zu erklären. Wir haben ... ganz Verschiedenes erlebt, und können uns manches vielleicht einfach nicht vorstellen.«

»Aber versucht ihr es denn, Mama?« Meerchen forschte im Gesicht ihrer Mutter nach Hinweisen auf Dinge, die sie nicht sagte.

»Ja, Meerchen, versprochen. Wir versuchen das ... aber es hängt manchmal nicht vom Liebhaben ab.«

# 29

»Schnee! Mama, draußen ist alles voll Schnee!« Noch im Halbschlaf hatte Kati Meerchen in der Küche rufen hören. Aufgeregt! Samstagmorgen. Wie gern sie liegen bleiben würde. Dann stand Meerchen neben ihrem Bett, dünn wie ein Strich, die Augen leuchtend. »Komm nochmal unter die Decke, du zitterst ja«, Kati schlug ihre Bettdecke zurück. »Nein Mama, ich zieh mich an und geh auf die große Wiese. Haben wir so gesagt, Sophie und ich –, wenn es schneit, treffen wir uns da und bauen eine Schneefrau.« Draußen war sie. Kati sank zurück ins Kissen. Einen Moment, dann raffte sie sich auf, angelte unter dem Bett nach den Schuhen und ging in die Küche, um Teewasser aufzusetzen. Heizung anstellen, Strickjacke holen. In einer Woche war Weihnachten.

Sie schaute aus dem Fenster –, tatsächlich – es hatte über Nacht geschneit, und nicht zu knapp. Das Dach der alten Straßenbahnhalle, unter dem sich heute Supermärkte drängelten, war weiß gedeckt. Eine Woche noch! Sie gähnte und setzte sich mit der heißen Tasse an den Tisch.

Die Geschenke für die Kinder hatte sie zusammen. Und doch war alles anders dies Jahr. In den Vorjahren war Eva immer in der Adventszeit vorbeigekommen, sie hatten ein Wochenende miteinander verbracht, Geschenke ausgetauscht, Kaffee und Glühwein getrunken, waren ums Tempelhofer Feld gelaufen oder einmal um den Schlachtensee spaziert. Das fehlte. Ellie erwähnte es nicht, aber als sie sich am Beginn der Adventszeit ausführlich erkundigt hatte, was in dieser Vorweihnachtszeit alles geplant wäre, und ob sie an den Wochenenden etwas vor hätten, und Kati Eva nicht erwähnt hatte, da hatte sie es auch in Ellies betroffenem Gesicht gesehen: Wie sehr das fehlte.

An Weihnachten würden sie zu viert sein, mit Micha, wenigstens das würde sein wie sonst auch.

Und dann, kurz nach Weihnachten, der elende Jahrestag. So nannte Kati ihn inzwischen bei sich, immer wenn sie daran dachte: den elenden Jahrestag. Den Störenfried. Der Schwestern zu spalten vermochte. Aber so wie die Dinge jetzt liegen, werde ich mich überhaupt nicht drum kümmern müssen, dachte sie mit einem Anflug von Trotz, auch schön. Sie würde ihre Mutter anrufen an diesem Jahrestag, das wär's. Erledigt.

Sie fröstelte. Lief zurück ins Schlafzimmer, schlüpfte in die warme, weiche, graue Hose, die sie zuhause am liebsten trug. Zündete in der Küche die Kerzen am Adventskranz an. Stellte die Weihnachtsmusik, amerikanische »Christmas Carols«, die Ellie und sie hörten, seit Ellie klein war, so leise, dass die Lieder allenfalls von ferne hineintröpfelten in den Morgenschlaf ihres Langschläferkindes Ellie.

Als vor dem Fenster erneut Schnee zu fallen beginnt, kommt es Kati plötzlich in den Sinn: das Lied, das ihr Vater an Weihnachten lieber gemocht hatte als alle anderen. Wenn sie an den Adventssonntagen, an den Weihnachtstagen am Klavier gesessen hatte, und er in seinem Sessel, dann hatte er es sich gewünscht, sie hatte gespielt: »Es ist für uns eine Zeit angekommen / die bringt uns eine große Freud'…« Es war einfach zu spielen und zu begleiten, es gehörte zu ihrem Repertoire, und dann irgendwann hatte sie das Lied auch in weihnachtlichen Liederbüchern gefunden, aber seltsamerweise immer mit einem anderen, christlich weihnachtlichen Text. Sie las nach und entdeckte, dass es zwei Versionen gab, eine christliche, spätere, und diejenige, die der Vater gesungen hatte. Ihn hatte, wie er mal sagte, das Lied durch Kriegswinter und Kriegsweihnachten begleitet, die er als Soldat erlebt hatte – 1943, 1944. »Übers schneebeglänzte Feld / Wandern wir, wandern wir / Durch die weite, weiße Welt.«

Er hatte da gesessen, in seinem Lehnstuhl, den man in eine Art Liegeposition fahren konnte, so dass er das schmerzende Bein entspannte; da saß er und hatte meist gar nicht gesungen, sondern vor allem zugehört, hatte gesummt und die Worte vor sich hingesprochen zu ihrer Begleitung: »Es schlafen Bächlein und Seen, / Unterm Eise, es träumt der Wald / einen tiefen Traum«, und bis heute hatte sie, Kati, immer dasselbe Bild vor Augen, wenn sie das Lied hörte: wie er, ihr junger Vater,

171

von dem sie nicht wusste, wo er diese Kriegsweihnachten überhaupt verbracht hatte, und von wo nach wo er gelaufen war, und von wo er bis zur Halbinsel Hela vor Danzig gelangt war, wo er aus sowjetischer Kriegsgefangenschaft entlassen worden war. Wie dieser junge Mann vorher im Krieg über ein schneebeglänztes Feld gewandert war, eine dunkle Gestalt unter anderen, Tornister auf dem Rücken, Gewehr an der Seite, allein und verbunden, eingepasst zwischen hohen Himmel und glitzernde Erde, wandernd von irgendwo nach irgendwo.

Als sie am nächsten Tag von der Bibliothek nachhause kam, leuchtete es gelb auf dem Esstisch. Ellie hatte den Strauß schon in eine Vase gestellt. Gelbe Rosen, mitten im Winter? »Fünfzehn Rosen, Mama, wow! Wo kommen die denn her? Und wieso fünfzehn? Sind die vielleicht nicht doch für mich?« Ellie baute sich vor ihrer Mutter auf, liebevoll, herausfordernd. Übermütig packte sie Kati nach Ellie-Art an den Schultern, rüttelte ein bisschen, küsste sie. »Komm schon, Mama!!« Aber Kati hatte nach einem kleinen freudigen Schreck Peter Mühl noch für sich behalten.

Rosen! Dabei waren es nur drei, vier Sätze gewesen, die sie in einem leichtsinnigen Moment auf eine Postkarte gekritzelt hatte. Vor etlichen Wochen. »Reichlich verspätet«, hatte er auf eine Karte geschrieben, »entschuldige. Dabei habe ich mich riesig gefreut. Auch meine Erinnerung an damals ist ganz frisch.«

Frisch wie fünfzehn gelbe Rosen.

Fast war sie froh, dass er kein Treffen vorschlug. Wie sollte das auch gehen? Fast vierzig Jahre, die sie beide in ihren jeweils eigenen Richtungen unterwegs gewesen waren; es war unwahrscheinlich, dass sie sich über eine nostalgische Erinnerung hinaus etwas zu sagen hätten. Fast vierzig Jahre, in denen sie selbst sich über weniges so sicher gewesen war wie darüber, dass das mit der Liebe – der Partnerliebe – keine Chance hatte in ihrem Leben. Für sie nicht vorgesehen war, nicht zu bewältigen.

Und nun das.

Sie war wieder mal keinem Plan gefolgt. Keiner Absicht. Einem Ruf vielleicht?

Ein Ruf, der mir aus den Tiefen des Tagebuchs, aus der Abschrift seines Briefes von damals, entgegengeschallt war, den ich zu hören gemeint hatte –, dem bin ich gefolgt.

Sie würde sich an den Rosen freuen. Und froh sein, dass sie darüber hinaus die feine kleine Erinnerung an etwas Jahrzehnte Zurückliegendes unverändert bewahren könnte.

Nicht lange nach seiner Rückkehr von seinem ersten Amerikaaufenthalt hatte Dietrich ihre Mutter, seine zukünftige Frau, kennengelernt. Auf einem Studententreffen –, er, der schon eine Weile kein Student mehr war, aber noch jung genug aussah; der noch dazugehören wollte zu den Jungen. Dem sie zu viel Jugend gestohlen hatten, als dass er es hätte schaffen können, so alt zu sein, wie er war. Mitte Dreißig, aber er versuchte, die Uhr um ein Jahrzehnt zurückzudrehen, und siehe da, genau die zarte junge Studentin mit der lebhaften Art und den riesigen braunen Augen, die er sofort unwiderstehlich fand, an diesem Abend des studentischen Treffens junger »Vertriebener« – sie mochte auch ihn. Es war der richtige Augenblick für diese beiden –, und vielleicht doch die falsche Zeit? Großgeworden in gründlich verschobenen Ordnungen, wie sollte man wissen, wann für was die richtige Zeit war?

Aber sie war ihm gefolgt, nach Amerika; hatte diesen gewaltigen Schritt unternommen, um ihm zu folgen, seinem Traum. Sie hätten gute, nein, sehr gute, ganz wundervolle erste Jahre gehabt, hatte die Mutter immer gesagt. Hoffnungsfrohe Jahre. Die Fahrten über Land, ein Häuschen finden. Arbeit in der Gegend, die er schon kannte und liebte, in Vermont, nicht weit von Annie, der Lieblingscousine. Aber irgendwann musste sich auch bis zu ihrer neuen, frischen jungen Gegenwart die Vergangenheit durchgefressen haben; sie hatte geschlummert, vielleicht auch tief geschlafen, man hätte meinen können, sie sei verschwunden, hätte sich erledigt, in Luft aufgelöst.

*Wenn ich über diese Zeit in eurem Leben nachdenke, Dietrich –, also kurz, bevor ich selbst geboren wurde, dann muss ich immer an diesen amerikanischen Roman denken, »Der Mann im grauen Flanell«. Ob du ihn kanntest? Vielleicht hattest du ihn sogar in Amerika gelesen. Bei uns im Bücherschrank stand er nicht. Ich habe ihn erst später entdeckt.*

*»Die Vergangenheit ist etwas, was man am besten vergisst«, denkt darin der junge Kriegsveteran Tom. »Es ist notwendig, das alles – und auch alles, wozu es geführt hat –, zu vergessen… Es ist jetzt ebenso notwendig, es zu vergessen, wie es damals notwendig war, es zu lernen. Sie sollten Kriege mit einer Grundausbildung anfangen und mit einem Kurs in Grundvergessen beenden. Der Trick dabei ist, glauben zu lernen, dass es eine abgetrennte Welt ist, eine verrückte Welt…, in der ›Du sollst nicht töten‹ und dass man sehr viele Männer getötet hat, nichts bedeutet, rein gar nichts, denn jetzt ist die Zeit, eheliche Kinder großzuziehen und Geld zu verdienen, sich ordentlich zu kleiden und nett zu seiner Frau zu sein, den Chef zu bewundern, zu lernen, sich keine Sorgen zu machen, und sich als was zu sehen?«*

Dann, kurz nach Weihnachten, der Jahrestag. Ein heller Winterdonnerstag, klirrend kalt, der sich in die Länge zog wie Kaugummi, so empfand Kati es, die sich, nachdem die Kinder in der Schule waren, nochmal mit einem Tee ins Bett gesetzt und die Erinnerung hatte kommen lassen an diesen Tag vor fünfundzwanzig Jahren. War es das, was der heutige Tag von ihr verlangte: nicht völlig auszuweichen, noch einmal der Erinnerung Platz zu machen? Sie war damals, ahnungslos, auf irgendeiner kurzen Reise unterwegs gewesen, hatte die Information vom Tod ihres Vaters erst nach der Beerdigung erhalten. Etwas von dem betäubten Gefühl, mit dem sie damals die Tage verbracht hatte, bis zu der Entscheidung, ganz allein ans frische Grab des Vaters zu fahren, ragte in ihren heutigen Tag hinein, so viele Jahre später. Sie arbeitete unkonzentriert, rief am späten Vormittag ihre Mutter an. »Schön, dass du dich meldest«, sagte die Mutter, und klang weit weg. »Am Nachmittag gehe ich mit Eva auf den Friedhof.« Etwas anderes erwähnte sie nicht – kein Fotobuch, kein Erinnerungsritual, nichts dergleichen. Ob Eva ihre Idee eines Erinnerungsbuches nun ganz aufgegeben hatte in der Folge des Zerwürfnisses mit ihrer Schwester?, fragte sich Kati nach dem Telefonat.

An einem späten Januartag fand Kati Annies Brief im Briefkasten. Fast, als hätte ich ihn selbst heraufbeschworen, dachte Kati, als sie sich mit dem Brief an den Küchentisch setzte und den Umschlag aufriss. Als hätte ich unsichtbare Signale über den Atlantik gesendet – in den langen Stunden, als ich versunken bin in diese Bilder, in Vermonter Erinnerungen.

Annie. Kati hatte es gewusst, dass die Tante sich mit dem Gedanken trug, noch einmal nach Europa zu kommen. Aber sie hatte es immer verschoben, nie hatte es gepasst. Sie telefonierten selten. Viel zu oft war Kati abends zu müde, hatte sich den Anruf bei der Tante vorgenommen, und dann fiel ihr doch erst, wenn sie im Bett lag, ein, dass sie ihn wieder nicht gemacht hatte. Annie mailte nicht.

Aber nun ein Brief von ihr. Buchstaben in ihrer schönen, großen geschwungenen, altvertrauten Schrift auf dünnem Luftpostpapier. »Ich bin alt, meine liebe Kati«, schrieb sie. »Und wenn ich mich nicht langsam entschließe, läuft mir die Zeit weg. Aber ich will noch einmal zu den alten Plätzen gegangen sein.« Die alten Plätze. Noch bevor sie weiterlas, wusste Kati, was Annie meinte. Nicht Berlin, wo sie die Nichte über die Jahre drei, viermal besucht hatte. Nicht das bayerische Dorf bei München, in dem ihre Schwester gelebt hatte, die vor etlichen Jahren gestorben war, und wo Annie bei ihren Besuchen meist gewohnt hatte.

Nein, sie meinte Danzig; meinte das Werder, die windige Weite, die Windmühlen (die es nicht mehr gab), jene ziegelroten Mauerreste, an denen sich für die, die hier groß geworden waren, immer noch eine Spur Kindheit festklammerte.

Annie wollte ihn noch einmal auf sich nehmen, den weiten Weg nach Europa. Ihre freundliche, etwas altmodische Art, sich auszudrücken, der man die langen Jahrzehnte im englischsprachigen Raum anhörte. »Ich bedaure es so oft, dass wir uns gegenseitig verpasst haben, als Du mit Ellie vor ein paar Jahren hier warst, ihr wart so nah, und dann konntet ihr euren Flug nicht verschieben, und wir haben uns nicht gesehen. Ich kenne Deine kleine Tochter nur als Baby, und wie sehr, sehr gerne würde ich sie jetzt sehen.« Sie wisse ja, schrieb sie, dass Kati keine große Wohnung hätte. Und vielleicht würde ihre eigene Kraft ja auch gar nicht reichen, um bis nach Berlin zu kommen. Aber ob sie Kati und die Kinder einladen dürfte, mit ihr eine Woche in einem Hotel in Danzig zu wohnen? »Und weißt Du, liebste Kati, worüber ich auch viel nachgedacht habe? Ich kenne Deine Schwester Eva so viel weniger als

175

Dich. Meinst Du, ihr würde es gefallen, mitzukommen? Wäre es nicht für uns alle eine Gelegenheit, uns zu sehen. Ich würde es lieben, euch alle zu sehen – I would love so much to show you around a bit, all of you, – imagine, three generations of women, how wonderful this could be.«

Das ganze Paket also. Und Eva obendrauf. Kati ließ den Brief sinken. Wie schön, dass Annie kam. Du hast mir gerade noch gefehlt, würde sie ihr nachher am Telefon sagen –, nein, Spaß! Ich komme kaum weiter ohne dich in meiner Suche, im Ernst, Annie, du hast mir gefehlt! Ich freu mich.

Sie ging in die Küche und goss eine halbe Kanne Kaffee auf. Das würde eine lange Nacht werden.

Und Eva? Ihr ausgerechnet jetzt schreiben, wo sie doch endlich entschieden hatte, es sein zu lassen; jetzt, da diese Entscheidung auch eine Erleichterung bedeutet hatte? Wie könnte sie das lösen? Sie starrte aus dem Fenster in die Dunkelheit.

Sie würde sich kurz halten in dieser Mail. Nichts schreiben als nur die reinen Fakten: Meerchens Geburtstag in vier Wochen. Hatte sie vor, zu kommen? Annies Brief würde sie in eine Mail kopieren. Hätte sie, Eva, Lust und Zeit, mitzukommen nach Danzig?

Kati öffnete die Balkontür, trat in den frostigen Abend, rauchte eine schnelle Zigarette.

Wieder geht Zeit ins Land. Und je mehr Zeit vergeht, desto brüchiger wird sogar das, was man zu haben meint; die gemeinsame Schwesternvergangenheit. Man fängt an, auch das in Zweifel zu ziehen, was gewesen war. Kati schloss die Balkontür, setzte sich hin.

Evas Antwort kam umgehend.

»Hi, bin sehr eingespannt gerade. Danzig eher ein No Go. Wüsste nicht, woher ich die Zeit nehmen sollte. Viele Grüße und Dank an Annie.«

# 30

Kati hatte ihn genossen in diesen Tagen –, den Frühling, den man in der Februarluft schon schnuppern konnte. Die länger werdenden Tage. Sie kam voran mit ihrem Buch, und jetzt wäre es Zeit für eine Pause.

»Hat Eva sich gemeldet, Kati? Was machen die Kinder?«

Sie hatte sich mit Diana in dem kleinen netten Café verabredet, das in einer verwunschenen Ecke des Gleisdreieck-Parks hockte und mit seinen provisorisch aus Brettern und zwischen bepflanzte Hochbeete gesetzten Sitzgruppen, umgeben von Bäumen, so gar nicht städtisch schick war. Sondern eher eine Berliner Pflanze der eigenen Art. An Tagen, so warm wie heute, schenkten sie schon Kaffee im Freien aus.

Kati schloss das Fahrrad ab und sah Diana mit zwei Kaffeetassen auf einen Tisch zugehen. »Huhu! Wie schön, dich zu sehen.«

Sie setzten sich an einen aus einer Baumscheibe gebildeten Tisch. In der Sitzgruppe nebenan stand ein blauweißgestreifter Strandkorb, in dem eine junge Mutter mit ihrem kleinen Sohn Platz genommen hatte.

Kati erzählte von Annie, von Evas knapper kühler Rückmeldung, ihrem Schweigen im Blick auf Meerchens Geburtstag. Diana schwieg, trank gedankenverloren ihren Kaffee. Noch waren die Bäume ringsum kahl. Noch gab die Natur keine Farben her. Umso größer war die Freude über einen Tag, so blau wie heute.

»Naja … vielleicht ist es ja sogar gut, dass du die Reise jetzt nur mit deinen Kindern machst? Die werden das total genießen, dich mal wieder ganz für sich zu haben.«

Kati schaute die Freundin an. »Schick, der neue Haarschnitt. Und dein roter Mantel, so alt er ist, ich liebe ihn.« Diana schaute überrascht, lächelte. Als Kati nichts weiter sagte, legte Diana fragend den Kopf schief. Kati zog ihre Jacke enger um sich. »Du meinst, Ellie und Meerchen sind zu kurz gekommen in diesen ganzen Monaten, wegen meinem Buch, der Recherche, richtig?«

»Keine Ahnung, Kati … aber sie sind ja auf jeden Fall mit im Boot, sie kriegen deine Suche mit – und dann ist es doch großartig, wenn sie jetzt auch mit dürfen, die Orte sehen, an denen du im Geiste, im Schreiben soviel unterwegs warst in diesem letzten Jahr. Ist doch ein Glücksfall, dass Annie diese Idee hatte.«

Kati nickte. »Das stimmt. Aber du … du klingst trotzdem kritisch?«

Diana räusperte sich. Schwieg. Der kleine Junge war aus dem Strandkorb gestiegen und umkreiste nun ihren Tisch mit seinem Roller, suchte seine Spur zwischen den Tischen und Hochbeeten, den noch nicht wieder bepflanzten Blumenkästen. »Naja, du weißt, dass ich mich immer wieder frage, wieso dein Vater soviel Raum bekommt. Was du da machst und warum… Müssen Kinder wirklich dahin kommen, ihre Eltern als Opfer zu sehen? Das ist doch nicht ihre Aufgabe! Du musst das nicht!«

Diana war aufgewühlt. Sie fuhr sich mit allen zehn Fingern durch ihr dickes braunes Haar. »Das scheint mir irgendwie – zu viel verlangt. Zu viel besonders dann, wenn jemand…«

»… auf so eine Weise Täter geworden ist?« Kati schaute dem kleinen Jungen hinterher, der seinen Roller hingelegt hatte und sich auf Zehenspitzen zum Tresen hochreckte, um die Cafébesitzerin etwas zu fragen.

»Ich frage mich manchmal, warum du diese Blickrichtung von dir verlangst. Müssen Eltern nicht – wenn schon – diesen, ich nenn's mal so, Täter-Blick auf sich selbst werfen, ganz generell, grundsätzlich, meine ich? Wir beide wissen das doch, wir sind Mütter, wir machen Fehler, was weiß ich… Wir sind, im Guten wie im Schlechten, Täterinnen unseren Kindern gegenüber. Wir tun ihnen das an, was wesentlich, was leitend für sie sein wird. Es hört sich schrecklich an, aber – ist es denn wirklich die junge Generation, die dann das leisten muss, was die ältere nicht hinkriegt?«

Kati schwieg immer noch. Ich weiß es nicht, Diana.

»Eltern sein heißt doch«, Diana nahm einen neuen Anlauf, »zuallererst, seinen Kindern Schutz zu garantieren. Und wenn Eltern das nicht können, oder sogar die Kinder gefährden –, naja, dann suchen Kinder, sobald sie groß genug sind, das Weite, müssen sie ja. Wenns gut geht! Das hat dein Vater gemacht, das hast du selbst gemacht. Aber wieso musst du jetzt…«

»Genau, Diana.« Kati straffte sich, setzte sich aufrecht, trank ihren Kaffee aus. »Aber irgendwann – ich meine, ich bin über fünfzig! Es stimmt, was du sagst, ich habe das Weite gesucht, ich habe es sogar gefunden. Und vielleicht ist es deshalb so, dass ich jetzt das größere Bild sehen will, die Verbindungen?«

Sie machte eine Pause. Nahm sich eine Zigarette. »Du weißt das besser als irgendjemand sonst. Wie ich von früh an Abstand gesucht habe. Wie ich mich eingerichtet habe in der Unversöhnlichkeit. Wie es dazu auch keine Alternative hätte geben können. Aber dann, irgendwann… Vielleicht geht es irgendwann einmal dann auch um etwas wie Mitgefühl –, ein Mitgefühl, das erst möglich wird, wenn man durch alles andere durch ist? Als Schritt, der irgendwann auch gegangen werden will? Unversöhnlichkeit scheint mir irgendwie –, nicht alles zu sein. Vielleicht ist es ja das letzte Wort. Aber es kann nicht das einzige bleiben.« Sie schwieg, drückte die Zigarette wieder aus. »Es ist ja nicht so, dass mein Vater sich keine Mühe gegeben hätte… Er hat sich selbst in Psychotherapie begeben, damals, in den fünfziger Jahren. Damals wollte das was heißen. Irgendwann hat er das dann abgebrochen. Aber er hat es versucht.«

Mitgefühl für sich selbst war etwas, das jemand, der als Soldat im Nazikrieg gewesen war, wohl schwerlich irgendwann im Leben für sich selbst aufgebracht hatte. In Zeiten, in denen niemand vom Posttraumatischen Stresssyndrom sprach. In Zeiten, vor allem, in denen das Ausmaß an Leid und Schuld, das die Nazis über die Welt gebracht hatten, noch nicht ansatzweise ermessen war. Nie vollständig ermessen sein würde.

Das Gespräch mit Diana verfolgte sie, als sie nachhause radelte, die Küche aufräumte, Abendessen vorbereitete. Was wurde daraus in einem langen Menschenleben –, aus dieser Unfähigkeit zu trauern, der Unfähigkeit, zu fühlen? Welche Haltungen erwuchsen daraus – welche Einstellungen zu eigener Schuldfähigkeit, zu realer Schuld? Hatte nicht eine überwältigende Anzahl aus der Generation derer, deren Erwachsenwerden noch im direkten Griff des Krieges und der Nazizeit stattgefunden hatte, eine von vornherein schiefe, verkrümmte Haltung zu sich selbst eingenommen? Schuldgefühle an die eigenen Kinder weitergereicht, wenn diese sich wehrten, gegen autoritären Zugriff, gegen Übergriffe? Waren nicht in vielen Familien die Dinge vollständig verdreht worden? Wirkte die Haltung, die man zur eigenen Schuldfähigkeit, zu eigener Schuld, einnahm – oder nicht einnahm – nicht unabänderlich auf die Haltung ein, die man zu seinen Kindern einnahm? Darauf, wie man sie interpretierte, wie entschieden man ans gute Herz seiner Kinder glaubte, deren klaren Kopf, deren Recht auf ihre Wahrheit, auf ihren kritischen Blick –, oder dies eben nicht tat?

Die Fragen würden stehen bleiben müssen.


Und dann doch!

Kati würde Peter wiedersehen. »Können wir uns sehen?«, hatte er per Mail gefragt. »Ich gebe zu: Ich bin neugierig.«

Neugierig! Ja, hallo, das war sie auch. Aber reichte das? Sie haderte mit der Aufregung, die seine Frage in ihr auslöste, der Nervosität. Musste das nicht schiefgehen? Könnte dieses Wiedersehen überhaupt etwas anderes sein als enttäuschend – nachdem das, was man fast vier Jahrzehnte in einem kleinen Winkel im Hinterkopf aufbewahrt hatte, eine so zarte Berührung gewesen war? Mehr, der Inbegriff von zarter Berührung. Ein romantisches Versprechen, das sich nie hatte einlösen müssen, weil es vom Leben überholt worden war. War es nicht besser, mit der kleinen, in sich vollkommenen Erinnerung weiterzuleben?

Aber nun hatte sie es angestoßen. Sie selbst war es ja, die es angestoßen hatte. Und freute sie sich nicht auch? Natürlich freute sie sich. »Komm, Mama, du bist doch gespannt wie ein Flitzebogen, gib's zu…«, lachte Ellie, als sie immer wieder in Katis Zimmer kam, um sich verschiedene Garderoben vorführen zu lassen. »Ist doch voll schön, das schwarze Kleid, dann dein buntes Tuch, die schönen Ohrringe…«

Vor dem Spiegel bürstete Kati sich die Locken und steckte sie hoch in eine Klammer. Erst heute hatte sie den Kindern gestanden, dass sie am Abend eine Verabredung hatte. »Ein Date, meinst du…«, hatte Ellie verbessert.

Sie war zuerst da, in dem Restaurant, das er vorgeschlagen hatte. Nahm an dem kleinen Ecktisch Platz, den er reserviert hatte, bestellte einen Tee. Hatte ihren Gedanken – lass mich nicht warten, bitte, ich werde immer aufgeregter – noch nicht zu Ende gedacht, als die Tür aufging und ein großer Mann mit weit ausgreifenden Schritten auf ihren Tisch zukam. Sowas!

Sie stand auf und lachte in sich hinein, wo die Aufregung mit einem Schlag verschwunden war. Junge, ich erkenne dich wieder! Du bist nicht mehr ganz so schlank. Deine Haare sind grau. Dein Gang aber ist sowas von gleich geblieben. Deine Ausstrahlung von uneitel, freundlich, humorvoll ist die, an die ich mich erinnere. Deine Hände erkenne ich wieder. Deinen Blick! Den vor allem.

Sie standen voreinander, gaben sich die Hand, lächelnd Auge in Auge.

Nein, es war nicht schwierig, ihn wiederzuerkennen. Intensive blaue Augen, denen sie das viele Leben ansah, das hindurch gegangen war.

Der Kellner, der an den Tisch gekommen war, entfernte sich wieder.

»Klar erkenne ich dich wieder«, sagte nun auch er. »Dein Lachen. Wie früher.«

Sie setzten sich, fingen an zu fragen, zu erzählen. Zwei Kinder hatte er, einen Sohn, eine Tochter. War seit langem von deren Mutter getrennt.

Kati bestellte Salat mit Ziegenkäse. Er entschied sich für Lachs.

Und er wollte alles wissen. Wie war sie zu ihrem Beruf gekommen? Was machte sie lieber, das Übersetzen oder das Bücher schreiben? Wie hatte es sie nach Italien verschlagen? Und – er erinnerte sich dunkel – war sie nicht sowieso in Amerika geboren? Damals war sie doch mit den Eltern und Eva dorthin gereist, wenn er sich richtig erinnerte... Und Eva? Was machte sie?

Wie gut du dich erinnerst, dachte Kati. Wie viel du fragst und vor allem, wie gut du zuhörst. Auch sie fragte: nach seinem Beruf. Seinen Kindern, die an den Wochenenden zu ihm kamen. Schließlich: Habe ich dir damals eigentlich geantwortet?

Das aber wussten sie beide nicht mehr.

»Meerchen –, ist das eine Abkürzung?«, meinte er, als der Abend schon weit fortgeschritten war, als Kati sich nach Pasta und Käse gegen den Espresso entschieden hatte und dafür noch ein hal-

bes Glas Wein hatte geben lassen, »hat es was mit Märchen zu tun?«
»Nein«, nickte Kati, »aber das werden wir immer gefragt. »Meerchen
heißt eigentlich Merle, die Amsel, auf Französisch … aber als ich Ellie,
meiner älteren Tochter, die ja damals sieben war, knapp sieben, glaube
ich –, als ich also ihr sagte, wie wir ein Mädchen nennen wollten, da hat
sie wild protestiert, sie fand Merle unmöglich, konnte nichts mit dem
Namen anfangen, und sie wäre nur unter einer einzigen Bedingung bereit, ihn anzuerkennen, nämlich dass das Meer in ihrem Namen vorkä-
me, und also würde sie sie Meerchen nennen. Und dabei ist es geblieben.«

Als Kati später zur Toilette ging und ihr Gesicht im Spiegel sah, dachte
sie, wie eigenartig und wie schön, ich bin vollkommen entspannt. Es ist
immer noch vertraut, es ist immer noch interessant, es ist neu interessant, und als sie zum Tisch zurückging, und den Blick sah, mit dem Peter ihr entgegenschaute, kam es ihr vor, als zögerten sie beide das Ende
des Abends hinaus.

# 31

Ein blankgeputzter Frühlingstag. Endlich, endlich, hatte Meerchen geseufzt und die Augen verdreht, übertrieben theatralisch. »Endlich nimmt Mama mich auch mal mit!«

Sie saßen im Bus nach Rzepin, Polen –, Kati, Ellie, Meerchen. Ausgerechnet in diesen Tagen war die Zugstrecke Berlin – Danzig in ihrem ersten Abschnitt durch Bauarbeiten unterbrochen, so dass die ersten beiden Reisestunden im Bus verbracht werden mussten. Neun statt sechs Stunden, hatte Kati gestöhnt. Auch das noch.

»Ist doch egal, Mama!«, hatte Meerchen gerufen, glücklich aufgeregt. Und tatsächlich war am Morgen nicht einmal das frühe Aufstehen schwierig gewesen. Kati saß am Fenster und schaute hinüber zu ihren Töchtern, die nebeneinander auf der anderen Gangseite des Busses saßen. Meerchen hatte das Gesicht ans Fenster geklebt, kommentierte mit lauter Stimme die Dörfer mit den backsteinernen Häusern und niedrigen Garagenschuppen, durch die sie fuhren, buchstabierte die fremden Wörter: »Dworzec, Mama, was heißt das? Kawi-er-nia?« »Pscht, Meerchen, sei mal bisschen leiser«, Ellie, in ein Buch vertieft, legte ihrer kleinen Schwester die Hand auf den Mund.

In Rzepin stiegen sie aus. Über die drei Gleise waren Dächer aus weißlackiertem Holz gespannt, Meerchen rannte voraus in ihren Schatten, die Sonne brannte sommerlich. Verrückt, wie schnell Berlin weit weg ist, viel weiter, als man in drei Stunden reisen kann, dachte Kati. Und wie einzeln die Dinge plötzlich wirken, wenn das nie unterbrochene Hintergrundrauschen der Großstadt fehlt, das so oft alle Eindrücke zu einem großen Eindruck einschmilzt. Hier hingegen: Eine einzelne Bank, dahinter Bäume. Zartes Frühlingsgrün. Eine gähnende Frau, neben sich einen Koffer in greller Leuchtfarbe. Vater und Tochter, die im Bus vor ihnen gesessen hatten und nun zum Gleis gegenüber gelaufen waren.

Dann endlich im Zug. Meerchen wurde still, erste Müdigkeit holte sie ein. Mit langgezogenen Pfiffen bahnte sich der Zug nach Poznan seinen Weg durch die topfebene Landschaft der Felder. »Nicht einschlafen, Meerchen! Wir sind gleich in Poznan!« Kati strich über Meerchens blonde Locken, kniff sie leicht in den Nacken, Genervt stand Meerchen auf und setzte sich auf einen anderen Platz.

»Aussteigen, Kinder! Eineinhalb Stunden Aufenthalt. Wir machen einen Spaziergang.« Meerchen gähnte. »Mama, ich bin müde! Ich will schlafen.« »Nix da. Schlafen kannst du im Zug nach Danzig.«

Kati schob den Koffer die mehrspurige Straße entlang und staunte beim Blick auf die mächtigen gründerzeitlichen Häuserreihen der fünfstöckigen Häuser mit Erkern und verzierten Balkonen. Poznan: In den Jahren ihrer Kindheit und Jugend war es irgendeine polnische Stadt hinter dem gewesen, was man den »eisernen Vorhang« genannt hatte, ungeheuer weit von der eigenen Lebenswelt entfernt. Völlig anders für die Großeltern, für Martha und Paul Claassen: für sie war Posen eine Stadt im Westen gewesen, auf der Strecke nach Berlin. Ob sie jemals in Berlin gewesen waren, in Posen?

Die Zeit reichte gerade eben, um einen kleinen Park zu besichtigen, wo Meerchen zum Springbrunnen lief und sich Wasser ins Gesicht spritzte. »Komm her, Mama, du auch!« Beim Rückweg zum Bahnhof pausierten sie vor einem Café, es gab Eis für die Mädchen, Wasser für Kati, dann saßen sie im Zug nach Danzig. »Wie spricht man das aus, Mama –, Gdańsk?«, fragte Ellie, die einen ersten Blick in den Reiseführer warf. Das Gepäck war verstaut, Kati schaute zu ihren Töchtern hinüber. Ich liebe es einfach, auf Reisen zu sein, dachte sie. Alles, was wichtig ist, ist da. Alles ist in Bewegung.

Kurz vor Danzig klingelte ihr Telefon.

»Annie, hallo! Wo bist du? Auf dem Flughafen?« Kati erschrak. »Annie? Was ist los?« Kati hatte ihre Tante noch nie weinen hören. Es dauerte, bis sie aus den Wortfetzen, die aus der schlechten Verbindung herüberdrangen, einen Zusammenhang ausmachen konnte. Dann verstand Kati: Annie war in New York auf der Rolltreppe im Flughafen gestürzt. Sie rief aus dem Krankenhaus an, untröstlich. Sie war nicht einfach umgeknickt, nein, der Knöchel war, wie es aussah, gebrochen. Es würde keinen Sinn machen, den Flug anzutreten. Sie würde nur auf Krücken laufen können. Wie hatte das passieren können? Sie war völlig außer sich. Kati versuchte, die Tante zu beruhigen. »Annie, Annie, hör zu. Es hätte doch noch viel schlimmer kommen können. Wir verschieben das, ok? Wir kommen auch noch ein zweites Mal nach Danzig. Mach dir keine Sorgen, jetzt muss erstmal der Fuß wieder in Ordnung kommen.«

Sie legte auf und schaute ihre Kinder an. Was nun?

Im Hotel saßen sie wie betäubt auf ihren Betten. Meerchen schluchzte. »Reisen wir jetzt wieder zurück, Mama? Es ist so gemein!«

Kati antwortete nicht.

Ellie hatte aus dem Fenster gestarrt, drehte sich nun mit einem Ruck um: »Mama, sag schon, was machen wir jetzt?« Als Kati wieder nicht antwortete, stampfte sie leicht mit dem Fuß auf: »Leute, wir sind in Danzig. Da wollten wir so lange schon hin! Das gucken wir uns doch jetzt an! Ich will doch nicht wieder abreisen… Warum warten wir nicht erstmal ab, was mit Tante Annie ist und gucken dann weiter?« Sie ergriff Katis Hand und versuchte, sie hochzuziehen. »Komm, Mama.«

Kati hob den Kopf, stand vom Bett auf. »Recht hast du. So machen wir das.«

Darauf hatte Meerchen gewartet. Die Energie kehrte mit einem Ruck zurück, sie sprang auf und griff nach ihrem kleinen Rucksack.

Zwei Straßen weiter fanden sie ein Café mit dem Namen Len und setzten sich hinter der wuchtigen steinernen Brüstung auf die Terrasse. »Geht ihr zwei mal rein und sucht euch Kuchen aus und dann kommt ihr zurück und sagt mir Bescheid.« Für die Bestellung würde ihr Anfängerpolnisch reichen, und jetzt –, sie rutschte tiefer in ihren Stuhl, jetzt war er trotz allem da, der erste richtige Moment in Danzig. Sie schaute der steinernen Schönheit dieser Stadt ins Auge, und sie schauten zurück, die hohen schmalen Häuser mit ihren Erkern und Steintreppen; die so vielfältigen Fassaden, in die winzige Cafés und Läden eingepasst waren. Touristen flanierten durch die Gasse, die früher Jopengasse geheißen hatte, hier hatte der fürchterliche Gauleiter Forster gesessen, hier konnte man gar nicht anders, als sich zurücktasten durch die Zeiten.

Als der Kuchen kam, lief Kati mit dem Handy auf die Straße, um Annie noch einmal in Ruhe anzurufen. Sie behielt ihre Mädchen im Blick, während sie die breite Straße mit den verzierten Beischlägen, den erhöhten Vorgärten, ein Stück herunter lief.

»Annie kann nur an Krücken laufen«, berichtete sie, als sie sich wieder an den Tisch setzte, »sie wird nicht kommen. Sie muss erst wieder gesundwerden. Aber« – ein Blick in Meerchens angstvoll aufgerissene blaue Augen – »wir bleiben hier, keine Sorge, wir reisen nicht ab. Und es gibt eine andere Überraschung, wartet mal ab.«

»Was, Mama, sag schon?« Meerchen sprang auf.

Kati schüttelte den Kopf.

Die Frauengasse herunter, die Heiliggeistgasse herauf. Meerchen hüpfte auf dem Kopfsteinpflaster die Straßen entlang. Sie rannte die Treppenstufen der steinernen Beischläge herauf und herunter, geriet außer Atem, lehnte sich an Ellie. Beide Kinder bestürmten Kati mit Fragen. Wieso haben die das hier, diese kleinen Vorgärten, zu denen Treppen führen, und woanders nicht? Und war wirklich alles kaputt im Krieg und sieht es jetzt genauso aus wie vorher? Und wie soll man die Wörter aussprechen, wenn die so kompliziert geschrieben sind? »Achtung, hier kommt was Einfaches«, unterbrach Kati den doppelten Redefluss vor einem Café, in dem sie bei ihrer letzten Reise viele Lesestunden verbracht hatte und zu dem sie jetzt die Route unbemerkt gelenkt hatte. »Das könnt ihr schon mal auswendig lernen! Matka i Córka, das spricht man wie matka i zurka und es heißt: Mutter und Tochter!«

Sie steuerten die gewaltige Halle der Marienkirche an. Drinnen, in der Stille und Kirchenkühle, die sie umgab, verstummten beide Mädchen. »Mama, die ist so groß, hier hätten ein paar von unseren Berliner Kirchen Platz«, flüsterte Meerchen. »Wahrscheinlich hast du recht«, stimmte Kati zu, »und erinnert ihr euch noch an das Luftbild, das ich euch in dem Danzig-Buch gezeigt habe? Alles um die Kirche herum sieht winzig aus.« Meerchen bestand darauf, die Größe auch von außen zu ermessen und einmal drumherum zu laufen.

»Und jetzt, Kinder, fahren wir ins alte Langfuhr, wo die Schule von eurem Opa steht. Wer hat eine Idee, wie man den heutigen polnischen Namen von Langfuhr ausspricht?« Sie zeigte auf das Wort im Stadtplan: Wrzszeszcz. »Nee, oder«, murrte Ellie, »was für ne Sprache.« Aber dann erinnerte Kati sie daran, dass sie »czszeszcz« für »hallo«, das sie beide im Café doch schon angewandt hatten, einfach übertragen und nur den Anfang verändern müssten. Wscheschtsch! Ganz einfach! Sie streiften durch das Langfuhr der schmucken Stadtvillen aus der Gründerzeit, entlang des alten Jäschkentaler Waldes. »Klar, Mama, dass dir das gefällt,« kommentierte Ellie gespielt nüchtern und ließ ihren Blick über die Häuser schweifen »Aber nein, stimmt schon, ist echt schön hier. Ich wünschte nur, ich könnte besser Polnisch.«

Dietrich Claassens alte Schule, das Conradinum, lag am Ende einer Villenstraße. »Dieser edle Stadtteil hier ist das obere Langfuhr«, erklärte Kati ihren Töchtern, »seht ihr da neben der Schule die Bahnlinie? Auf der anderen Seite der Bahn liegt das untere Langfuhr, da wohnten Arbeiter und Angestellte, da hatte die Mutter von Günter Grass ihren Kolonialwarenladen, die Häuser sind viel niedriger und einfacher.« Als sie vor der Schule standen, die Köpfe in den Nacken gelegt und das neugotisch in die Höhe strebende dunkelrote Backsteingebäude mit den zierlichen Dachreitern betrachteten, erzählte Kati von dem Direktor, der die Schule durch die 1930er Jahre hindurch und bis ans Ende des Krieges geleitet hatte. »Dieser alte Freund von mir, Gerhard, den ich in Berlin manchmal besuche, er hat hier auch Abitur gemacht, im Jahr 1940. Er war etwas älter als euer Opa. Und er hat mir erzählt, wie kurz vor dem Abitur zwei Herren von der SS kamen und ihm anboten, ihm das ganze Jurastudium zu bezahlen, wenn er sich verpflichte, für die Nazis zu arbeiten. Er solle sich das bis zum nächsten Tag überlegen. Und dann rief ihn der Direktor am Nachmittag zu sich und warnte ihn. Keinesfalls solle er sich in Abhängigkeit von den Nazis begeben! Dieser Direktor hielt bis ins Frühjahr 1945, als der Krieg in Danzig tobte, die Bomben fielen und alles immer verzweifelter wurde, bei seinen letzten Schülern die Stellung.« »Und was wurde aus ihm?«, fragte Ellie. »Er wurde von der Roten Armee abtransportiert und in ein Lager gebracht, wo er starb. Aber Gerhard denkt bis heute an ihn, stellt euch das vor. Er ist jetzt knapp hundert, und empfindet immer noch Dankbarkeit für diesen Direktor, der ihm überhaupt ermöglichte, auf der Schule zu bleiben. Seine Mutter hatte kaum Geld und hätte die Schulgebühren nicht weiter bezahlen können.« »Hat Opa denn auch von diesem Direktor erzählt?«, fragte Ellie. »Tja, Ellie«, sagte Kati, »da fragst du was. Ich glaube, er hat auch von einem guten Direktor gesprochen. Aber mein Vater ist so lange tot, und ich hatte damals noch nicht die Fragen, die ich heute habe.« »Fragst du deshalb den Gerhard?«, meinte Meerchen, und schaute ihre Mutter von unten an.

Kati nickte. »Wahrscheinlich ist das so, Meerchen. Gerhard war sechs Jahre im Krieg. Ihn kann ich fragen, was das bedeutete –, nicht nur, was es bedeutete, das überlebt zu haben, sondern auch damit weiterzuleben.« »Pause, Mama«, stöhnte Meerchen. »Ich möchte irgendwo was essen gehen.«

Pause also. Als sie mit Salaten und Sandwiches in einem Café in der alten Marienstraße – »Wajdeloty, Mama! Der Name ist viel schöner!« – saßen, in der sich inzwischen Läden mit frischen Gemüseauslagen und kleine Boutiquen abwechselten, nahm Ellie den Gesprächsfaden wieder auf.

»Ich wüsste wirklich gern, was Opa darüber gesagt hätte, seine Jugend mit den Nazis, die Zeit im Krieg…«, sagte sie nachdenklich und zerteilte mit der Gabel ihre Quiche. »Ja, wer weiß«, erwiderte Kati. »Vielleicht hätte er euch ja auch mehr erzählt als mir. Manchmal ist das den eigenen Kindern gegenüber am schwierigsten.«

Schweigend aßen sie weiter.

Wieder draußen, schlug Kati den Weg zur Hauptstraße ein. Sie warf einen Blick auf die Uhr. »Und wisst ihr was? Jetzt fahren wir mit der Straßenbahn auch noch an den Strand! Stogi, Meerchen, so heißt das heute und früher hieß es Heubude.« Meerchen, gestärkt, steckte Zlotyscheine in den Schlitz des Automaten, dann quietschte die Straßenbahn mit ihnen durch ein von Hochhäusern dichtbebautes Gebiet. Meerchen klebte wieder gleich am Fenster. »Wo soll denn hier ein Strand kommen, Mama?«, fragte sie. Aber da war es dann plötzlich – »Das Meer!«, rief Meerchen, »mitten in der Stadt!«

»Na, es war eher so, dass die Stadt nach dem Krieg bis ans Meer herangebaut wurde«, erzählte Kati. »Die Deutschen mussten gehen. Menschen, die in Litauen lebten, mussten von dort fort und hierhin umziehen. Es wurden viele Wohnungen gebraucht. Alles wurde anders.«

Es dämmerte, das Meer lag als kompakte, ölig-graue Masse vor ihnen, während rechts einzelne Lichter rot und grün blinkten, wie auf Stäben aus dem Meer ragend. Zur Linken erstreckte sich ein Stück weit den Strand herunter ein unüberschaubar dichtes, gelb-orange beleuchtetes Gewirr aus Masten, Kränen und Schiffsumrissen, verstellte den Blick auf den weiteren Verlauf des Strandes. »Wir laufen ein bisschen in die Richtung, Kinder«, sagte Kati. Alle drei hatten die Schuhe ausgezogen und wühlten die Zehen in den nassen Sand.

»Ich darf bekanntmachen: Unser Containerhafen«, sagte plötzlich eine Männerstimme auf Deutsch, und Meerchen machte vor Schreck einen Satz rückwärts. Der Mann, der vor ihnen am Boden gehockt hatte, richtete sich auf und lachte. »Den Hafen gab es natürlich noch nicht, als euer Opa hierher zum Baden kam.« Tomek grinste. Kati hatte ihn schon eine Weile bemerkt. Nun zwinkerte sie ihren Kindern zu, die beide wie angewurzelt stehen geblieben waren. »Überraschung gelungen, Kinder! Manchmal schaffe ich das noch… Darf ich euch Tomek vorstellen? Den besten Reiseführer der Welt. Er wird morgen mit uns ins Danziger Werder fahren.«

# 32

»Was genau ist nochmal das Werder?«, fragte Ellie beim Frühstück. Kati hob an, aber Meerchen unterbrach: »Mama, wann kommt Tomek?« Mit ihm hatte sie gestern bei der abendlichen Pizza in der Nähe des Hotels gleich Freundschaft geschlossen.

»Tomek kann es dir wahrscheinlich besser erklären«, sagte Kati, »es unterteilt sich ins Danziger Werder und ins Marienburger Werder, und ist das Hinterland von Danzig. Es ist auf allen Seiten umgeben von Wasser, stell dir das vor: der Ostsee im Norden, die Flüsse Weichsel und Nogat im Osten und Westen. Und so kann man sich leicht vorstellen, dass das Werder immer von Hochwasser bedroht war, schon im Mittelalter haben die Deutschordensritter Deiche gebaut und Kanäle zur Entwässerung gegraben, später dann die Mennoniten, das waren Glaubensflüchtlinge aus…«

»Weichsel und Nogat, Marienburg, Heubude«, unterbrach Ellie versonnen den Redefluss ihrer Mutter, »das sind alles so schöne Namen.« Kati erinnerte sich, dass sie genau das auch als Kind empfunden hatte bei den seltenen Gelegenheiten, bei denen der Vater seine alte Heimat erwähnt hatte. Nogat hatte wie Nougat geklungen, und die Ortsnamen – Neuteich, Heubude, Tiegenhof – schienen sämtlich geheimnisvolle Orte zu bezeichnen.

Und so fühlte sie auch wenig später die Enttäuschung nach, die Ellies gerunzelte Stirn verriet, als sie auf den Schnellstraßen von Gdańsk ins Werder fuhren, und für eine ganze Weile rechts und links der vielspurigen Straße nichts den Blick hielt außer Strommasten und Windrädern in der grünbewachsenen, kaum bewaldeten Ebene. Eine Raffinerie, eine Tankstelle, vereinzelt Häuser. Öde. »Und jetzt, Kinder, fahren wir über die Weichsel, heute Wisła«, sagte Tomek in feierlichem Ton über der Brücke –, »und also hinein ins Große Werder«, ergänzte Ellie, die am Morgen aufgepasst hatte. Grasige Weite ringsum, Tomek beschleunigte und Kati dachte, ja, diese Weite ist einfach nichts zum Langsamfahren.

Tiegenhof, heute Nowi Dwór Gdański, war ihr Ziel, so hatten Tomek und sie es vereinbart. Es war der dritte Ort im Freistaat gewesen, an dem Martha Claassen Grundbesitz gehabt hatte, und wie sie von Tomek wusste, gab es dort ein Heimatmuseum, das sich der Geschichte des Werders annahm.

Tomek parkte den Wagen auf dem Kopfsteinpflaster, das zwischen den beiden massiven backsteinernen Hallen der früheren Käserei Leonard Krieg verlief. »Ja, Kinder, schaut euch mal um. Das war in deutschen Zeiten eine Molkerei gewesen«, sagte Tomek und stieg aus. Im Eingang stellte Meerchen sich auf die Zehenspitzen und las laut ein altes Inserat vor: ›Offeriere prima vollfetten Tilsiter-Käse, prima Stangenkäse, ca. 4 Pfund schwer... Ihren werten Anfragen mit Interesse entgegensehend, zeichne hochachtungsvoll, Leonard Krieg‹. Wie haben die denn gesprochen?«

Drinnen war geballte Geschichte versammelt. Ein Mühlstein, zweimal so hoch wie Meerchen. Eine alte Bauernstube. Ein Miniaturmodell des alten Ortes Tiegenhof, in dem 1939 knapp viertausend Menschen gelebt hatten in den Häusern rechts und links des Flüsschens Tiege, das sich wie eine Schlange durch den Ort wand. »Irgendwo hier«, sagte Kati beim Blick auf das sorgsam rekonstruierte Modell des früheren Ortes, »irgendwo hier stand – oder steht – ein Haus, oder ein Hof, der damals den Claassens gehörte.« Meerchen zog mit der Hand die Schlangenlinie des Flusses nach. »Im Januar 45 stand Tiegenhof zur Hälfte unter Wasser«, erzählte der Museumsführer, »die Wehrmacht zerstörte die Deiche, um den Vormarsch der Russen zu stoppen.« Überhaupt sei das Werder vor allem von den Deutschen selbst zerstört worden. Verbrannte, geflutete Erde. Ellie blieb lange vor dem Modell stehen.

Schweigend stiegen sie durchs Treppenhaus in die zweite Etage. Hinter Glas, auf kleinen Podesten fanden sie hier, sorgfältig aufbewahrt und beschriftet, Zeugnisse aus der Zeit davor. Gerettete Dinge. Kati und die Mädchen bewunderten die schönen Sachen, die bestickten Kissen und Trachten, die sorgfältig geformten bauchigen Flaschen der Likörfabrik Stobbe –, Pomeranzenschnaps. Krambambuli. Danziger Goldwasser. Allesamt Worte, die an etwas irgendwie Bekanntes, im Hinterkopf

Gespeichertes rührten. Der schönste gehörte hierher, ins alte Tiegenhof: Machandel, jener Wacholderschnaps, den bis 1945 die hier ansässige mennonitische Firma Stobbe hergestellt hatte.

Tiegenhof also. Nächstes Mal, wenn Meerchen älter ist, der Nachbarort: Stutthof.

In den Tagen, die folgten, zeigte Kati ihren Töchtern Friedhöfe, auf denen kein Claassen zu finden war, aber ein Lehrer, der auf seltsame Art etwas mit Mamas Kontaktlinsen zu tun hatte. Eine Schule, die nicht mehr stand; ein Elternhaus, das es nicht mehr gab, stattdessen Bruchstücke von Geschichten, in denen ein verlorener kleiner Junge im Mittelpunkt stand, der viel später Katis Vater wurde, und, wenn er noch lebte, ihr Opa wäre.

»Ich habe noch etwas für dich«, sagte Tomek am letzten Tag.

Sie saßen beim Mittagessen in einem Gartenlokal. Meerchen und Ellie waren fast andächtig in die Piroggen vertieft, die Tomek für sie bestellt hatte. Gerade hatte Ellie ein paar krautgefüllte mit Meerchen gegen die mit Schmand und Kartoffeln getauscht, als Tomek ein Blatt aus der Tasche zog und Kati eine Kopie entgegenhielt: »Schau mal. Das habe ich im Archiv auf der Marienburg gefunden.« Kati nahm das Blatt entgegen, es war eine Geburtsurkunde. »Vor dem unterzeichneten Standesbeamten erschien heute, der Persönlichkeit nach, der Gutsbesitzer Ernst Claassen, wohnhaft zu Baerwalde, mennonitischer Religion, und zeigte an, dass von der Marie Claassen, geborene (unleserlich), Ehefrau, mennonitischer Religion, wohnhaft bei ihm, zu Baerwalde am 12. Januar 1890, ein Kind männlichen Geschlechts geboren worden sei, welches den Vornamen Paul erhalten habe.« Bräunliches Papier, altdeutsche Schrift, weitgeschwungene Initialen, die drei Zeilen umfassten. Paul Claassen, ihr Großvater.

Mennonitischer Religion? »Ganz genau«, grinste Tomek übers ganze Gesicht, »weißt du noch, letztes Mal, als du hier warst? Die Mennonitenfriedhöfe, für die du keine Zeit hattest? Wer weiß, wen wir da vielleicht gefunden hätten.« Kati ist verwirrt. Mennoniten? Das waren Pazifisten. Kriegsdienstverweigerer.

Großvater war Mennonit? Er hätte nicht in den Krieg gemusst?

Er hätte nicht in den Krieg gemusst. Wie ein Mantra lief der Satz durch ihren Kopf. Er hätte nicht in den Krieg gehen müssen, und wenn er also nicht gegangen wäre, wie wäre dann alles gekommen? Wie wäre dann die Geschichte der Claassens weitergegangen? Eine winzig kleine Geschichte in der großen Geschichte hätte sich womöglich anders weitergeschrieben, für vier Kinder, für etliche Enkelkinder hätten sich die Dinge anders entwickelt.

Dietrich hätte einen Vater gehabt; ein Vater hätte Kindheit und Jugend begleitet.

»Danke, Tomek«, murmelte Kati. »Du bist großartig.«

Sie fuhren die alte Straße zurück, die viel schöner war als die Schnellstraße, und immer wieder durch baumbestandene Alleen führte. Kati dachte an ihre Großeltern, an deren Möglichkeiten und Begrenzungen, über die sie nichts wusste; deren Gründe und Hintergründe, sie versuchte sich Martha Claassen vorzustellen, wie sie durch die Baumstraßen hindurch gefahren war mit ihrem Auto, das Kati sich wie ein Schiff vorstellte, monströs, erhaben. Durch die Scheibe, auf die ein plötzlicher Frühlingsregen prasselte, las sie die polnischen Ortsnamen.

Lubieszewo.

Jeziernik.

Ostaszewo.

Die Kinder waren müde und wortkarg, sie schauten aus dem Fenster, und Kati fragte sich: Was ist das hier alles, diese Fetzen und Bruchstücke vergrabenen Wissens, denen ich hinterherjage –, ein großer Umweg? Mein Ausweg? Mein Heimweg? Es ist ein Weg, auf den ich, Katinka Claassen, nicht hätte verzichten können. Ein Weg weit zurück, um anzukommen bei einem Kind, Jungen, Soldaten, Studenten, den ich nicht gekannt habe, aber zu dem ich auf komplizierten Wegen Verbindung aufnehmen kann.

Eine Verbindung, die möglich ist –, nachdem eine andere unmöglich geworden, gescheitert ist.

Es war gut, unterwegs zu sein.

Mein Fernweh, dachte Kati, ist mein Heimweh; es ist befreiend, das endlich so sehen zu können und nicht auf eine Heimat zu warten, die eben nicht in jedem Lebensplan vorgesehen ist. Die Fluchten der Eltern – erzählte, verschwiegene – haben sich in mir verdichtet zu einer Art fernwehbegabten Unruhe, einer Möglichkeit, immer wieder aufzubrechen, der Fremde zu vertrauen. Luftwurzeln auszustrecken, Zelte zu errichten, kleine Heimstätten auf Zeit.

Am Reisetag schliefen sie lange.

Nach dem Frühstück trat Kati mit den Mädchen den Weg durch Danzig bis zum dunkelroten Gebäude der alten polnischen Post an, dem zweiten Schauplatz des Kriegsausbruchs. Zeitgleich mit den Schüssen der »Schleswig Holstein« auf die Westerplatte am 1. September 1939 war das Postgebäude mitsamt achtundfünfzig Menschen – polnische Postangestellte, Hausmeister und dessen elfjährigen Pflegetochter Erwina –, von der Danziger Schutzpolizei, verstärkt von SS-Heimwehr und SA, gestürmt und nach Tagen der tapferen Gegenwehr schließlich in Brand gesteckt worden. Die Menschen erbarmungslos gemetzelt, die Überlebenden einen Monat später hingerichtet, ein Justizmord gleich zu Kriegsbeginn.

Ganz still waren Ellie und auch Meerchen, als sie durch die in den alten Posträumen eingerichtete Ausstellung gingen, die schwarzweißen Fotografien studierten, die Texte lasen., flüsternd fragte Meerchen nach: »Auch das Mädchen, Mama?«

Draußen zeigte Kati ihnen noch das Gebäude des Weltkriegsmuseums schräg gegenüber mit seiner kühnen Architektur, aber um hineinzugehen reichten weder die Zeit noch das Aufnahmevermögen. »Ich liebe Danzig, Mama«, sagte Meerchen ernsthaft auf dem Rückweg zum Hotel.

Auf der Rückreise nach Berlin schliefen die Mädchen. Jede von ihnen hielt einen Bernstein in der Hand. Tomek hatte sie ihnen durchs Zugfenster in die Hände gelegt, drei schöne Stücke. Meerchen den größten und vollkommensten: goldfarbenes Innenleben, wie von Fäden durchzogen, glatt und geschliffen, nur eine kleine schartige Ecke gab ihn zu erkennen als ein Stück Natur; von genau der Größe, um die sich eine achtjährige Hand schließen konnte.

Kati breitete ihren Sommermantel über ihre schlafenden Töchter und kramte ein Blatt Papier hervor.

*Liebste Annie,*

*ich war so froh über Deine Nachricht, ein unkomplizierter Bruch, der schnell heilen wird –, und dass Du weiter entschlossen bist, diese Reise nachzuholen und also anzutreten, sobald es Dir gut genug geht. Ich rufe dieser Tage bei Dir an!*

*Für den Moment schicke ich nur diesen Gruß los, den ich nachher ganz altmodisch auf die Post geben werde. Sollen doch die netten kleinen Postämter in Amerika wenigstens ab und zu noch einen Brief erhalten. Vor allem aber sollst Du einen Brief von mir bekommen.*

*Es war so wertvoll, dass Du diese Reise angestoßen hast, Annie! Ich war wohl etwas begriffsstutzig gewesen vor allem im Blick auf Meerchen, die sich so sehr eine Reise mit Ellie und mir gewünscht hatte. Und dann die Reise selbst. Sie hat uns drei auf etwas neue Art verbunden, zusammengebunden, wie angeschlossen an eine Kraft, die in den Winkeln des Danziger Werder, in den Winkeln der Familiengeschichte verborgen gelegen hatte. Dafür hätte Erzählen nicht gereicht. Du warst wohl doch im Geiste dabei. Ich danke Dir.*

# 33

Kati hatte es ganz vorne auf den Geburtstagstisch gelegt –, noch vor den Bernsteinschmuck, den sie heimlich gekauft hatte, nachdem Meerchen in Danzig bei einem Straßenstand das Armband immer wieder an- und ausgezogen hatte. Aber nun lag Evas Geburtstagspäckchen für Meerchen prominent davor, groß und verheißungsvoll zwischen den anderen Dingen, den Pferdebüchern und Filmen, die Meerchen sich gewünscht hatte, der Musikbox von ihren Eltern, Reitstiefeln.

Als Meerchen im Nachthemd ins Zimmer schlüpfte, nachdem Ellie und sie angefangen hatten, das Geburtstagslied zu singen, sah Kati am Blick ihrer kleinen Tochter, dass sie es sofort erfasste: Eva würde nicht kommen.

Im Bruchteil einer Sekunde. Aber sie würde sich nichts anmerken lassen. Sie würde sich stattdessen ganz auf Ellie stürzen, die sich in ihrer großzügigen Ellie-Art heute auf nichts anderes konzentrierte als auf das, was Meerchen sich wünschte.

Gleich nach dem Frühstück nochmal in die Eisdiele? Klar, Meerchen, kein Problem. Mit so vielen Kugeln, wie du haben willst.

Am Abend saßen sie zusammen mit Meerchens Vater und seiner Freundin, Diana war gekommen, Meerchen hatte dank Eva ihre neue Reitausstattung komplett zusammen, zwischen Micha und Ellie saß sie auf dem Sofa, und Kati wusste genau: Erst später, beim ins Bett bringen, würde sie ihrer Mutter einen kurzen Satz sagen –, ihre Enttäuschung, ihre Ratlosigkeit, sie würde vielleicht kurz weinen, bevor sie hinüberschlief ins neue Lebensjahr.

Und dann: Peter.

Wieso scheint auf einmal etwas möglich? Wir kommen von so weit her aufeinander zu, sind so verschieden, leben so verschieden. Ein geregeltes Beamtenleben mit seinen Sicherheiten –, demgegenüber mein vogelfrei freies Leben der Selbstständigkeit. Und doch scheint es so zu sein, dass wir diesen ganzen weiten Raum unserer Verschiedenheit, unserer unterschiedlichen Leben zwischen uns bestehen lassen können, nicht antasten müssen. Fragen nach der Welt des anderen – das schon, unentwegt, einander Löcher in den Bauch.

Er hatte für sie gekocht, dann sie für ihn. Die Kinder hatten ihn beäugt, Ellie hatte mit ihm über Demokratie in der Schule diskutiert und nachher etwas Anerkennendes vor sich hin gemurmelt.

Drei Wochenenden hintereinander waren sie miteinander spazieren gegangen. Um Seen herum, in Brandenburg, und wer damit angefangen hatte, wer die Hand zuerst ausgestreckt hatte, um zu fühlen, wie sich das anfühlte, dieser Kopf, dieser Mund –, Kati war sich nicht sicher.

Und überhaupt –, würde man tatsächlich an etwas anknüpfen können? Sich gegenseitig etwas zutrauen, womöglich zumuten? Könnte man es schaffen, es sich miteinander schön zu machen, ohne es sich eng zu machen?

Man könnte es versuchen.

Schließlich das Telefonat. Dies würde nicht per Mail zu machen sein.

»Eva, ich bin das, Kati.« »Oh, hi.« Evas knappe Antwort. Dann Schweigen.

Kati holte Luft. »Hör zu, Eva, ich muss dich eine Sache fragen. Wie kann es sein, dass du Meerchen so enttäuschst?« Zorn stieg hoch. Es ist mir total egal, dass du nicht in Danzig warst, ich pfeife darauf, dass du mir nie mehr geantwortet hast – ich pfeife auf dich…

Aufpassen, Kati. Die inneren Worte festhalten, nicht rauslassen. Dem Drang, weh tun zu wollen, wo die andere einem weh getan hatte, widerstehen. Einmal gesagt hieße: nie mehr zurückholen können.

Eva schwieg, räusperte sich. »Ich habe Meerchen geschrieben, dass unser Konflikt nichts mit ihr zu tun hat. Dass ich sie, sobald sie will, wieder hole… Sie kann bei uns in den Ferien sein, so oft sie möchte. Ich kann nur – ich kann dich im Moment einfach nicht sehen.«

Ist es das, was sie will – es immer schlimmer machen? Was hab ich dir getan? »Eva. Was habe ich dir getan?«

197

Evas Stimme klang dunkel und ganz weit weg. »Ich hab doch gesagt –, es tut mir leid für Meerchen. Ich habe mich im Brief an sie entschuldigt. Aber – Kati, ich glaube nicht, dass ich mich vor dir rechtfertigen muss. Wie lange hast du dich rausgezogen aus der Familie? Jahrzehnte, in denen du auf kein Familienfest, auf keinen Geburtstag gekommen bist. So viele Jahre, in denen ich, nicht du…«

»… dich um Mutter gekümmert hast, ich weiß, Eva. Ist das der Grund, dass du Meerchen stehen lässt? Wird sie jetzt an meiner Stelle bestraft?«

»Komm, Kati, hör auf. Das dürfte dir doch klar sein, dass das, was ich tue oder nicht tue, nichts mit Meerchen zu tun hat und dass ich« – Eva hob die Stimme, »– Meerchen da, soweit es geht, versuche, rauszuhalten.«

Ruhig werden. Sich in der Küche umschauen. Sich festklammern an der Reihe bunter alter Blechdosen oben auf dem Geschirrschrank. An der dickbauchigen weißen Teekanne mit den blauen Punkten. Noch einmal dasselbe fragen: »Eva, was habe ich dir getan?«

Auch Eva, hört Kati, zieht sich innerlich zurück. Kühle Geschäftsmäßigkeit, Evas Schutzweste. »Ich glaube nicht, dass wir so weiterkommen, Kati. Wir haben es all die Jahre nicht hingekriegt. Und die Unversöhnliche, ganz ehrlich gesagt, bist doch du. Du bist die, die es nicht schafft, das Gute mal genauso zu gewichten wie das Negative. Deine Kindheit war, weiß Gott, nicht nur schlimm –, vielleicht solltest du da ja deine Haltung mal etwas ändern, das Negative hinter dir lassen, das käme allen entgegen.«

Sie würde nicht weinen, auf keinen Fall. Sie würden es also nicht schaffen, sie würden nicht weiterkommen in diesem Gespräch. Die Fragen, die sie gerade noch laut in den Hörer hatte rufen wollen –, Was ist mit uns, Eva? Was ist mit diesen letzten Jahren und dem, was wir zusammen erlebt haben? Miteinander. Mit den Kindern. Zählt das alles nicht, fällt nicht ins Gewicht gegenüber alten geerbten Geschichten? – rutschten zurück, fielen in sich zusammen.

»Ok«, brachte sie heraus. »Ok, Eva. Dann lassen wir es…« Sie zögerte kurz, verabschiedete sich, wartete Evas Reaktion nicht ab, drückte auf Aus. Blieb vor dem Telefon stehen, fassungslos –, als hätte sie nicht selbst gerade Schluss gemacht.

Allein. Das war die Essenz. Sie waren eben alle allein in dieser Familie. Er hatte eine Menge geschafft, Dietrich Claassen, ihr Vater; sie hatten sich Mühe gegeben, alle beide, Vater und Mutter, und hatten doch gleichzeitig für ihre Kinder eine Einzelkämpferspur gegraben, zwei Furchen, aus der sie beide, Eva und sie selbst, es nicht herausschafften.

Das schaffen wir nicht.

»Mama, was ist denn mit dir los?« Ellie öffnete die Balkontür, und guckte erschrocken ihre Mutter an, die sich in eine Decke gewickelt hatte und vor sich hin starrte, als ob sich nicht um sie herum schönste Frühlingswärme ausbreitete. »Ist was passiert?«

Kati schaute auf. »Hallo Ellie. Ich komm gleich rein, kochen…« Ellie stellte sich vor sie hin. »Mama, was ist los? Du hast doch geweint? Ich bin doch nicht blöd.« Kati lachte kurz auf. »Das bist du wirklich nicht.«

»Ist was mit Oma? Mit Eva?« Kati rieb sich die Augen. Wer auch nur für einen Moment glaubte, man könne seine Kinder raushalten aus wesentlichen Familiendingen, aus den Verstrickungen, die entstanden; den Entscheidungen, die irgendwann gefällt worden waren…

Kati schaute gegen die Sonne in Ellies braune Augen. »Eva und ich haben telefoniert. Ich war so sauer, dass sie nicht zu Meerchens Geburtstag gekommen ist.« »Oh Mama.« Ellie zog den zweiten Stuhl heran und setzte sich. »Und jetzt ist sie sauer auf dich und euer Streit wird schlimmer?« Sie schaute zu Boden. »Aber warum ist sie denn eigentlich nicht gekommen?«

Kati zog die Decke fester um sich herum. »Sie ist nicht gekommen, weil sie mir etwas übel nimmt. Ich hätte letztes Jahr etwas schreiben sollen über unseren Vater, für eine Art Gedenkbuch, das Eva zu seinem fünfundzwanzigsten Todestag machen wollte, auch als Freude für Oma, ich habe das abgelehnt, und seither – naja, du siehst es ja. Seither kommen wir nicht mehr zusammen. Ich habe ihr immer wieder gemailt, sie hat nicht geantwortet.«

Ellie runzelte die Stirn. »Echt? Das nimmt sie dir so übel? Obwohl sie die ganze Sache weiß, mit eurem Vater?« Ellie schüttelte den Kopf. »Mama, das kann nicht sein! Wegen sowas kann sie doch nicht aufhören, uns liebzuhaben – dich liebzuhaben, Mama… Keine Angst, das kann nicht sein!«

Kati gab sich keine Mühe mehr, die Tränen zurückzuhalten. Durfte man das? Plötzlich kleiner sein und hilfloser als die eigene sechzehnjährige Tochter?

Ihre düstersten Gedanken würde sie Ellie nicht anvertrauen: Doch, Ellie, genau das kann sein, und schlimmer, es wird nicht so bleiben, wie es jetzt ist. Dinge bleiben nie einfach, wie sie sind; sie verfestigen sich, vertiefen sich, wenn nichts an ihnen geschieht. Von hier aus konnte es sich eigentlich nur verschlechtern. Zurückspringen in die alte Spur, die alte Distanz. Wenn dann die Verbindung wieder ganz aufgehoben wäre, täte es nichts mehr zur Sache, ob Feindseligkeit oder Gleichgültigkeit dahinter stünden, es käme auf dasselbe hinaus.

»Ich mach dir einen Kaffee, Mama.« Kati atmete durch, streifte die Decke ab. Schloss die Augen, spürte Frühlingswärme. Hörte Ellie zu, die in der Küche werkelte. Dann stand der Kaffeebecher vor ihr. »Danke«, sagte Kati und nahm Ellies Hand.

»Fahr hin, Mama. Fahr zu Eva. Lass das nicht so, wie es ist.«

»Wie bitte?« Kati erschrak. »Ich kann doch jetzt nicht hinfahren!« Sie setzte sich auf, legte die Hände um den warmen Kaffeebecher. »Ellie, ich habe das Telefonat gerade abgebrochen. Ich habe genug davon, angeschwiegen zu werden. Und wenn ich ein Gespräch suche, also sie einfach anrufe, wie vorhin, dann höre ich Vorwürfe.«

Vorwürfe so groß wie ein Leben.

»Naja, Mama, du hast ihr ja auch was vorgeworfen. Egal, ich verstehe das! Aber lass es nicht so – bitte. Auch« – sie zögerte, »uns zuliebe.«

Kati schüttelte den Kopf so entschieden, als könnte sie Ellies Rede damit wegwischen.

»Mama. Hör mal, es ist Freitag. Morgen ist keine Schule, du setzt dich einfach ganz früh in den Zug, ich unternehme was mit Meerchen, und dann bist du abends wieder zurück. Meerchen geht ja heute Abend eh zu Micha, dann kriegt sie das erst mit, wenn du weg bist. Oder, keine Ahnung, du nimmst dir morgen ein Hotel. So weit ist es jetzt auch nicht, drei Stunden, oder?«

»Ellie, das wäre doch verrückt. Vielleicht fahren sie am Wochenende ja weg!«

»Das finde ich raus. Ich wollte Andi sowieso schon lange was wegen meinem Computer fragen. Ok?«

Ellie wartete Katis Antwort nicht ab. Sie drückte ihrer Mutter einen Kuss ins Haar, und ließ die Balkontür hinter sich angelehnt.

# 34

Dass sie am nächsten Tag, früh, im Auto saß und an Peters Seite in Richtung Westen über die Autobahn brauste – das übertraf selbst Ellies Erwartungen. »Echt, Mama?«, hatte sie spät abends ins Telefon gerufen.

»Mach dir keine Sorgen, ich habe Andi nichts gesagt, nur bisschen erzählt, was ich selbst so vor habe am Wochenende und hab ihn gefragt, was sie machen. Sie sind zuhause!«

Sie hatten miteinander zu Abend gegessen, und Kati hatte Peter gar nicht viel erzählen wollen. Und dann doch vom gestrigen Gespräch mit Ellie berichtet, das ihr nicht aus dem Kopf wollte. »Na, dann machen wir das, oder?«, hatte er nach kurzer Pause gesagt.

»Was machen wir?«, hatte Kati gefragt.

»Ich fahre dich hin. Keine Angst, ich mische mich nicht ein!«, hatte er etwas verlegen nachgeschoben, als er ihren entgeisterten Blick sah. »Es geht einfach schneller als mit dem Zug. Und ich hatte dir ja gesagt, dass ich schon lange mal wieder zum Dom wollte, dann gehe ich am Sonntag ins Hochamt, allerbester Plan fürs Wochenende.« Und hatte sie fröhlich angegrinst.

Jetzt saß sie neben ihm im Auto und wunderte sich. Wo kam das alles auf einmal her, die sich überstürzenden Ereignisse der letzten vierundzwanzig Stunden? Und wo ging es hin? Sie war unruhig. Was wäre, wenn sie nun alles verschlimmerte? Wenn Eva ihr die Tür weisen würde? Und war es nicht viel zu früh, Peter mit einzubeziehen; eine Reise ins Innerste der Familie zusammen mit ihm zu machen, der erst seit ein paar Monaten wieder in ihrem Leben war? Nervös ist gar kein Ausdruck, dachte sie mit einem unsicheren Seitenblick auf ihn, und im Auto kann man nicht mal auf die Toilette fliehen.

Er hatte, so schien es ihr, schnell gemerkt, dass sie nicht weiter über den Anlass dieser überstürzten Reise sprechen wollte. Dass sie nach einer Weile dann doch erzählte, stockend, langsam, nach Worten suchend, um Eva und ihr Verhältnis zu beschreiben, das einmal innig gewesen war, in das dann, plötzlich, fast zwanzig Jahre Funkstille eingebrochen waren –, das hatte weniger mit seinen Fragen als mit seinem Zuhören zu tun.

Dann, irgendwann, schlief sie, den Kopf in seine Richtung geneigt, ein.

Einmal hatte sie es tatsächlich versucht, ihren Vater darauf anzusprechen. Kati war mit Markus zusammen gewesen, ihrem ersten Freund, sie war Mitte zwanzig gewesen, und es hatte ihr gedämmert, dass der Ort, an dem sie versuchen müsste, dieser sie so verstörenden, soviel Angst auslösenden Liebe eine Chance auf Erfolg zu geben, nicht ihre und nicht seine Studentenbude wären.

Sondern das Elternhaus, Gehäuse der Kindheit, Speicher übermächtiger Erinnerungen. Dass Markus sie so mochte, gab ihr Mut; und eines Nachmittags hatte sie, zu Besuch bei den Eltern, ihn, den Vater, mit bis zum Hals klopfenden Herzen, zur Rede gestellt.

»Was war das früher, Vater? Wieso hast du das getan?«

Sie waren im Esszimmer des Hauses, und er war sofort aufgestanden und hatte beide Türen geschlossen –, die zur Küche und die zum Wohnzimmer –, damit er gewarnt wäre, wenn die Mutter oder Eva den Raum beträten. Und mit dieser Handlung, die unmittelbar auf Katis Frage folgte, war eigentlich alles klar gewesen.

»Spiele«, hatte er mit leiser Stimme zu ihr gesagt, verlegen, aber eindringlich. »Das war alles Spiel! Nichts weiter.«

»Spiele unter der Bettdecke?«, hätte sie zurückfragen können. »Ist das nicht ein etwas seltsamer Ort?« Aber das hatte sie nicht gemacht. Sie war schnell aufgestanden, hatte irgendetwas gemurmelt, das Gespräch beendet. Das nächste Mal, wusste sie, würde sie nicht fragen. Sie würde es sagen. Und so war es bald darauf gekommen.

Dies alles niederzuschreiben, dauert ein Leben.

So schien es mir die meiste Zeit. Ich sah mich im Spiegel an und dachte, gut, dass ich jünger aussehe, ich habe mein Alter noch nicht eingeholt, mir ist Zeit geschenkt worden für verlorene Zeit.

# 35

Peter hatte sie eine Straße weiter abgesetzt. »Ich ruf dich an«, sagte sie und stieg schnell aus.

Ich darf jetzt nicht trödeln, dachte sie, als sie seinem Wagen hinterherschaute, nicht ins Zweifeln kommen. Still stand sie, während um sie herum samstägliche Einkaufsbetriebsamkeit wogte, Leute mit Tüten einen Bogen um sie machten. Nicht nachdenken, Kati. Gehen.

Hört das denn nicht irgendwann mal auf –, die schweren Wege? Ich muss losgehen, bevor die allzu bekannten Straßen mich einsaugen. Bevor eine alte Zeit zu nahe rücken konnte. Gehen.

Andi öffnete die Tür. »Na sowas! Wo kommst du denn her!?« Er beugte sich zu ihr herunter, überrascht, fast belustigt, kam es Kati vor. Aus dem Augenwinkel sah sie, wie Eva aus einem der hinteren Räume neben ihn trat. Eva –, Haare mit einem Tuch hochgebunden, weißer Pulli, weite Hose. »Kati! Ist was mit den Kindern?« Kati schüttelte langsam den Kopf, und sah in Evas Augen, dass sie verstand. Sofort kehrte Abwehr in ihren Blick zurück. Mit untergeschlagenen Armen trat sie einen halben Schritt zurück, abwartend.

Warum bin ich hier, dachte Kati. Plötzlich fühlte sie sich absurd klein vor ihrer hochgewachsenen Schwester und deren großem, breitem Mann. Ich habe mich nie unpassender gefühlt. Hier hält das Wochenende Einzug, und ich stehe auf der Schwelle als ungebetener Gast. Als Eindringling. Erst als Andi sie freundlich am Arm fasste, »Komm rein, iss mit uns!«, fand sie ihre Sprache wieder. »Eva, ich … ich möchte das nicht so lassen wie es gestern am Telefon war. Können wir vielleicht – in Ruhe nochmal reden?«

Andi drehte sich zu Eva um, die jetzt sichtlich mit sich kämpfte. Dann schaute er zwischen den Schwestern hin und her, sagte: »Ich räum mal die Maschine aus«, und ging aus dem Flur in Richtung Küche.

Kati holte tief Luft. Dann würde sie eben wieder gehen, Peter anrufen, nachhause fahren. Dann hätte sie es wenigstens versucht. Aber Eva hatte sich offenbar entschieden. Sie trat zur Garderobe im Eingang, auf Kati zu, und griff nach ihrem Sommermantel.

»Nicht hier. Lass uns laufen.«

Schweigend steuerte Eva den Wagen in Richtung der hügeligen Landschaft im Norden der Stadt. Kati schaute aus dem Seitenfenster, oft waren sie früher an Wochenenden hierher zum Spazieren gefahren, als Eva klein gewesen war, sie selbst aber schon in einem Alter, in dem Spazierengehen das Symbol schlechthin für öde erwachsene Langeweile war. Die ganze alte Schwere hockt mit uns hier im Auto, dachte Kati.

»Warum bist du gekommen?«, fragte Eva mit heiserer Stimme, als sie den Wagen geparkt hatte und ihre Schritte in einen Feldweg mit weitem Blick in alle Richtungen lenkte. Kati schwieg. Ich weiß es auch nicht, dachte sie. Weil Ellie es wollte? Weil sich zu viel Nicht-Reden angesammelt hat in einer Familie, in der eigentlich alle ganz gut reden können?

Sie holte Luft. »Weißt du noch, Eva, vor ein paar Jahren? Als Annie mir den wahren Grund gesagt hat, warum wir aus Amerika weggezogen sind, als ich klein war. Das Nachbarsmädchen, das er belästigt hat, die Familie, die ihn verklagte, die überstürzte Flucht aus Amerika. Du warst erschrocken damals, sehr erschrocken, daran erinnere ich mich gut. Aber dann – es hätte einen Aufschrei in der Familie geben müssen… Wir hätten uns zusammensetzen und darüber sprechen müssen, was dies Wissen für uns bedeutet. Für einen kurzen Moment dachte ich, das würde nun passieren, endlich. Aber der Moment war vorbei, bevor es auch nur zu einem einzigen wirklichen Gespräch kam. Dann war ich wieder die, die nervt, weil sie allem auf den Grund gehen will.«

»Und? Was willst du damit sagen?« Eva klang müde.

»Ich würde gern wissen, was du…«, Kati suchte nach Worten. »Ja?«, fragte Eva. »Ich möchte wissen, was du mir so übelnimmst, dass seit fast einem Jahr wieder alles zwischen uns in Frage steht. Was du mir übelnimmst, ohne mit mir darüber zu reden … wieder mal nicht zu reden.«

Ihr schwindelte.

»Kati, jetzt komm. Das kann dir ja wohl unmöglich nicht klar sein?«

Eva schaute starr geradeaus beim Laufen, aber Kati entging ihr genervter Gesichtsausdruck nicht. Dann schaute sie Kati ins Gesicht: »Soll ich's dir ganz ehrlich sagen? Ich finde schon, dass ich über die Jahre viel für die Kinder, also auch für dich getan habe, und…«

Kati blieb stehen, Falte auf der Stirn steil. Leise sagte sie: »Du empfindest ja auch viel für sie, oder? Und sie für dich.«

Eva reagierte nicht. Schweigend liefen sie ein Stück den Feldweg weiter, in einen kleinen Wald hinein. »Es war keine große Bitte, Kati, die ich letztes Jahr an dich hatte! Es wäre nicht schwer für dich gewesen! Aber es hätte etwas bedeutet! Dass die Familie wieder zusammenrückt, dass wir mal gemeinsam … sozusagen, vor unseren Eltern stehen! Dass du, verdammt, deinen Platz wieder einnimmst!«

Jetzt weinte Eva, leise zuerst. Aber während die Tränen liefen, wurde sie wütend. »Hast du dich mal gefragt, hast du dir das ein einziges Mal vorgestellt, wie das ist – immer dazwischen zu stehen? Zerrissen? Seit damals! Seit Jahrzehnten. Seit du damals gegangen bist, bin ich das Kind, an dem sich die Eltern festgehalten haben.« Sie putzte sich die Nase, aber gab sich keine Mühe, die Tränen aufzuhalten.

»Und natürlich« – wütend funkelte sie Kati an, »habe ich es immer geliebt, zu euch zu kommen! Natürlich liebe ich deine Kinder! Verdammt, meinst du, ich brauche meine Schwester nicht? Aber kannst du dir vorstellen, wie leid ich diese Zerrissenheit bin? Jedes Mal, wenn ich von euch zurückgekommen bin, von der fröhlichen Alleinerziehenden-Familie, der niemand fehlt« –

Kati wollte widersprechen, aber Eva ließ sich nicht unterbrechen. »Dann komme ich zurück in unsere Kleinstadt, und habe ganz bald Mutter am Telefon, die mich nach den Kindern ausfragt, die sie so gern öfter sehen, öfter sprechen würde –, ich überlege mir, was ich erzähle und was nicht, was sie traurig machen würde. Und währenddessen wird sie älter und älter und…«

Versteh ich, dachte Kati. »Warum hast du das nie gesagt, vorher?«

»Warum? Vielleicht habe ich gehofft, dass du selbst draufkommst? Vielleicht habe ich dich einfach auch schützen wollen? Du hattest ja deine Gründe, dich so zurückzuziehen, das war mir klar. Aber irgendwann –« Sie brach ab. Schweigend liefen sie durch den Frühlingswald.

Kati schaute hoch in die noch kahlen Baumwipfel: Äste voller Knospen. In die Strecken aus Stille sang eine Amsel.

»Ok Eva. Das verstehe ich. Du hast Recht. Aber wie hätte ich es machen können? Wie hätte ich etwas schreiben können, was für euch, für dich und Mutter gestimmt hätte? Ich kann nur meinen Abschied nehmen –, meinen Abschied von dem Vater, den ich gehabt habe.«

Aber Eva war noch nicht fertig. Heftig schüttelte sie den Kopf.

»Du, du… Ich glaube, du hast immer gedacht, das ist alles allein deine Sache und du hast jedes Recht, sie auf deine Weise durchzuziehen. Aber warum, frage ich dich jetzt –« Sie blieb stehen, schlug die Arme unter und sah Kati herausfordernd an. »Wenn es deine Sache und dein Recht war – warum hast du es dann nicht für dich durchgezogen und die anderen verschont? Wieso hast du uns das angetan? Hättest du nicht wegbleiben und für dich mit alldem fertigwerden können? Wieso hat das deine Therapie nicht geleistet? Wieso hast du etwas, das eine Sache zwischen dir und ihm war, nicht da gelassen, wo es hingehörte?«

Kati blieb wie angewurzelt stehen. »Eva, sag, dass das nicht dein Ernst ist.« Von hier aus ging es keinen Schritt weiter. »Eine Sache zwischen ihm und mir? Bist du wahnsinnig? Du meinst nicht wirklich, dass etwas, das im Elternhaus stattfindet, das in Heimlichkeit Jahre einer Kindheit begleitet und das Potenzial hat, ein Leben zu zerstören –, dass das den Rest der Familie nichts angeht? Dass es von ihnen ferngehalten werden soll?«

Eva antwortete nicht. Sie liefen schweigend nebeneinanderher, und Kati versuchte, tief durchzuatmen. In Ordnung, dann ist das jetzt jedenfalls mal ausgesprochen. Dann hat die Kluft zwischen uns endlich einen Namen. Dann weiß ich, woran ich bin.

»Ich würde gern umdrehen«, murmelte sie. »Ich muss dann auch irgendwann zurück.«

Wieder reagierte Eva nicht, sondern lief einfach weiter. »Ich sag dir mal, wie ich mir damals vorgekommen bin. Du bist extra angereist zu dieser Aussprache, also hör mir jetzt zu.«

Sie traten aus dem Wald heraus und nahmen einen Weg am Waldrand entlang.

»Ich kam mir damals vor wie jemand, die für ihre ältere Schwester die

Scherben aufsammeln darf. Sie hat den Raum verlassen und ihr Werk getan. Wer liest die Scherben auf? Wobei, Scherben aufsammeln, das wäre ja noch gegangen. Das wäre irgendwann vorbei gewesen, aufgeräumt. Aber das, was zerbrochen war, war zerbrochen…«

»Aber Eva – wie hätte das gehen können?« Jetzt waren die wütenden Tränen bei Kati. »Wie hätte ich es anstellen können, dein Zuhause unangetastet zu lassen?«

»Ich habe das alles nicht verstanden«, unterbrach Eva sie heftig. »Bis heute nicht. Ich will nicht an dem rütteln, was dir passiert ist, was das für dein Leben bedeutet hat – wirklich nicht. Aber ich werde nie verstehen, wieso dir dann eine Therapeutin plötzlich anscheinend näherstand als deine eigene Mutter« –

Nein, dachte Kati kühl. Ihr werdet es auch nie verstehen. Wieso man sich jemanden außerhalb der Familie suchen muss, um überhaupt weitermachen zu können. Jemanden, der fragt: Was ist passiert und wer hat das gemacht? Der ohne Erklärung einfach weiß, was es bedeutet, wenn die Person, die hätte aufpassen sollen, zu der Person wird, die allen Schutz wegreißt. Jemand, der sagt: Er hätte der Vater sein müssen, aber er wurde zum Angreifer. Er hätte auf sich aufpassen müssen. Jemand, der versteht, was das heißt: sich zwischen seiner Familie und sich selbst entscheiden müssen, weil man gezwungen wird, zwischen Liebe und Würde zu entscheiden.

Eva hatte sich unterbrochen, als warte sie auf Antwort. Aber Kati blieb still. Schweigend liefen sie weiter, und Eva setzte ihre Rede leiser fort. »Wieso es für dich keine Rückkehr mehr gab, wieso dann nichts mehr zu … kitten war, einfach verloren.«

»Wieso für dich verloren?«

»Naja, denkst du, ich hätte danach noch ein Zuhause gehabt?«

Erschöpft. Schweigend liefen sie am Waldrand in einem Bogen zurück. »Wohin soll ich dich fahren?«, brach Eva irgendwann die lastende Stille. »Setz mich irgendwo ab, ich rufe dann Peter an«, sagte Kati müde.

Eva hielt am Marktplatz, ging ohne ein Wort zum Café am Markt und kam mit zwei Kaffeebechern zurück. »Oh, das ist lieb…«, dankbar nahm Kati den heißen Becher entgegen.

»Kati.« Eva schaute Kati direkt in die Augen. »Glaub nicht, dass ich das bestreiten oder kleinreden wollte, was dir passiert ist.« Eva schaute vor sich hin. »Das will ich nicht. Aber muss man nicht – irgendwann verzeihen? Sich versöhnen?«

Als Eva gefahren war, setzte Kati sich auf den steinernen Rand des Brunnens und starrte vor sich hin. Es war ein Fehler gewesen, herzukommen. Sie gaben sich Mühe, alle beide, sie hatten Hoffnung, alle beide – und dann lief es doch wieder auf dasselbe hinaus; auf eine Erwartung an sie, Kati, die sie unmöglich erfüllen konnte. Sie schaute auf die Uhr. Keine drei Stunden waren vergangen. Jetzt würde sie Zeit für sich brauchen, bevor sie Peter anrief. Eine große Runde allein drehen.

Vaters Töchter. Ob er sich jemals vorgestellt hatte, wie wir als erwachsene Frauen sein würden, wie verbunden oder unverbunden –, und wie sehr er dies als Vater, eine Kindheit hindurch, beeinflusst hatte? Ob er überhaupt noch wusste, was das war, Sehnsucht nach Geschwistern?

Die Kindheit, dies innerste Zimmer unseres Daseins, von dem aus sich das Leben organisiert; von der Kindheit hängt doch ab, wie schwer, wie langsam –, und ob überhaupt! – all das wachsen und reifen kann, was irgendwann »erwachsen« sein soll. Vieles kann ohne bestimmten Nährboden einfach gar nicht wachsen und bleibt in schamvoll verborgenen Ecken hocken. Du, Dietrich Claassen, warst deiner Zeit voraus, als du dich mit diesen Ecken deiner selbst in den geschützten Raum psychotherapeutischer Behandlung begabst. Du warst mutig genug, dir Hilfe zu holen in einer Zeit, als solche Helfer noch »Irrenärzte« genannt wurden.

Aber weißt du, was ich glaube? Dass du diesen Weg nur halbherzig gingst, vielleicht nur halbherzig gehen konntest.

Vielleicht war der Schaden zu groß? Die Scham? Deine Umgebung zu ignorant?

Was ich inzwischen zu verstehen glaube: Der fühlende Mensch kann zerstört werden. Das ist es, was mir die Stimmen der Männer sagen, die als Soldaten im Krieg waren und ihn überlebt haben. Wenn von dir verlangt wird, zu töten und bereit zu sein, dich töten zu lassen –, wo bleibt dann das innere Zentrum aus Empfindsamkeit, Lebensfreude und Mitgefühl, das Verletzlichkeit voraussetzt? Die Chancen, all das zu entwickeln, standen für dich schon schlecht, lange bevor der Krieg begann; ein behindertes Kind, das statt gefördert zu werden, kalt ausgegrenzt und abgetrennt wurde.

Was will ich damit sagen, Vater? Es wundert mich nicht mehr, dass du in der Lage warst, mir das anzutun, was du mir angetan hast. Vielleicht gibt es ja sogar eine Art Zwang, in der Spur zu bleiben, in die du als Kind und junger Mensch gezwängt wurdest? Denn natürlich hast du deine Kindheit, deine Jugend, nie hinter dir gelassen.

Was dann passiert ist … ich glaube inzwischen, dass solche über jedes Maß hinaus Verletzten wie du zu Dickhäutern werden, wenn sie die Möglichkeit nicht gefunden haben, ihre finsteren Ecken ins Licht zu holen. Sie werden rustikal, ja, erbarmungslos in den Zumutungen an ihre Kinder. Sie sind in Gefahr, die Kinder in ihre eigenen Schmuddelecken reinzuzerren. Sie haben keine Ahnung, wie man diese Unordnung wieder aufräumen könnte.

»Halt dich an Eva«, hast du kurz vorm Sterben zu unserer Mutter gesagt. Warum? Weil ich, Kati, nicht zurechnungsfähig war? Kein guter Mensch? Du hast die Familie neu sortiert in diesem Moment, ganz so, als hättest du nicht bitterlich am eigenen Leib erlebt, was es hieß, isoliert und ausgegrenzt zu werden. Nein, ich denke, das Gegenteil ist wahr: *weil* du es bitterlich erlebt hast am eigenen Leib, das isoliert und ausgegrenzt worden sein, und weil es dir nicht gelungen ist, diese Spur zu unterbrechen.

Und nun stehen wir da, wir Schwestern, schau uns an!

Jede für sich, allein.

Kati lief vor sich hin. Nein, Eva, ich will mich tatsächlich nicht versöhnen und nicht verzeihen. Wie sollte es möglich sein, sich mit jemandem zu versöhnen, der nie um Verzeihung gebeten hat? Über diese Dinge wächst kein Gras, ganz im Gegenteil: Aus falscher Versöhnung kann nichts anderes erwachsen als erneute Verkrümmung und Verzerrung. Aber darum geht es auch gar nicht mehr. Und plötzlich wusste sie, um was es ging.

Sie lief und lief, fast ohne es zu merken. In dieser Straße war sie noch nie gewesen, und mit einem Schreck bemerkte sie, dass es höchste Zeit wäre, Peter anzurufen.

Seine Stimme, freundlich, vorsichtig, holte sie zurück. Auf der anderen Straßenseite eine Bäckerei mit Tischen draußen. Peters Stimme, die fragte: »Und, habt ihr euch getroffen? Wo soll ich dich holen?« Kati lief über die Straße und sagte: »Ich bin fast fertig.« Sie schaute auf die Speisekarte und gab Peter Namen und Adresse des Cafés durch. »Ja, komm mich abholen.« Wie gut es tat, in kleinen Schlucken den Tee zu trinken. Eine Zigarette anzuzünden.

Bevor sie zu Peter ins Auto stieg, sich in den Sitz sinken ließ, bevor sie sich zu ihm wandte und seine Frage beantwortete: »Alles in Ordnung mit dir?«, hörte sie eine leise Stimme in sich sagen: Eva, Schwester. Ich habe das trotzdem nun besser verstanden –, den Preis, den auch du gezahlt hast.

# 36

Die Kindheit hinter sich lassen.

Das alles liegt doch nicht hinter uns, es liegt in uns. Die sonnigen Räume, die dunklen, das finsterste Zimmer, das alles ist in uns. Und auf was, wenn nicht darauf, bauen wir weiter, bauen wir unser eigenes Lebenshaus.

Zusammenhänge, Diana. Das ist meine Antwort.

Kati saß in der Kirche, am nächsten Morgen, starrte die in den Altar eingelassenen goldenen Figuren an, den runden Leuchter im hinteren Altarraum, schaute hinein in die blasse erhabene Steingewalt dieses romanischen Gewölbes, nichts hatte sich verändert. Hatte sie auch das damals schon bemerkt: das schreiende Rot, machtvoll, das durch das mittlere Fenster in der Apsis bricht; sogar das Licht eines grauen Tages wie des heutigen ließ es leuchten, Jesu Gewand. Sein Kleid als einziger Farbfleck im Sandsteinweiß.

Und Kati sah sich sitzen, die Locken in Zöpfe geflochten, neben ihr der Vater, der nur in die Kirche kam, wenn die kirchlichen Festtage einen schönen Gesang erwarten ließen; Oster- oder Weihnachtslieder, von der Schola gesungen, Lieder, die die Seele erhoben, etwas Inneres fliegen ließen bis hoch in den Kirchenhimmel, in dies rätselhafte Immergleich des von steinernen Evangelisten bewachten Altarraumes.

Auch heute flog er durch den Kirchenraum, der Gesang der Schola, es flog die junge Stimme eines der kleinen Solisten. Mit unbewegtem Gesicht stand der Priester vorne am aus goldenen Flügeln geformten Pult, wartete, bis der Gesang vorüber war.

Und Kati weinte, plötzlich und unbegreiflich beweinte sie die Tode, die kommen würden, die sie noch erleben würde, so, als wären in diesem

Kirchenraum die Zeiten aufgelöst, als hätte jemand sie verrückt, oder im Gegenteil erst so ineinandergeschoben, wie sie in ihr selbst lagen, alle beieinander. Sie beweinte den Toten, an dessen Grab sie erst gestanden hatte, als die Blumen der Beerdigung schon verblüht waren, »Dietrich Claassen aus Danzig«, stand dort, schlicht. Aus Danzig, darüber hatte sie sich gefreut.

Und während sie schaut, in dies Festgemauert, dies Unverrückbar, spürt sie in sich selbst etwas wie ein leises inneres Schütteln, loses Vergangenheitsgeröll, das in Bewegung geraten ist. Sie merkt, dass Peter sie von der Seite anschaut, besorgt hinein in ihr tränennasses Gesicht.

Nach der Messe geht sie auf den Friedhof, ans Grab des Vaters. Dietrich Claassen aus Danzig, da steht es, auf dem sandfarbenen Grabstein. Sie bückt sich, lockert die Erde, setzt zwei Blumen hinein, die sie im Laden am Eingang gekauft hat, leuchtend gelb. Denkt zurück, fünfundzwanzig Jahre zurück, und sie denkt: Wie ein Flüchtling bist du gegangen, Vater –, Flüchtling, der du warst. Von jetzt auf gleich, hast alles stehen und liegengelassen. Fortgerissen hat es dich, zerrissen das Herz in der Brust.

Sie schüttelt die Erde von den Fingern, schaut auf den Grabstein.

*Adieu Vater, ich gehe jetzt.*

Sie steht da, nickt ihm zu. Geht.

Tage vergehen. Der Sommer kommt.

Es ist ein kühler Morgen, Kati sitzt auf dem Balkon, sie hat sich Tee gekocht. Vor ihr steht die alte weiße Kanne mit den blauen Punkten, sie hat sie mit nach draußen genommen, sie wird auf dem Balkon arbeiten, vielleicht wird die Sonne rauskommen? Die Stadtvögel singen. Kati seufzt, wieder mal hat sie die Hälfte drinnen vergessen. Sie steht wieder auf, geht ins Arbeitszimmer, ihre Bücher holen, sie hört im Flur das Telefon läuten.

»Hallo, ich bin's. Kann ich vorbeikommen?«

Kati schweigt. »Du willst zu Meerchen, richtig?«

»Nein, ich will zu dir. Reden, hast du Zeit?«

Amsel vor dem Fenster, du singst den ganzen Tag. Auch wenn es kalt ist, du weißt einfach, dass der Sommer kommt.

# Dank

Dieses Buch wurde unterstützt durch ein Arbeitsstipendium des Berliner Senats, ein Stipendium der VG Wort im Neustart-Programm, sowie ein Stipendium der Fundacja Współpracy Polsko-Niemieckiej, der Stiftung für deutsch-polnische Zusammenarbeit in Warschau.

Danke dafür! Ohne diese Unterstützung wäre es nicht möglich gewesen, den Roman fertigzustellen.

Inhaltlich unschätzbar waren die Studien und Quellen, die Ulrich Hermann und Rolf-Dieter Müller in ihrem Band »Junge Soldaten im Zweiten Weltkrieg. Kriegserfahrungen als Lebenserfahrungen« (juventa 2010) zusammengetragen haben.

Persönlich herzlich danken möchte ich: Carla und Michael für eine Zuflucht in Marlboro vor vielen Jahren. Andreas Nentwich und Simone Fässler, die dem Buch in seiner frühen Phase einen guten Schreibort zur Verfügung gestellt haben. In Danzig, immer wieder: Andreas Kasperski. In der frühen Phase des Textes für wichtige Unterstützung Jutta Reichelt und Matthias Nawrat.

Für unermüdliches Zuhören, ihr Interesse und Mitdenken, freundschaftliches und liebevolles Ermutigen durch die Jahre: Marty Greenberg †, Petra Hinderer, Christhilde Schwindt, Carola Hinz, Noëmi Conrad. Dank an Heidi und Margot †. Inniger Dank an Gaby Engels.

Ich danke sehr Flavia Maiorana, unter deren sizilianischem Zitronenbaum ich viel länger bleiben durfte als geplant und also ein erstes Mal das Buch bis zu Ende durchdenken konnte. Gerhard Grote † und Christina Kaltwasser für Erinnerungen und Erfahrungen aus dem Krieg, und dass ich sie nutzen darf. Irene und Uwe Conrad für die Erinnerungen, die nicht zuletzt eine Seekiste aus Amerika birgt. Annemone Conrad für wichtige Gespräche bei dem einen und dem anderen Italiener.

Für ihren engagierten Glauben ans Buch und Arbeit mit dem Text geht mein Dank an Elisabeth Ruge und Mimi Wulz. Für ein tiefgründiges Lektorat und wesentliche Fragen, die einiges nochmal ordentlich aufgeschüttelt haben, danke ich Rainer Nitsche und Gudrun Fröba.

# Verwendete Literatur

S. 14, aus: Ernst Wiechert, »Jedermann. Geschichte eines Namenlosen«. 1929/39, erschienen 1932, zit. in Ulrich Hermann, Für eine Kriegsgeschichte ›von innen‹, in: Ulrich Hermann/Rolf-Dieter Müller (Hg.), »Junge Soldaten im Zweiten Weltkrieg. Kriegserfahrungen als Lebenserfahrungen«. Juventa 2010, S. 24

S. 17, aus: Wolfgang Holzapfel, »Und kam zurück … damals im Osten«. Manuskript (Kopie), Privatarchiv Heer, zit. in Hannes Heer, »Und dann kamen wir nach Russland… Junge Soldaten im Krieg gegen die Sowjetunion«, in Hermann/Müller, S. 158

S. 24, aus: Lothar Hochschulz; »? 000 Kilometer durch die U.d.S.S.R.«, Manuskript, (Kopie), Privatarchiv Heer, zit. in Hannes Heer, a.a.O., S. 140 ff.

S. 29, aus: Gerhard Grote, »Vier Gesellschaftsordnungen und zwei deutsche Wiedervereinigungen. Episoden meines Lebens«, edition winterwork 2015, S. 34

S. 34, vgl. Gerhard Grote, a.a.O., S. 10

S. 35/36, aus: Otl Aicher, »innenseiten des kriegs«, 1985, 3. Auflage 2011, Fischer Tb S. 18ff.

S. 41, aus: Otl Aicher, a.a.O., S. 146

S. 88, Theodor Storm, »Im Volkston«, zit nach: Gedichte I, 1. Ausgabe 1885

S. 89, Johann Wolfgang von Goethe, aus: »Faust 2«, Hamburger Ausgabe Band 3, dtv, München 1982, S. 348

S. 102, aus: Sloan Wilson, »Der Mann im grauen Flanell«, Roman, 1955, Neuauflage Dumont 2013, S. 157 ff.

# Lesen Sie weiter

Jose Dalisay
LAST CALL MANILA
208 Seiten, gebunden mit Schutzumschlag
ISBN 978-3-88747-399-0. Auch als ebook

Tilman Spengler
MADE IN CHINA
240 Seiten, gebunden mit Schutzumschlag
ISBN 978-3-88747-382-2. Auch als ebook

Germano Almeida
DER TREUE VERSTORBENE
304 Seiten, gebunden mit Schutzumschlag
ISBN 978-3-88747-378-5. Auch als ebook

Dietmar Sous
BODENSEE
144 Seiten, gebunden mit Schutzumschlag
ISBN 978-3-88747-380-8. Auch als ebook

Christoph Nix
LOMÉ – DER AUFSTAND
160 Seiten, gebunden mit Schutzumschlag
ISBN 978-3-88747-376-1. Auch als ebook

Peter Henning
DIE TOTE VON SANT ANDREU
176 Seiten, gebunden mit Schutzumschlag
ISBN 978-3-88747-375-4. Auch als ebook

Mukoma wa Ngugi
BLACK STAR NAIROBI
256 Seiten, gebunden mit Schutzumschlag
ISBN 978-3-88747-314-3. Auch als ebook

**www.transit-verlag.de**